天空马戏团

[英] 彼得·本兹（Peter Bunzl）著

徐莎 卓琦 译

CNS
PUBLISHING & MEDIA
中南出版传媒

湖南文艺出版社
HUNAN LITERATURE AND ART PUBLISHING HOUSE

小博集
BOOKY KIDS

SKYCIRCUS

First published in the UK in 2018 by Usborne Publishing Ltd

Text © Peter Bunzl, 2018

Photo of Peter Bunzl © Thomas Butler

Cover and inside illustrations, including map by Becca Stadtlander © Usborne Publishing, 2018

Clockwork Key © Thinkstock / jgroup; Border © Shutterstock/ Lena Pan; Stripes © Tippawankongto; Grunge/halftone © Shutterstock / MPFphotography; Crumpled paper texture © Thinkstock / muangsatun; Circus lettering and decoration © Thinkstock / Shiffarigum; Clockface © Shutterstock / Vasilius; coffee ring stains © Thinkstock / Kumer; Wood Texture © Thinkstock / NatchaS; Plaque © Thinkstock / Andrey_Kuzmin; Newspaper © Thinkstock / kraphix; Old paper texture © Thinkstock / StudioM1

著作权合同登记号：图字 18-2021-232

图书在版编目（CIP）数据

天空马戏团 /（英）彼得·本兹（Peter Bunzl）著；
徐莎，卓琦译. -- 长沙：湖南文艺出版社，2022.3（2023.3重印）
书名原文：Skycircus
ISBN 978-7-5726-0540-6

Ⅰ. ①天… Ⅱ. ①彼… ②徐… ③卓… Ⅲ. ①长篇小
说—英国—现代 Ⅳ. ①I561.45

中国版本图书馆CIP数据核字（2022）第004471号

上架建议：儿童文学

TIANKONG MAXITUAN
天空马戏团

作　　者：［英］彼得·本兹（Peter Bunzl）
译　　者：徐　莎　卓　琦
出 版 人：陈新文
责任编辑：刘雪琳
策划编辑：蔡文婷
特约编辑：张丽霞　王佳怡
营销支持：付　佳　付聪颖　周　然
版权支持：刘子一
封面设计：程　语
版式设计：霍雨佳
版式排版：百朗文化
出　　版：湖南文艺出版社
　　　　　（长沙市雨花区东二环一段 508 号　邮编：410014）
网　　址：www.hnwy.net
印　　刷：长沙鸿发印务实业有限公司
经　　销：新华书店
开　　本：875 mm × 1230 mm　1/32
字　　数：233 千字
印　　张：11.25
版　　次：2022 年 3 月第 1 版
印　　次：2023 年 3 月第 2 次印刷
书　　号：ISBN 978-7-5726-0540-6
定　　价：38.00 元

若有质量问题，请致电质量监督电话：010-59096394
团购电话：010-59320018

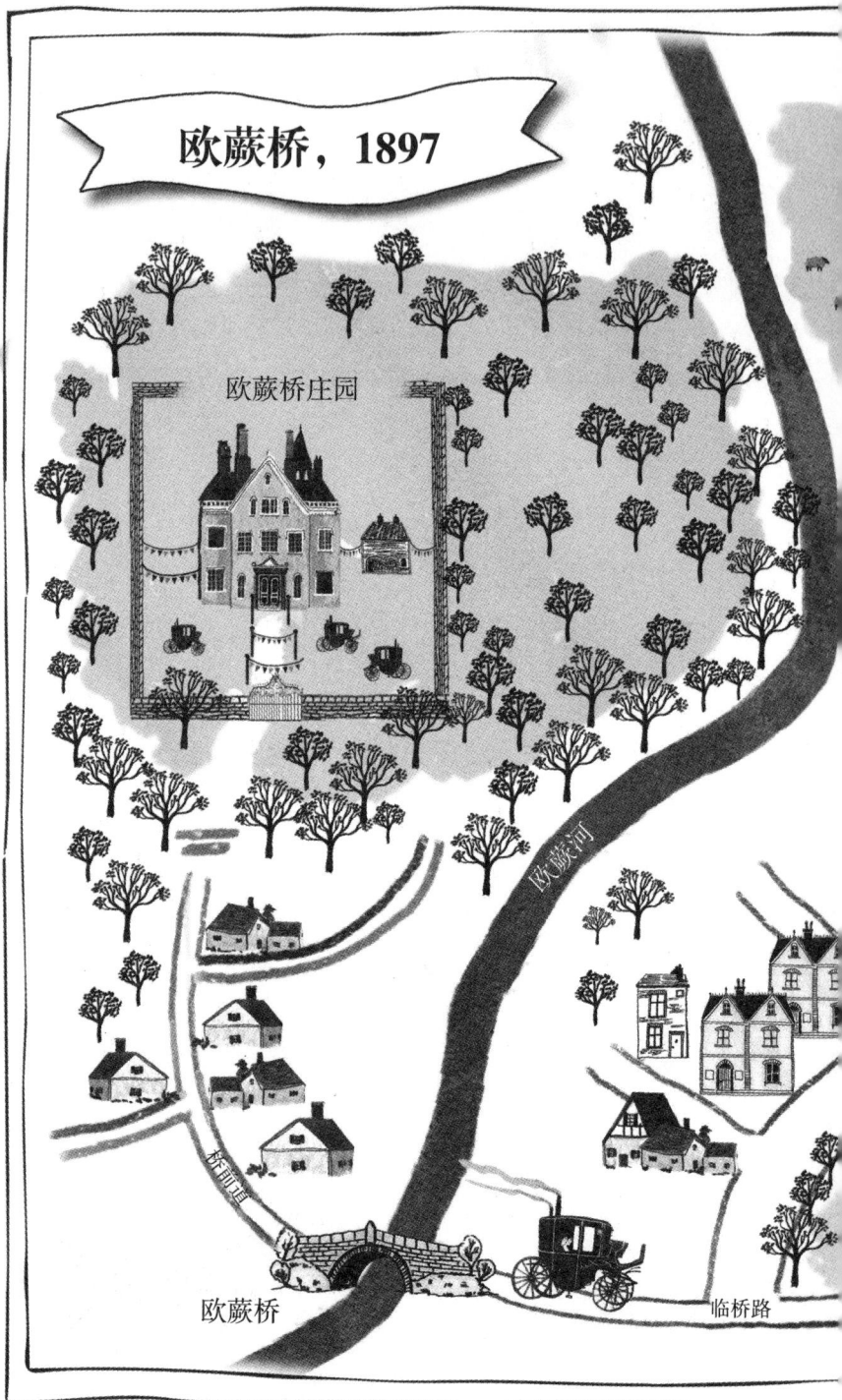

欧蕨桥，1897

欧蕨桥庄园

欧蕨河

桥前道

欧蕨桥

临桥路

斯林木德
举世无双
天空马戏团

天空马戏团

普兰特路

汤利路

学校

高街

汤森钟表店

主绿地

临桥路

品彻小路

五年前……

大部分人梦见自己从高空坠落的时候，都会在落地之前吓醒。

但她从来不会。

她在梦里飞了起来。

就在她即将坠地的瞬间，她会张开双臂，手指如羽毛般舒展，像鸟儿一样轻盈飞翔。

畅饮清风。

亲吻白云。

猛吸一口，整个天空都被她吞入腹中。

奈何那轮怒焰熊熊的红日，总会焚尽一切……

嘴里徒留灰烬的味道。

随后她醒了过来，发现自己还是孤零零一个人，迷迷瞪瞪地躺在卡姆登少年感化院的阁楼里那张硬板床上。她拿起一支铅笔，在斑驳的粉墙上那些日期的旁边，再多加上一天。然后在粗硬的毯子下面蜷起身体，把那些她本来可以做但是现在都做不了的事情，一样样在心里琢磨一遍，这才起身下床。

头一天送给她的那一丁点食物还剩了两口，就当早饭了。她从锡盘上抠下几块渣渣，用力从挡住窗户的板条中间伸出手去，喂给那几只蹲到她窗台上来的勇敢小鸟吃。

它们吃完之后，她看着鸟儿们拍着翅膀飞过屋顶，真希望自己也能像它们一样振翅高飞。但是，她既不能飞，也不能走出这间屋子半步。她被关在这里太久了，甚至已经忘记外面的季节变化都是什么感觉。

她唯一能见到的人，就是那个送饭的男孩。每天下午，他会悠然穿过庭院，拽动嘎吱作响的滑轮，把那个装着食物的篮子运上阁楼给她。有时候他也会给她捎信。等到还空盘子下去的时候，她总喜欢回赠给他一点礼物，以及一封回信。

春天的时候，她送的是麻雀窝里摸来的空蛋壳；夏天的时候，是换毛的鸽子身上脱落的羽毛；秋天的时候，是落在屋顶石板上的那些绿色刺球里剥出来的马栗子；冬天的时候，是被食腐乌鸦们啄得雪白的漂亮骨头。

她喜欢看他收到礼物时惊讶的样子。他乌黑的刘海下面小小的眼睛闪闪发光，晒黑的面庞上露出开心的笑容。她只见过这一张笑脸。

直到那天，来了一个客人。

楼梯嘎吱作响，锁孔那头有一串钥匙在叮当转动，这表明，有人来了。

感化院的院长，克利弗小姐，打开了房门，大步走进来，让她从床上坐起来。

克利弗小姐身后，那位访客拂开她额前银云一般的秀发，踩着阁楼地板走了过来。

"早上好，安杰拉。我从很远的地方赶来见你。"

安杰拉，对，这正是她的名字。上次听到有人叫她的名字，已经是好久好久以前的事情了。她想要回一句"你好"，但是她张开嘴，却发现自己一个字也说不出来，舌尖上空空荡荡，脑子里也一片空白。她并不想显得粗鲁无礼，但是有时候她要是被吓到了，就可能会说不出话来。她已经很久没跟任何人说过话了，都快不记得应该怎么说话了。

访客向前走了几步，轻轻抚平她天蓝色裙子上的一条压痕，然后停在了安杰拉的床边。木条封住的窗户缝里漏下柔和的阳光，照在她的头顶上，给她银灰色的长发勾勒出一圈天使般的金光。

"你能走路吗？"访客问道。

作为回应，安杰拉掀开那条粗硬扎人的毯子，伸手拿起手杖，挣扎着站了起来。

访客伸出了一只手。"你愿意跟我一起走吗？"

安杰拉犹豫了一会儿。她一直渴望着离开这间阁楼，但是获得自由的机会一下子这么直白地摆到她的面前，不免让她有些害怕。不过，想必直接跟这位陌生人走，也应该不可能比留在感化院，或者留在克利弗小姐手里，更糟糕了吧？至少她感觉不会更糟。可是，有时候感觉也不是很靠得住。

安杰拉揉了揉眼睛，一眨不眨地看着这位访客，访客也对她淡淡一笑。

"牵着我的手吧。我保证会带你去个很特别的地方。一个安全的地方。等我们到了那儿，我会帮你找到你的翅膀。你愿意吗？"

安杰拉点了点头。是啊，她当然愿意了。实际上，这对她来说太有诱惑力了。简直就像是这位访客一眼看穿了她的梦境一样。

但是这位看起来养尊处优的夫人，怎么可能教她这么一个无助的孤女学会飞行呢？

她只能冒险一试，才知道结果。

她看了这灰扑扑的房间最后一眼，伸出手去，握住了访客的手，握得紧紧的。

第一章

你听过自己心脏跳动的声音吗？你想过到底是什么让它怦怦跳动吗？

莉莉·哈特曼想过，想过无数次。

表面上看，她就是一个平平无奇的年轻姑娘，火红的头发，玫瑰般红润的脸庞，一双眼睛绿如深海。但是实际上，她和普通人的差异之大，就好像粉笔之于奶酪，又好像齿轮之于骨骼。

这都是因为莉莉的身体里有一颗齿轮之心——一颗完全用齿轮装置制作而成的心脏。她的胸腔里安着这么一个满是机械弹簧的东西。自从莉莉一年前第一次知道了它的存在，她就经常琢磨齿轮之心的各种特殊之处。从各方面来看，它都是坚不可摧的——一台永动机。莉莉其实还不是完全了解这意味着什么，但是爸爸也给她简单解释过一些。他说，这意味着她——

或者说至少她的这颗心脏——会永远永远地活下去。其实她并不是那么热衷于永生不死。尤其一想到，她认识的和深爱的这些人，都会一个个先她而去，并不是那么容易接受。这让莉莉觉得自己不太像个正常的人类，而更像是个人造的怪物……

至少，当她在这件事情上纠结的时候，她会这么胡思乱想一通。尽管她也试着不要这样钻牛角尖，通常情况下，周围总还有无数别的事情需要操心呢。比如今天，9 月 23 日，正是她十四岁的生日。

莉莉很高兴终于能结束掉倒霉的十三岁了。过去的一年里，真是困难重重，险象环生，要不是有她那些好朋友的帮助，她简直活不到今天。能彻底摆脱十三岁，绝对是一件值得祝贺的事。

但问题是，今天没有人来庆贺她的生日。

她最好的朋友罗伯特，没有。她的机械宠物狐芒金，没有。爸爸也没有。他们家的机械厨师兼管家锈夫人，也没有。甚至连弹簧船长、螺帽先生、嘀嗒小姐——整个欧蕨桥庄园里所有的机械人，谁也没有来祝她生日快乐。一个也没有！

这简直是天理难容，不可饶恕！最过分的是，爸爸直接把她的生日会推迟到了明天，这简直就等于直接取消了嘛。

今晚的宴会厅里还是会举办一场盛大的聚会，只不过，不是为了庆祝她的十四岁生日——可别误会了——而是为了庆祝爸爸即将获得机械技术协会颁发的某个终身成就奖，由于他在机械人还是机械动物什么的研究领域做出了什么贡献之类的。

老实说，莉莉确实不太清楚具体内容，因为当爸爸告诉她要因为这个而推迟生日会的时候，她震惊得不行，后面爸爸说了什么，她完全没听到。当然，爸爸立刻就无比真诚地向她反复道歉，但是日期已经定了。所有的客人都通知了。板上钉钉了。总而言之，最终事情只能这样了。

所以，莉莉一整天都在四处游荡。现在的问题在于，要找到一个合适的地方游荡并不容易，因为整个庄园上上下下都在忙着准备爸爸那个"特别"庆典。

十点过五分的时候，莉莉终于在楼梯下面找了个地方窝下来。她甚至还提前换好了鲜艳的红色晚礼服——她最喜欢这一件，因为只有这件上面有口袋装东西，而且这个颜色能让她在宴会厅的沉闷墙纸前显得格外醒目。（可能只有这样，家里的各位才会注意到她那些幽默打趣多么言不由衷，才会发现她为这个聚会做出了多大牺牲。）

不过，到目前为止，谁也没注意到她的存在。

从宴会厅敞开的几扇门，她可以看到穿着丝质白衬衫和时髦黑色燕尾服的爸爸正紧张地抚弄着他梳得油光水滑的背头。他指挥着螺帽先生，他们家的机械人之一，给餐桌布置做些最终调整。

机械女仆嘀嗒小姐就站在他们旁边，挑剔地把餐边柜上摆着的餐具擦得更亮一点。她的胳膊飞快地机械摆动着，略有脱漆的眉毛紧紧皱到一起。

过道的另外一边，厨房门半开着。莉莉能听见锈夫人，他们家的机械厨师，正在锅碗瓢盆中叮叮当当忙个不停，嘴里还在不停地埋怨着那些菜不听话，就好像它们能听懂似的。

"我的齿轮和计时器啊，你倒是快点煮熟啊，你这条坏鳟鱼！"她喊道，接着又是一声，"要命的发条啊，你们这些卷心菜难道就永远不能腌成泡菜吗？"不过，这也就是比她平时稍微凶那么一丁点吧。

至于罗伯特，自从他爸爸去世之后，已经和莉莉他们一起住了快一年了，最近几天莉莉简直看不到他的人影。莉莉估计他现在可能在他自己的房间里忙着换晚宴的漂亮衣服吧。芒金，那只毛茸茸的红脸小坏蛋，很有可能也正和他待在一起。就算不是，那只小狐狸肯定也没在干什么好事，说不定又在草坪上刨坑了。

莉莉正想着她最好找个更僻静的地方待一会儿，这样能安安静静想想事情，突然听见前门传来奇怪的、轻轻的叩门声。

很慢，但是很有节奏。咚！咚！咚！

一直在敲。

莉莉环顾四周，想看看有没有人听见了去应个门，但是谁也没注意到这边。所以她只好自己站了起来，穿过前厅走了过去。

她的手刚刚碰到门把手，敲门声就停了。等她拉开了前门，门口空无一人。只有一个红白条纹的小小帽盒，上面系着一朵彩色丝带做的装饰花结，静静地放在门前的台阶上。

丝带下面塞着一个奶油色的信封，收信人写的是：

欧蕨桥庄园，哈特曼小姐。

莉莉弯下腰去，拿起了盒子。一份礼物！真是太棒了！她可没想到会有外人送礼物来给她呢。她激动地四处张望，想看看送礼物来的神秘人是谁，不过无论那人是谁，现在显然已经消失得无影无踪。

于是，她从丝带下面抽出那个小信封，里面有一张卡片，上面用镂空的花纹绘出一只条纹图案的热气球，悬浮在一顶红白条纹的马戏团帐篷上方。卡片的背后，有人手写了几行字，字体和信封上的一模一样。

亲爱的莉莉：

 这里有个小问题，

 正经问题别怀疑：

 有人对你很好奇，

 什么让你嘀嗒嘀？

 斗胆献上双线索，

 一新一旧都不错！

 但愿礼物合你意，

 衷心贺你生日礼。

 十四岁生日快乐！

莉莉琢磨着这几行怪怪的句子可能会是谁写的，具体又是什么意思。但是其中有一行字让她特别介意：

什么让你嘀嗒嘀?

这句话让她心神不宁。就好像送卡片的这个人知道她那颗机械心脏的存在似的……但是世界上除了爸爸、芒金、罗伯特和家里的几个机械人,谁也不知道这个秘密啊……哦,还有安娜和托里。但是他们几个肯定谁也不会送这么一封怪信过来,对吧?

而且,不管是谁送来的,为什么会写得这么神神秘秘、藏头露尾的呢?从这些内容看来,"嘀嗒嘀"难道不就是暗示她心脏跳动的声音吗?这个问题不仅仅是在问她到底是什么人,也是在问她,到底还算不算人……会不会是她太过敏感了?可能这只是某种措辞的巧合而已?也许齿轮之心让她有点被害妄想症了,总是担心有人会发现这个秘密……

不过现在最让人感到荒谬的是,这个神秘礼物居然是莉莉今天收到的第一份生日礼物,也是唯一的一份。

她解开了丝带,把帽盒的盖子掀开了一点,往里面看去。

阳光下一抹红色闪了闪。

莉莉把整个盒盖都拿了下来。

里面并不是一顶帽子,也不是任何正常人会戴在头上的东西。一大团绿色薄纸的中间,躺着一本薄薄的小册子,有着柔软的酒红色皮质封面,上面还有个金色螺纹的菊石印章。

莉莉从盒子里拿起了小册子。它只比她的手略大一点点。里面的页面都被压得不成样子了,各种七零八碎的东西塞得满满的，夹页的边边角角从册子边缘探出来。看来，是个笔记本？

她翻开封面，飞快翻看着散页。第一页的正中间，墨水的笔迹大写着三个字母：

G. R. F.

莉莉立刻知道这本笔记本是谁的了，她妈妈，格蕾丝·罗斯·菲尔法克斯。菲尔法克斯是她妈妈的娘家姓，她嫁给约翰·哈特曼教授之前一直是用的这个名字，那时候莉莉还没有出生，那个雪夜的悲剧也还没有发生。

这是妈妈的笔记本。莉莉以前从来没见过这本笔记本。

这对莉莉的冲击力太大了，她现在满脑子都是笔记本的事情，完全忘记了刚刚那张生日卡上的怪异话语给她带来的不安。她感觉自己手里捧着的仿佛是一片来自过去的时光。

她翻页的时候，手指都在颤抖，眼睛飞快地浏览着那些陌生的图片和字句。这本笔记似乎想要记录各种飞行的不同特点。里面充满了各种日志条目、绘图、图纸、拼贴和鸟类的草图。许多零散的表格对比着重量和翼长比例，中间还夹着各种图表和地图，标着英格兰上空的气流风向，还有一些从报纸杂志上撕下来的彩色图片，上面画着天使、狮身人面像和竖琴。其中一页甚至是从儿童读物上撕下来的插图，画的是伊卡洛斯和代达罗斯，他们背着用羽毛和蜡做的翅膀，飞得离太阳太近而坠毁的一幕。

　　她需要多点时间来看完这本笔记。而且她也需要找到送这本笔记的人。显然家里的人不会有谁费事把礼物放到门外的台阶上去，对吧？但是除了他们，谁会拿得出这么一本妈妈的笔记本呢？送礼物的也不会是本地人——因为这一带甚至都没有人认识妈妈，他们搬来这里之前，妈妈就已经去世了。而且，爸爸一直很小心地要求全家都深居简出，所以周围的邻居或者村民都不太可能知道今天是莉莉的生日。卡上提到过有两个礼物。笔记本算一个。也许盒子里还有另外一个线索？她在那一堆绿色薄纸里翻找起来，可是什么也没找到。

　　她一边思索着，一边从门廊台阶上走下来，沿着门前车道往前望去，希望能找到些关于这位神秘人去向的线索。但是她只看见了弹簧船长，他是家里的机械人司机，同时负责各种零活，此刻他正在耙着前院草坪，努力把落叶耙成整整齐齐的一大堆，他四肢上的齿轮和弹簧都随着每个动作嘎吱作响，不停抖动。他金属身体上的锈红色油漆已经开始局部脱落，看起来几乎跟秋天的红叶树一样。

　　莉莉把手指放进嘴里，冲弹簧船长的方向打了一个无比响亮的呼哨，想要引起他的注意。

　　弹簧船长停下耙地，转过头来，他鼓鼓的大眼睛骨碌碌转了一圈，瞳孔聚焦到了莉莉这边。

　　"刚刚有没有访客来过我们家？"莉莉喊道。

　　弹簧船长摇了摇头，脑袋在脖子上的万向接头里哗啦作响。

"老天保佑我的螺栓,没人来过。整个下午都没有人。怎么了?是有什么事情吗?"

莉莉想了想要不要告诉他礼物的事情,但她最终还是决定不说。

"也没什么特别的事情。"她答道。

弹簧船长喷了一声,又捡起耙子继续干活了。

莉莉抱起那个帽盒回到房子里,顺手关上了房门。她站在前厅里好一会儿,手指抚摸着盒盖,思索着笔记本和卡片的事。

她可能应该找个地方,在晚宴之前再仔细看看这两样东西。前厅门边的大座钟现在显示五点三十五分。她至少在六点以前都有空,客人们要那时才开始陆续到达呢。

如果她真的想读点东西,那就得找个足够私密的地方——某个绝对不会有人来打扰她的地方——她一下就想到了一个完美地点!

莉莉把帽盒夹在胳膊下面,顺着主楼梯走了上去。她经过了图书室,然后是爸爸的办公室,妈妈的照片从屋里的壁炉上方俯看着她。

她还经过了罗伯特紧闭的房门,听见他在里面跟芒金争执着什么。

"我正忙着准备这道精细工序呢。"罗伯特说。

"那就让我来帮你啊。"芒金答道。

"不行,你只会把你的狐狸毛弄得到处都是。要不然就会咬坏某个重要部件。"

"我不会的。"

"你现在就正在咬我的裤腿！"

"这个嘛，我总得保持牙齿锐利呀。而且我想，你可能也应该知道你身上有好大一股樟脑丸的味道吧。"

莉莉没听到罗伯特是怎么回答的，因为这时候她已经继续往前了，一直走过了后面的浴室和储藏室。在走廊的尽头，她伸手握住一个嵌在墙纸里的玻璃门把手，转动了一下，然后走进了一个秘密的仆人专用楼梯间，一直可以通到房子的后侧。

莉莉沿着陡峭的楼梯往上爬，小心避开了最高层机械仆人住的那块区域，最后来到了一溜木质台阶前。这通向屋顶的塔楼房间，就在整栋房子的最高处。房间里灰扑扑的木地板上方，矗立着四个巨大的拱顶窗户，各自朝向东南西北四个方向。

东边的窗户前，有一架望远镜摆在三脚架上。莉莉、罗伯特和爸爸有时候会来这里观星。房间的另外一边，西面的窗户旁则铺着一条被太阳晒脱色的小地毯，地毯上摆着一张老旧的扶手椅，椅垫看起来简直像是被一只疯狂的松鼠攻击过似的，但实际上这只是芒金留下的成果。椅子旁边是个小行李箱，莉莉和罗伯特用来做了咖啡桌。现在箱子顶上摆得满满的，一摞摞的书，几只喝剩了一半的茶杯，还有一盏旧油灯。

莉莉和罗伯特当初决定把这个房间弄成他们秘密基地的时候，莉莉立刻就在墙上贴了好几张装饰用的铜版蚀刻画，都是从她最吓人的几本《惊魂便士》里精选出来的。她在椅子周围光秃秃的砖墙上钉了许多张，其中四张是从《吸血鬼瓦涅大战空中海盗》里面选的插画，还有六张是从"弹簧腿杰克对阵蜘蛛怪"这个系列里面选的——自从她知道里面有几集是她好朋友安娜·奎因写的，这也变成了她最喜欢的系列之一了。

每一张恐怖的插画都被莉莉特意又用血红的颜料涂了一遍，力求更加充分体现其血淋淋的效果。她为了这些画，把那盒年轻淑女水彩套装里的一整管红色颜料都挤完了，还几乎用光了那套巧手针线缝纫套装里的大头针，用来把这些插图固定在墙上——过去爸爸送她的这些生日礼物总算是派上了用场。

莉莉推开身边最近的一扇窗户，让风吹了进来，墙上的插画被风吹得哗哗响。

她把帽盒丢在扶手椅边，坐了下来。她将红色笔记本摊开放在膝头，翻到第一张写得满满当当的页面。

妈妈在最上面一行潦草地写下了日期，然后就是第一篇笔记：

1867 年 9 月 1 日，星期天

菲尔法克斯宅

新飞行学

这本笔记是受到埃达·洛夫莱斯[1]著作的启发——她是

---

1. 埃达·洛夫莱斯（Ada Lovelace），数学家，为英国诗人拜伦之女，是世界上最早认识到计算机潜能的人，也是最早的程序员之一。——译者注

一位非常特别的机械师。具体说来，她关于飞行学的那些创新研究特别吸引我，她第一个提出了可以制造用发条驱动的有翼造物——类似模仿鸟类飞行的扑翼飞行器。

我将在这本笔记里拓展她的理论，也借此整理我自己的思路让其成形，以期能在这个奇妙的世纪结束之前达到埃达的高度。

这本笔记里，我将不仅仅要记录我日常的工作进展，也要记录着我作为第一个进入机械领域的女性，在这个完全由男性主导的竞技场里，面临的每个考验。

我的名字是格蕾丝·罗斯·菲尔法克斯，这本笔记会记录我的故事……

莉莉读着这些，喉头一阵哽咽，眼前一片模糊，字都看不清了。猝不及防在这么一本红色笔记本里和妈妈再次相逢，几乎让人承受不住。每一句话都仿佛一个她从来没想过会收到的邀请，请她参加一场她从来没想过能加入的交谈。

妈妈花了多长时间来研究这个飞行学的项目？她后来成功做出成品了吗？爸爸绝对没有提过这件事，更没有提到过这个笔记本。那么，到底是谁送来了这件礼物呢？也许要等贺卡里提到的第二个线索送到的时候，她才能找到答案。

说起来，爸爸甚至都不怎么提妈妈曾经是个机械师的事情。他只顺口提过一句，但是从来没有细说过。莉莉一直很想问他和妈妈以前的经历，但是她又怕提起过去会勾起爸爸的伤心回忆，她也一直没找到什么合适的时机来提出这个要求。

而现在，就在这本红色笔记本里，她也许就能找到她满心渴望的答案，那些疑问一直在她心里熊熊烧灼。在七年前那个寒冷的 10 月夜里，那颗随着妈妈逝去而破碎的心。

莉莉的手不由自主抚上胸口，顺着伤疤的柔软边缘轻轻摸索——她以前还以为那是事故中被碎玻璃割开的伤口。那场事故害死了妈妈，也让她身负重伤。但是实际上那是齿轮之心的移植手术留下的伤疤。

原先的切口早已愈合，但是还是会有隐约的疼痛和随之而来的痛苦回忆一直伴随着她。莉莉现在不想去重温过去。至少不要在她生日这天想起这些。

她垂下手来，合上了笔记本。这时，一张轻薄的扇形卡片从笔记本的衬页里落了下来，像一片羽毛般飘到了地上，正落在她脚边。

她弯腰拾起卡片，翻过来仔细看了看。

卡片正面用金银两色勾勒着一个身穿芭蕾短裙和舞鞋的女孩形象。从图片上很难判断她的年龄，应该也就十四五岁的样子。她那双修长的手臂慵懒地举过头顶。她背后那对机械翅膀硕大无比。

那对舒展开来的翅膀，自然得就像是女孩身体的一部分。翅膀上每一根羽毛，每一个齿轮，每一条线都被墨水勾勒出来，围着这张照片，还写了几行字：

斯林木德　　举世无双

天空马戏团

倾情演出

安捷丽卡小姐——长着翅膀的高空杂技师！全球绝无仅有！

来见证一场空中翱翔的壮观表演吧！

本场演出还包括精彩杂技、动物表演、走钢丝、怪物秀和小丑节目！只演一晚。演出时长一小时。

演出时间：1897 年 9 月 23 日晚上 7：30

海报的下面还有一行字，是写给莉莉的：

这张 VIP 票可供莉莉·哈特曼和她的三个朋友前来参观马戏团，有些问题将会在此找到答案。

另外，安捷丽卡想在演出后见见你们。

这会不会就是第二个线索？真奇怪，莉莉根本不认识叫安捷丽卡的人，也不认识任何马戏团演员，她对这个斯林木德举世无双天空马戏团更是一无所知——天知道这是个什么……但是这么一个长着翅膀的改造人小姑娘想要见她——尤其是刚刚才看过妈妈关于飞行学的笔记。这封邀请函里还说会给她提供某些问题的答案——这简直太诱人了。

改造人并不常见，莉莉还从来没有遇见过任何一个同龄的改造人。实际上，她总共也只见过两个：那两个可怕的、没有眼睛的改造人，章朗和梅俊，那两个想要杀掉她的男人。除了他们，她完全不知道世界上还有没有别的改造人存在。她想，其余的改造人大概都不约而同地躲起来了吧，尽量不让人发现，就像她一样，以免打扰到那些"正常"人的生活。

考虑到这种猜测很有可能最接近现实，现在能看到这么一个小姑娘，至少在图片里看起来她是大大方方地向大家展示着自己的不同之处，还是很让人高兴的。莉莉希望她的翅膀是真的，而不是什么穿戴起来的表演道具之类的。但是说起来她怎么会去马戏团的呢？她和妈妈的过去会不会有什么联系呢？

她又凑近一点去看那个女孩的图片，但是从图片上也看不出什么来，所有未知的一切都藏在油墨背后。只有一个办法能找出真相——今晚她必须去一趟天空马戏团。只有那样她才能和安捷丽卡说上话。

这个生日一开始让人挺灰心丧气的，但没想到现在变得越来越有意思了。她又仔细看了看那张票。

不知道马戏团在哪里，但是现在太阳还高高挂在天上，如果马戏团就在欧蕨桥，她多半能够从塔楼窗户里看见它。

她站起身来，眼睛从望远镜的目镜上向外看去。她推动镜头向四周寻找目标，感觉自己的心脏怦怦直跳。

天空里，灰色的云朵被太阳镶了个金边，就像旧帽子的丝绸衬里印上了一圈汗渍。欧蕨河上方飘来一阵黄色薄雾，穿过村庄。那里错落的屋顶间，树上秋叶灿烂，仿佛熊熊燃烧的一抹抹火焰。

村庄最远处的草地上，灌木丛和树林的掩映中，有一抹金色在迅速暗下来的天色中闪了一下。

莉莉凝神望去。

那是个带翼的船首像。

上面飘着一只鼓鼓的热气球，红白条纹的丝质球囊轻轻跳动着，薄暮中仿佛一只萤火虫，向下面巨大的帆布帐篷顶洒下千条万缕的光。帐篷外面围了一圈高高的尖顶木栏杆，上面贴着许多彩色海报。弥漫的雾气中，一群群的观众已经在售票亭和入口处排起了长队。那一定就是天空马戏团。

第二章

　　罗伯特的时间不多了。教授的晚会马上要开始了。客人们随时都会到达，他得换上晚会的衣服。问题是，他还没完成莉莉的生日礼物。

　　他本来打算赶在她十四岁生日的最后一刻完成这块怀表，这样就可以当作一个惊喜礼物。可是现在眼看已经是最后一刻了，他仍在满头大汗地修理着，而这块表还是一动不动。

　　不过，至少芒金已经不再咬他的裤腿了——少了一项干扰。这只发条狐狸现在蜷在他桌子下面，就在他脚边。

　　"为什么要这么久啊？"芒金问道，黑眼睛眨了几下，"你之前可是说这会儿就该做完了的。"

　　"就差一个地方了……"

　　罗伯特透过手里的放大镜盯着怀表的内部。游丝弹簧、齿轮组、平衡轮、叉形销和擒纵机构，一切都平衡对称，完美对齐，就像个精巧的微型景观。在表壳的顶部边缘、皇冠下方，刻着制造者的标志：T.T.——代表他爸爸撒迪厄斯·汤森。

这块怀表是他爸爸撒迪厄斯多年前的作品，莉莉的爸爸买去之后，作为莉莉九岁的生日礼物送给了她。但是自从上次莉莉和他还有芒金从半空跳下飞艇，掉进了汉普斯特德荒原上那个舰队池塘里，这块怀表就再也不走了。当时罗伯特就决心要亲自把它修好。

他花了好几个月的时间，把怀表内部的每一个零件都清洗干净，现在他只需要更换最后一个用来平衡中枢轴轮的宝石轴承。他拿起镊子，小心翼翼地从桌子上夹起一颗闪闪发光的小宝石。

他颤抖着手，把宝石夹到表壳上方，慢慢将它一点一点地推到位置上。

"你给莉莉准备了什么礼物？"他随口问了芒金一句，其实主要是为了给自己分散一下注意力。

狐狸露齿一笑："这我可不能告诉你，这是一个惊喜。"

罗伯特暗自思索，这个惊喜礼物，该不会就是他前几天在某个灰不溜丢的角落里看芒金摆弄过的那只死老鼠吧，但是他也不敢问。

轴承顺利地滑到了位置上，和其他部件吻合得严丝合缝。罗伯特合上表壳。好了，他的作品完成了。

他激动得身体都有点颤抖，动手给怀表上好发条，再举到耳边。现在能听见表芯里的各种零件嘀嗒嘀嗒在转动，表面上的指针也顺利地向前移动着，一切正常了。

他对着壁炉上的新挂钟校准了时间，然后用一只信封把怀表装好，再扎上红色的丝带。

现在他只要找到莉莉，就可以把这件礼物送给她了。

他站起来，迅速换上了去参加晚会的衣服：一件正装衬衫，利索的黑色长裤，还有锃光瓦亮的鞋子。

他把妈妈给的银色月亮项坠塞到衣领下面，他总是随身戴着这个项坠。他又打上了领结，再调整了一下齿轮形状的袖扣。

然后他穿上一件丝质衬里的长尾西装外套，把装着怀表的信封放入外套口袋里，走到洗手台旁边的全身镜前，欣赏一下自己这身打扮。

罗伯特打扮起来还挺像模像样的。西装还是挺合身的，刚刚好。他7月参加女王的钻石庆典和上个月他自己的生日会，都是穿的这一件。不过他发现，现在袖子那儿稍微短了一丁点。而且镜子里他的身影已经占满了整个镜面高度了。

他欢喜地意识到，自己肯定是长高了。也许他会成为全家最高大的那个人呢！他爸爸就不算特别高，而他今年夏天刚刚见到的妈妈和妹妹凯迪，个头都相当娇小。现在她们俩正在世界巡演，表演通灵术，不过她们也答应了会尽快回来的。罗伯特不确定这个尽快会有多快，他真希望她们能看见现在的自己。他十四岁了，穿着这身漂亮西装看起来几乎就是个大人了……而且他还继承了爸爸的好手艺，她们肯定会为他骄傲的！

不过他的头发还是一团糟……他伸手在洗手台上挖了一坨润发油，揉到他乱蓬蓬的鬈发上，试图把它们弄直一点。

完全没有效果。一松手，头发几乎立刻又弹回原样，卷曲难驯的发卷盘在耳朵旁边，像是野蛮生长的常春藤。他放弃了努力，洗干净手，整了整领结。

他终于打扮妥当，扣上西装前胸的最后一粒扣子。

"我看起来怎么样？"他问芒金。狐狸正忙着折腾放在床上那个西装盒子里的薄纸，想做成一个窝。

芒金抿起他的黑嘴，皱着鼻子冷笑一声："就像一只当侍应生的企鹅刚刚被东家辞退了。"

"多谢欣赏。"罗伯特考虑了一会儿要不要在芒金的脖子上也扎上一条丝带。部分原因是想配合晚会气氛，另外一部分原因是想报复狐狸的毒舌评论。不过他想到芒金一生气就会变得多么牙尖嘴利，立刻就放弃了这个念头。

"我觉得莉莉一直在躲着我们。"芒金说，"要不就是在生闷气。你也知道的，平时她要是觉得大家都不关心她的时候，她脾气会有多大，而那还是普通日子的情况下，都还不是她生日呢。天知道今晚她要气成什么样啊。大家在她生日这天聚会，却不是来为她庆祝生日。不过至少我们现在准备好礼物了，可以让她高兴一下。你帮我把我的礼物拿一下吧，好吗，罗伯特？"

芒金从床上跳下来，把地上一个毛茸茸的小东西往前拱了拱。正是罗伯特不敢问的那只死老鼠。"我没有能对握的拇指，拿不了东西呀。"

"行吧。"罗伯特无可奈何地捡起那只啮齿动物的尸体，放进自己的口袋里。他觉得最好不要在这些问题上和狐狸争论下去。

至少他准备的这个礼物应该会让莉莉满意。他自己对成品还是相当自得的。他的钟表技术提高了很多，终有一天，他会成为一位钟表专家的，就像他爸爸那样。他发现，自己慢慢长成了那种可以修复任何东西的人。不论破损得多严重，都能修好。

楼下的大厅里，所有的灯都点上了，前门已经打开。哪里都没看见莉莉的身影，但是最早的一拨客人已经踏进了门厅。外面落日的余晖里，一长列有篷的蒸汽出租车还在外面排着队等着下客，客人们陆陆续续走了进来。

约翰·哈特曼博士，莉莉的爸爸，正站在门廊里，客客气气地和每位来宾依次握手行礼。他看见罗伯特和芒金走下了楼梯，偷偷对他们招了招手。

"你们看见莉莉了吗？"他问道。

罗伯特摇摇头。芒金的狐狸嘴也跟着左右摆了摆。

"太遗憾了。"约翰说，"她错过了多少热闹啊。"

这儿哪里有什么热闹？罗伯特很想大声问出这句话。让人吃惊的是，芒金这次居然没有抢先帮他说出这句话来。

现在，整个大厅和前廊都站满了灰头土脸的老古董教授。罗伯特知道他们都来自机械师协会，因为每个人都在大衣的衣领上别着一个金色的齿轮徽章——那是协会的标志。他知道他们都是教授，因为他们看起来就很教授风格——也就是说，比较邋遢，不走寻常路的打扮，稍微有点疯疯癫癫。他想找找有没有熟悉一点的面孔，但是看了半天，一个熟人也没找到。

约翰注意到了他挑剔的眼神："我也邀请了几个莉莉的好朋友——那个记者，安娜·奎因，还有她的助手，巴萨洛谬·慕德拉克。"

"那他们现在在哪儿呢？"芒金问道。

"我不知道，"约翰回答说，"但是他们答应了要来的。现在这批客人都是坐晚班交通飞艇过来的，但是安娜可能会带着托里开自己的飞艇过来。"

"你是说瓢虫号吗？"罗伯特问道。

"应该是。"约翰点点头，"等大家都到了，晚会的报告部分也都讲完之后，应该在九点左右，我就会亲自上去为莉莉讲一小段话，当着所有人的面，把生日礼物送给她。"

他从口袋里拿出两个小包裹给罗伯特和芒金看，礼物都包在漂亮的彩纸里，扎着红丝带。"礼物会是个惊喜。所以，罗伯特你可以在那之前为我保密吗？还有你，芒金。我知道你很难忍住不说出去，但是今天一定要保密啊。"

"当然可以。"罗伯特说。

"绝对不说。"芒金叫道。

"谢谢你们。"约翰微笑起来，"在此之前，你们去周围转转，看看能不能找到莉莉吧。尽量把她哄开心点，让她也到大厅来，行吗？"

"我会尽量的。"罗伯特说。

"我也是。"芒金附和道。但是他们一转身，芒金就加了一句："不过我觉得她要是知道目前来的都是些什么样的客人，可能就很难哄好了。"

他们决定先去莉莉的卧室找找看，但是罗伯特在卧室门上敲了敲，又伸头进去看了一圈，发现除了地上丢得到处都是的衣服，书架上堆得层层叠叠的哥特小说，房间里空无一人。他甚至往床底下看了一眼，万一她躲在下面不想见他们呢。不过床底下也没人。

他站起身来的时候，撞到了床边的小桌，上面落下来一枚小小的化石。他小心地把它端端正正摆回原位。这枚化石是镶嵌在石头里的一块金色菊石。当初，莉莉的妈妈，格蕾丝·哈特曼，在海滩上捡到了这块化石，送给了莉莉。罗伯特知道，这是莉莉从妈妈那儿得到的最后几样东西之一，所以对她来说特别特别珍贵。莉莉告诉过他，格蕾丝的业余爱好是地质学，同时还是大不列颠最早的女性机械师之一。

下一个搜寻地点是图书馆，因为莉莉有时候喜欢坐在那儿看书，但是这次没有，图书馆也是空的。他们又去了楼上的房间，连仆人们的住处也看过了。其实他们知道莉莉应该不会去那儿的，因为锈夫人和其他机械人现在都不在房里，没人陪她说话。

最后，罗伯特建议去塔楼顶那个秘密基地再找找看。

他们两个顺着楼梯往顶楼去，一路上芒金大声哀叹："冬天这上面的潮湿气太重了。我内部的零件都要生锈了。湿气都渗到我的弹簧里去了。"

"约翰说了要我们找到莉莉，芒金。"罗伯特提醒他说，"更何况，要不出来找莉莉，要不回去跟那些无聊的教授聊一晚上天，你想选哪个？"

"呃，你这么一说的话……"

他们终于走进了塔楼顶上的房间。莉莉就在那儿，坐在那把旧扶手椅上。最后一抹太阳的余晖把她的影子在灰扑扑的地板上拉得很长。她手里正捧着一本红色的皮面笔记本，应该是正在读上面的内容，但是他们一进门，莉莉就啪地合上了本子。从她脸上的表情看，罗伯特猜她已经完完整整听到了他们在楼梯上的议论。

"你在这上面干吗呢？"他问道。

"生闷气啊。"莉莉说，"你们想知道我为什么生闷气吗？因为今天是我的生日，可是每个人都装作视而不见。大家都围着爸爸忙来忙去，他那个样子就好像他是示巴女王[1]似的。而现在房子里挤满了这些老古董机械师，他们都无聊得很。下面一个有意思的人都没有。"

"其实有的。"芒金说，"如果你肯屈尊问一句的话，你就会知道其实有客人是来找你的。"

"会是谁呢？"莉莉问道。

"安娜和托里。"罗伯特回答道。

"真的吗？"莉莉一下子从椅子上跳了起来。

"不过他们还没到。"芒金说。

"噢。"莉莉坐回椅子上，泄气地把那本红色笔记本抱在怀里。

本子封面上的金色花纹闪了闪。罗伯特觉得那个图案看起来像是菊石。"那是本什么？"他问道。

莉莉刚刚张嘴想答，但是立刻又改了主意。她顿了一顿说："要想知道这是什么，你们可得想办法好好讨好我一下，不然我是不会说的。"她把红色本子藏到了身后，"你们看着办吧。"

"这么说的话，"罗伯特说，"你可能是不太在乎我们给你带来的生日礼物了吧？"

"我可没说不要礼物，对吧？"莉莉干笑一声，靠在椅背上，双臂抱胸，等着看他们的表现。

---

1. 示巴女王（Queen of Sheba），《圣经》里慕名拜见所罗门的古国女王，以美艳和智慧闻名。——译者注

"你们带什么来了？"

"先把我的礼物给她，罗伯特。"芒金命令道。

罗伯特把手伸到口袋里，满脸抱歉地拿出那只已经安息了的啮齿动物递了过去。

莉莉接过来，一言难尽地盯着看了看："这个果然是……很特别，我是说，跟我以前收到过的任何礼物都不太一样。"

"我就知道你会喜欢的。"狐狸伸出粉红色的舌头，舔了舔自己的小胡须。"好好保存。我费了不少心思呢。"

莉莉耸了耸肩膀。罗伯特看着她不情不愿地把死老鼠放进了她晚礼服的口袋里。

"你的礼物呢，罗伯特？"芒金嚷道。

"我带来了的。"罗伯特假装在外套里找来找去，"但是我到底放哪儿了呢……你们想不想看我变个刚学的魔术？"

"你这身打扮就特别适合。"她冲口而出，"看起来就像是上台表演魔术的。"她立刻又后悔了，"对不起，我不是那个意思……"

"没事呀。"罗伯特说。他们家里有一半的人——坏的那一半——都曾经是魔术师。他并不太愿意想起他们这些人来。不过他妈妈和妹妹都是在剧院表演灵媒秀的，月亮项坠就是她们送的。她们总是在外旅行，和魔术师之类的人一起巡演，时不时会写信给他，给他讲她们的各种精彩历险故事。自从和她们有了联系之后，他对魔术也越来越感兴趣了。

"噢，我知道在哪儿了！"他在莉莉的衣服口袋上拍了一下，不是装死老鼠的那一边，而是另外一边，"你快看看里面。"

莉莉伸手从自己的口袋里拿出一个扎着红丝带的信封。"你这是怎么做到的呀？"她震惊地问道。

罗伯特咧嘴一笑："得要手快。有点类似掏钱包的动作，只不过是要放东西进去，而不是拿东西出来。"

"信封里面是什么？"

"打开看看呀。"

"感觉有点分量呢。"莉莉撕开信封侧边，把里面的东西倒出来，那只怀表落到了她的掌心，"你把它修好了？"

罗伯特点点头。

莉莉把怀表举起来细细查看，黄铜的表壳上映出她激动的大眼睛。"你把我的名字首字母印在上面了。而且，它居然又能走了！"她把怀表凑到耳边听了听，脸上绽开灿烂的笑容。她摁下开关，表壳啪地打开了，里面分针和时针的上方还有一根转得稍快一点的指针，嘀嘀嗒嗒地在表盘上转动着。

"还有呢。"罗伯特说。

他把怀表拿过来，将顶上的开关扭了三下。时针的下面出现了第四根指针，绕着表盘转了起来。他把这根指针转到分针上方，怀表突然铃声大作。

"我给你加了一个闹钟功能，"他解释说，"我觉得你也许用得上。"

"我估计你是把整个表都拆开重组了才弄成的吧。"莉莉感叹说。

"倒也没有整个拆开，就是动了一些齿轮、杠杆什么的。我从你爸爸的课上学会了很多东西，他给我演示了只移动几处机械装置来改变整个内部功能的办法。"

"这真是我收到过的最棒的礼物了。"莉莉真为他感到骄傲。

"那我的礼物就不棒吗？"芒金自傲地问道。

"你那个也很好，但是这个更好。谢谢你们。"她亲了亲芒金的翘鼻子，又亲了亲罗伯特的脸颊。

"这是我的荣幸。"罗伯特脸上一热，揪着自己的袖扣低声回答，"你现在拥有一辈子的时间了。"

莉莉笑了："我一定会把它永远带在口袋里的。"

"我们应该下楼去参加晚会了。"芒金提醒说。

"也许是该去了。"

莉莉拾起那本笔记本，朝门口走了两步。但是她又停了下来，一脸淘气的表情看向望远镜和东边的窗户。"我想我们待会儿在晚会上稍微晃几分钟就溜出来吧——我还想去另外一个地方。"

"去哪儿？"罗伯特问道。

"你自己看看吧。"她把望远镜朝他的方向推了推。

罗伯特弯下腰，从目镜里往外看去。黄昏时分的镇上，雾气弥漫，就好像天上的云朵落下来似的。"我应该往哪儿看？"他问莉莉。

"在村子的最远端，左边最后一栋房子的背后，河湾那儿的草地上。"莉莉指点着，罗伯特在雾气的缝隙里终于找见了……

一只红白条纹的热气球下面挂着船形的木头吊舱，拴在一顶巨大的帐篷旁，外面是一圈高高的白色木栅栏。热气球的丝质气囊像油灯一样闪着光，照在下面兴高采烈排着队的村民们的脸上，队伍排得很长，从田地边缘的路口一直排到售票亭和围着马戏团的那圈高围栏中间的入口。

"让我看一下！我什么也没看见！"芒金围着莉莉的脚蹦来蹦去，都撞到罗伯特的腿了。

"狐狸不会用望远镜的。"罗伯特调整着焦距，看了看入口挂着的招牌，"斯林木德，举世无双，天空马戏团。"他念道。

"我们待会儿就去那儿。"

莉莉把那张生日贺卡递给他。

"这个贺词好怪异。"他读完之后说道，"这到底是什么意思？两个线索又是什么？"

"这是一个。"莉莉拿出那张票。

罗伯特看到那张带翼女孩的图和留言，顿时震惊了。"那第二个线索呢？"他问道。

"这个。"莉莉从背后抽出那本红色笔记本，"这是我妈妈以前的笔记本，是用来记录她设计机械翅膀的项目研究的。"她解释的时候，罗伯特翻看着那些神奇的图样和各种翅膀的草图。

"你完全不知道这些是谁送来的？"芒金问道。

"也许就是这个带翅膀的姑娘，安捷丽卡。她想要见我们。我觉得她应该也是个改造人。她看起来挺不错的。"

"这可不好说啊，莉莉。她又是怎么拿到你妈妈的笔记本的呢?"罗伯特敲了敲红色的封面。这本笔记本就这么从天而降,让他神经紧张。"这也可能是个陷阱。不然为什么拿到这个本子的人不把它交给你爸爸,而是直接送给你呢?"

"因为今天是我的生日啊。"莉莉一把将笔记本抢了回来,啪的一声合上了。

"但是他们是怎么知道的呢?"他把那张票和贺卡也一并递还给莉莉,"你不觉得这么一个马戏团会出现在欧蕨桥,显得很奇特吗?这种大型演出通常都不会来我们这种小镇上的。以前从来没有过。"

芒金吐出舌头。"罗伯特说得有道理。"他说,"而且一年三百六十五天,他们正好挑了你生日这天来这儿……然后再加上这些什么线索和礼物的,还有邀请……我是说,这到底……"

"噢,我也不知道,芒金——所以我们一定要去探查个究竟呀。"莉莉看了看怀表,"现在差不多六点二十分。我们应该可以在七点半开场之前赶到马戏团的。看一场演出,见见安捷丽卡,然后九点前赶回家,那时候爸爸的晚会甚至都还没过半程呢。"

"但我们也不能一个客人都不招呼就跑出去呀。"狐狸不赞同地皱起鼻子,"你爸爸还等着你去亮个相呢。"

"那我们就先跟大家简单地打一圈招呼,然后再溜走。"莉莉说,"你觉得呢,罗伯特?"

罗伯特一点也不确定他们该不该溜出去。他犹豫着要不要告诉莉莉她爸爸其实给她准备了惊喜致辞和礼物——原定计划就是九点呢！但是他又记起来他答应了约翰要对此保密的。不过，如果他们打算溜出去看马戏，现在他还需要保守这个秘密吗？他觉得谨慎起见，还是继续保密吧。如果到时候他们玩得不想按时回来的话，他再告诉莉莉——那就能确保她马上掉头往家跑了。

另外，他其实也很痴迷揭秘游戏的，现在这个神秘的邀请确实让人无法抗拒。马戏也会很有意思，这说不定还是他唯一一次看马戏的机会呢……

"好吧。"他终于说道，"我们就这么办吧。"

"但是如果我们惹上了麻烦，"芒金补充说，"那可都是你的主意啊。"

莉莉揉揉狐狸耳朵："我们不会惹上麻烦的。我们什么时候惹过麻烦了？"

狐狸深深叹了一口气："我甚至都不想用回答来强调这一点。"

莉莉收好门票、贺卡和笔记本。她很高兴现在又有一个新的谜团要去解开。今天是她的生日，她感觉至少接下来可以做些有意思、有价值的事情了。

"你们俩别太担心了。"她说着，关上了窗户，"我们会及时赶回来的，那时候爸爸说不定都还没发现我们出去了呢。"

第三章

　　莉莉、罗伯特和芒金悄悄走下通往前厅的主楼梯。前厅里，一大群客人挤挤挨挨地聊着天，等着晚宴开场。

　　莉莉看向人群，努力地想找到爸爸在哪儿，但是她根本找不到，不过她还是认出了几张熟悉的面孔。

　　欧蕨桥的镇长，正陪着附近教堂的牧师，还有二手书店的强崔先生，一起聊着什么。那边是苏格兰场的费斯克探长，他之前帮过罗伯特、莉莉、芒金和托里，他们一起联手挫败了一场盗取女王血月钻石的阴谋，这场阴谋的策划人就是那个恶名昭彰的逃脱术师杰克·德沃，他是罗伯特的外公。探长正和爸爸的律师任特先生说着话。任特先生之前是任特和森德公司的合伙人，后来森德先生伙同他们家以前的管家铜绿夫人卷走了一大堆爸爸的专利和论文，随后消失得无影无踪。

还有奇弗斯夫人，罗伯特以前帮她修过发条金丝雀。现在那只鸟儿正蹲在她肩头，叽叽喳喳叫个不停。

大厅里其他人好像都是协会的机械师和教授。莉莉注意到他们全都是男性，想起那本笔记本的第一页上，妈妈提到过，女性学者要成为机械专家非常困难。

在斯克林肖小姐的女子精修学院，肯定是不会提到这样的事业发展方向的——那是去年爸爸试图让莉莉去上学的地方。那个学院对于年轻淑女的生活规划，就只有无穷无尽的社交茶会，研究骨瓷和茶巾，或者没完没了的刺绣手工，行为规范和礼仪课程。如果妈妈真的已经冲破了这些限制，改变了规则，为什么后来没有人跟着她的脚步走上这条新的道路呢？

在莉莉所知的女性里，只有安娜不受这种种规则的约束。她在无数客人里四处寻找着安娜的身影，还有托里。她记得罗伯特说邀请了他们两个的，但是她一直没找到。她想在溜走之前，至少和安娜打个招呼，也许她还可以说服托里跟他们一起去马戏团——反正他们有四人票。

终于，她在远处的角落里看到了安娜敦实的身影。这位飞行家兼新闻记者看上去和现场格格不入，其他的客人都穿着晚礼服，她则穿着她最好的一件飞行员皮夹克和灯笼裤。不过，她显然还是对正式场合的礼仪做出了妥协，这次没戴飞行眼镜和帽子，还把头发从头顶开始编成了整齐的辫子。

莉莉想去问问她托里在哪儿，也许还可以跟她说说贺卡、门票还有笔记本的事情。但是等她走近一点，发现安娜正和某个人说着话，那是一位高个子教授，圆圆的耳朵，头顶秃了一片。这位教授和安娜都背对着她，但是他们的对话内容一下子吸引了莉莉。

"我正在写一篇关于改造人的文章。"安娜说，"文章里需要用到一些数据。我听说您在机械师协会工作，不知道能不能帮个忙……您觉得英格兰现在到底有多少改造人？"

高个子教授哈哈笑了，举起手里的长柄玻璃杯，喝了一大口香槟。"这是个好问题，奎因小姐。但是，老实说，我也不知道。我的专业不是这方面的。不过如果要我来猜的话，只有五六个吧。改造人的出现都是……实验性质的。早期的产物大多没有活过头几年，活下来的那些呢，大部分都躲开了公众的视线……原因很明显，我是说，人们无法接受这些改造人的存在。"教授不由自主地打了个寒战，"但是，好在这样的实验已经不再进行了。据我所知，唯一接触过这类实验的机械师——除了那位已故的可怜同事银鱼教授之外——就只有一位……德罗兹教授，好像是这个名字。这人名声很糟糕，个性也可怕得很。"他朝安娜凑近了一点，夸张地低语道，"这人几年前被协会开除了，不过具体细节我不能透露。"他刻意把每个字都咬得很重，两条眉毛夸张地扭动，就像是两只白色的毛毛虫。

莉莉正想上前插话，但他又继续说道："据说哈特曼和他妻子也参与了改造人的研究，你懂的！有八卦说他们做出了个安了机械心脏的腐烂生物。"

莉莉一时间震惊得浑身颤抖。

"当然，我们协会的人是完全反对改造人研究的。"教授补充说。

"为什么呢？"安娜问道。

他耸耸肩。"把人类变成改造人，这种事有违伦理，改变了人类的本质。制造机械人是完全不同的概念。但是改造人——一半是人，一半是机械——这有悖自然的法则。这种生物的存在是对人类族群的腐蚀和败坏。人们应该保留他们与生俱来的样子。我的意思是，为什么要去改变造物主的设计呢？"

安娜把手里的空杯子放在边桌上。"哪怕这种改变会让他们更健康、更幸福，也不行吗？"她问道，"哪怕有时候是为了挽救某个人的性命？"

"尤其不应该用来挽救性命。"教授说，"如果你给某人的身体装上机械发条装置，把他们变成了改造人，这算是救了他们吗？你愿意他们的余生都不得不在那种可怕名声里挣扎吗？这比变成机械人都要糟糕得多。不，不要那样做，宁可他们保留正常的身体，哪怕有一些残缺，但还是一个纯粹的人，能带着尊严面对命运或者死亡，而不是变成一个改装的怪物。"莉莉大口喘着气，感觉都快要窒息了。人们真的相信这样的说法吗？就听他说了这么短短几句，莉莉已经怒火中烧，血液沸腾。这个人对改造人一无所知——要不是有这颗齿轮之心，她甚至都不会有机会站在这儿，不会有机会活到今天这个生日。她根本不是什么怪物！这个人有什么资格说出这样恶毒卑鄙的断言，这个无知的白痴！

"但是你又怎么可能知道改造人的感受呢？"她走到教授和安娜的中间，打断了他们的对话，"你又凭什么替他们决定什么是好，什么是不好呢？"

教授吓了一跳，眼睛都瞪大了。他没想到自己说得正起劲的时候会被人打断。"这位亲爱的小姐，改造人都是有问题的，这算是常识，这也是为什么我们协会禁止制造改造人。"

"莉莉！"安娜喊道，"见到你真是太高兴了！"她亲吻了莉莉的两颊。

"我也是。"莉莉回答道。不过她还在为刚才那个教授的言论而感到愤怒。

"你们认识吗？"安娜问道。

莉莉摇了摇头。

安娜替他们互相介绍了一下："这位是芒斯平教授——他是机械研究方面的著名专家。教授，这位是莉莉·哈特曼小姐，约翰的女儿。"

"很高兴认识你，莉莉小姐。"

莉莉耸耸肩，显然她并不是太高兴认识这么一个讨厌的人。大家尴尬地沉默了一会儿，就像那种成年人的聚会上大家发现彼此无话可说的时候。

"我真高兴你来了，莉莉。"安娜终于打破了沉默，"你爸爸说今天是你的生日，我们给你带了个礼物。不过我放在托里那儿了，现在不知道他跑哪里去了……我们要不要去找找他？"

她挽住莉莉的胳膊，带着她从那个高个教授的身边走开了。

她们俩从人群中奋力挤了出去。

"那人怎么会有那么愚蠢的想法？"莉莉问道，"你为什么会去找他说话啊？是要调查改造人的事情吗？"

"幸亏你过来了。"安娜说着，却没有直接回答莉莉的问题。"我们眼看就要谈崩了。我都不知道再继续说下去的话，我会说出什么来。但是我现在确实需要找你爸爸说几句。"她已经看见了约翰，向他那边指了指，"要不然你自己先去找托里吧？你的礼物在他手上，我待会儿再来找你们……"说话间她已经钻进人群去了。

有人拍了拍莉莉的肩膀。是罗伯特。"有个好消息，我看见托里了。"他说，"他躲在厨房里呢。"

楼下的餐边柜上摆着一大排各式各样供锈夫人替换的工具手。提前准备好的菜肴也摆了一大桌子，等着被送到宴会厅去。一个蓝白相间的巨大餐盘里摆着一条硕大的煮鲑鱼，配着黄瓜和龙虾奶油，另外一个盘子里放着小牛肉丸子和一只羊腿，下面铺了一层焯过的菠菜和烤土豆。甜品有配了泡沫奶油的醋栗酥皮挞、橘子果冻和柠檬蛋糕，还有奶酪和饼干。每一样食物闻起来都那么诱人，如果因为出门而错过这样的美味，简直是巨大的遗憾。

托里就坐在各种食物盘子中间，他的椅子朝着壁炉那边。

浓密的栗色鬈发衬着那张晒黑的脸，显得有点忧郁，但是他一抬头，看见了莉莉，立刻灿烂一笑。"生日快乐啊，莉莉！你好，罗伯特！你们在聚会上玩得开心吗？"

"这又不是她的生日会。"芒金说，"就是个机械师的无聊聚会。"

"所以我们出来了。"罗伯特解释说。

"说得太对了！"托里坐回椅子上，"我在里面也待不住。满满当当全是些教授——估计都是机械学界的精英。安娜一直在和一个讨厌鬼谈论她的文章，所以我决定到厨房来躲一躲，一个人在火炉边坐一会儿。"托里从椅子上坐起来一点，整了整他的上衣。"哦，我差点忘了，莉莉，我和安娜给你带了一份礼物。"

他在口袋里摸索了一会儿，拿出一个皮夹子。莉莉打开一看，里面全是小小的工具——各种迷你撬锁工具，每一个都只有火柴那么长。

"我们觉得你去探险的时候，带着这些会很方便，"托里解释说，"应该会比发卡更好用。"

"谢谢你们。"莉莉笑了起来，"这真是我梦寐以求的礼物。真的。"

"我还带了些鞭炮什么的，"托里说着，从口袋里抓出一把来给他们看，"本来是想活跃气氛用的，"他解释说，"不过看起来在这个聚会上不太合适。"

"是啊，我看也是。"莉莉说，然后她突然眼睛一亮，"我倒是想到一件会让你感兴趣的事，托里。比这个无聊聚会可有意思多了。"

"噢，那是什么呢？"

莉莉和罗伯特给托里看了妈妈那本红色笔记本，又讲了它跟那张奇怪的生日卡和马戏团邀请票一起神秘出现的经过。托里一边听他们讲，一边飞快地翻了一遍笔记本，欣赏了那些神奇的飞行生物图片和插画。

"这可真神秘。"他们讲完之后，托里感慨地说，"但是，说起来，安捷丽卡和这些马戏团的人又是怎么拿到你妈妈的笔记本的呢？"他把笔记本递还给莉莉。

"所以我们要去调查一下。"罗伯特说。

"顺便还可以看场表演。"芒金补充说，"我希望他们会表演吞火和杂耍，再来点好听的音乐。但是千万别演哑剧什么的——那个真是太可怕了。"

莉莉把笔记本收好，看了一下怀表。"现在七点了。"她说，"我们差不多该走了。你跟我们一起去吧？"

"唾沫星子和锯木屑子啊！"锈夫人冲进来端起几盘菜，"我的金属耳朵是听错了吗？你们现在要出去？"

"我们觉得托里可能愿意去花园里转转，锈夫人。"莉莉说，"他以前还没去过呢。"

"我的搅面钩和洗碗布啊！这又是哪一出？外面都快黑了，什么也看不见。"

"去呼吸点新鲜空气。其实，是他有点不舒服。"

"我吗?"托里一愣,但是他抬头看见莉莉冲他皱了皱眉毛,他赶紧配合地捂住自己的肚子,"噢,噢,是的,我是有点。"

锈夫人嫌弃地啧了一声:"行了,穿个外套吧。"

"这就去穿,夫人。"托里抓着罗伯特的胳膊,蹒跚着往后门的衣帽间走去。

"还有,莉莉,"锈夫人又说,"在你们跑出家门之前——"

"我们不会的!"

"算了吧,我太了解你们了。"锈夫人放下手里的托盘,"记得把围巾戴好。外面很冷。本来我是不打算这么早把东西给你的,但是看来你现在就能用上了。"

她拉开厨房柜子的抽屉,拿出一个皱皱巴巴的包裹。"蒸汽喷泉和汤锅啊!怎么被压成这个样子了!"锈夫人把东西放在莉莉面前的桌子上,"这是我们机械人送你的礼物,我的小老虎。"她轻轻咳了一声,"好吧,也就是说,主要就是我送你的礼物,这是我自己做的。"

莉莉雀跃不已。之前大家都表现得好像忘记了今天是她的生日,结果,现在一下收到了这么多礼物。

她亲亲锈夫人饱经风霜的金属面颊,拆开了包裹。里面是一条橙黑相间的虎纹围巾。这是她有生以来见过的最长的一条围巾。她开始动手把围巾一圈圈绕在脖子上,但是她已经绕了好多好多圈了,围巾的一头还是拖在地上。

"很漂亮,"莉莉对锈夫人说,"唯一的缺点就是稍微长了点。"

"支轴和防撞垫哪!真是抱歉。"锈夫人说,"我织东西不是太拿手。我起针没问题,可是呢,我真不知道该织到哪里收尾。所以我就一直织呀织呀,一直到毛线用完。不过没关系,等你再长大一点长度就正好了。"

"是啊,如果她长着长着,发现自己其实是只长颈鹿的话。"芒金说道。他刚刚从衣帽间跑回来。

"也说不定我真的会长很高哦,芒金。"莉莉捞起拖在地上的围巾,塞进了晚礼服的口袋里。她又对锈夫人说:"谢谢你,锈夫人。我一定会永远珍惜它的,永远也不摘下来,哪怕在室内也会戴着它!"

锈夫人笑得满嘴螺钉都露出来了:"铁栅格和大梁呀!我看还是不要吧!你们在外面小心啊,千万别踩到弹簧船长的那株秋海棠啊。看着点时间,一定要赶在你爸爸九点的重要演讲之前回来啊!"

衣帽间里,后门已经打开了,室内的热气散出去不少,外面的冷风和黑暗扑面而来。门里的灯光照进黑夜里,在地面上映出一个明亮的长方形。越来越浓的雾气里,芒金和他们几个正站在最下面一级台阶上,等着她。

莉莉从衣架上取下外套,把几样礼物塞进大衣的兜里,又回头看了一眼厨房那边。

锈夫人正站在门框那边,倾身往托盘上摆菜。莉莉的胃咕噜咕噜叫了几声。她突然感觉饿了。她犹豫着要不要回去摸几个肉丸子待会儿吃。但是她又意识到丸子肯定会在口袋里压得一团糟。不过，等他们回来的时候，肯定还会有好多剩菜的。

她很高兴终于可以把这个晚会丢在身后了。她希望等他们四个回来的时候，晚宴已经结束，所有的无聊教授都已经钻进吸烟室去聊天了，或者说不定都已经回家去了，那简直就完美了。爸爸甚至都不会发现他们出去了一趟。

而且，她今天出席晚会的任务已经完成了。现在该去享受她的生日福利了……还要好好地调查一下神秘事件！他们这就要去马戏团啦！

第四章

空气湿漉漉、凉飕飕的。罗伯特在一团团的雾气中看到夜空中已经亮起了几颗星星。他紧跟着莉莉、托里和芒金沿着欧蕨桥庄园边缘的小路往前走的时候，突然想起一个问题。

"我们要怎么去马戏团呢？"他问道，"我们还要在九点之前回来。但是单程就要至少四十分钟了——可能还不止，尤其是雾气这么大，我们说不定还会迷路——表演要一小时。你爸爸九点演讲，我们必须在那之前回来。但是这么算下来，根本不可能啊。"

"如果我们靠脚走过去，当然不可能。"莉莉答道。

"那我们怎么去，飞过去吗？"芒金冷笑一声。

"不是，"莉莉带着他们走到前面车道上，"我们坐车去。"她指着浓雾里那长长一列蒸汽马车，它们是在这里等着接送爸爸的客人回欧蕨桥飞艇站的。

罗伯特简直不知道自己为什么没早想到它们。大家爬上了第一辆车。

"让点位置给我！"托里说着，也进了后座，坐到罗伯特和芒金的旁边，莉莉还在忙着跟司机交涉。等她安排妥当，也爬上了车，关上车门在位置上坐好。然后她敲了敲车顶，表示大家都准备好了，可以出发了。蒸汽马车立刻就喷着气抖动起来，咔嗒咔嗒地出发了。芒金跳到莉莉腿上，前爪和鼻子都搁到她膝头，端端正正地趴好。莉莉轻轻抚摸着他的头顶。

他们飞快地穿过车道尽头那扇敞开的大门。夜色中细雨渐大，飘在田野上方的雨云迎着他们的方向缓缓移来。

罗伯特的手指在帽檐上摸索着，把自己的帽子扶正。然后他把双手插回口袋里去，紧紧裹好外套，让柔软的衣领偎在脸侧。

这件外套以前是他爸爸的。厚厚的羊毛料子温暖又舒适，比他穿在里面的那件漂亮西装可舒服太多了。口袋底下还有几片陈年烟叶。肯定是以前从爸爸的烟斗里落下的，有时候他会把烟斗放在兜里。

这件外套以前常年挂在汤森钟表店的后门架子上。爸爸有时候要出门去送修好的钟表，就会拿下来穿上。爸爸去世已经快一年了，罗伯特还是每天都会思念他。这件外套也是爸爸留给他的为数不多的东西之一。

"我还从来没正经看过一场马戏呢。"托里在座位上兴奋地动来动去，"我在卡姆登镇上看见过几个街头表演，还有那种几分钱看一场的音乐节目，当然还有罗伯特你妈妈那次的通灵表演，——但是那都不一样，不像这种大帐篷里面的正式演出，对吧？你们觉得这个天空马戏团会好玩吗？"

莉莉瞥了罗伯特一眼。他脸颊泛红，又激动又紧张的样子。莉莉自己也感觉心怦怦地跳——不过这也许是因为车开得有点急？

罗伯特不置可否地耸耸肩："我也不知道。像这种规模的表演通常都不会来欧蕨桥这种小地方的。"

"我简直等不及要看看那个长着翅膀的小姑娘是什么样子了。"托里还在絮絮叨叨着，"就是不知道她是真的会飞呢，还是用秋千和吊索假装飞一下。"

芒金的耳朵竖得高高的。他挪动的时候，爪子抓着莉莉的腿。"人类的骨密度摆在这儿呢，她大概率是不可能真的飞起来的。"

"如果那对机械翅膀不能飞，浪费在造型上的成本可够高的啊。"罗伯特说。

"就像小鸡。"芒金说。

"鸡跟这有什么关系？"托里问道。

"鸡也有翅膀，但是不能飞。"

"你觉得她可能就只能像小鸡那样扑腾一下，但是不能真的飞起来？"罗伯特问道。

"那样可有点傻乎乎的，是吧？"托里说，"如果她真的就只能像那样拖着翅膀跑一圈，多奇怪啊。"

"我完全不同意你们这些看法。"莉莉插话道，"这个小姑娘的表演肯定会很精彩的！"

她拿出红色笔记本，从封套里抽出了门票，又翻着看了看本子里夹着的各种千奇百怪的表格和带翼生物的插图。

安捷丽卡会不会像这些画上的人一样，是个真正的带翼改造人呢？一个跟她一样的改造人。还有，安捷丽卡以前和妈妈有没有过什么联系呢？莉莉对此也还不能完全确定，但是她内心深处隐隐觉得这不会是一场完全的巧合。她真想快点见到安捷丽卡，好好问问。但是现在，她只能先读读这本笔记来满足自己的好奇心了。

> 1867 年 9 月 9 日，星期一
> 剑桥大学，希斯敦学院

这是我学习机械的第一天，方向是扑翼式飞行器。希斯敦学院是国内第一所女子学院。我发现校徽上有一句拉丁语格言，和我母校门上的那句话是一样的：

VINCIT OMNIA VERITAS.（拉丁语）

真理战胜一切。

我感觉这个兆头不错。一个人应该永远追求真理，更要真实地面对自己。

莉莉挠了挠头。真有意思。真理战胜一切也是她上一个学

校的校训——斯克林肖小姐的精修学院。难道她和妈妈上的是同一个学校，只是她不知道吗？

1867 年 9 月 10 日，星期二
希斯敦学院

昨晚，为了庆祝入学，西区宿舍的几个姑娘和我商量着一起去城里的马戏团玩。

莉莉抿着嘴，目光停了下来。这个就更诡异了。她现在正在去马戏团的路上，居然正巧看到妈妈写她当时也去了马戏团。

我看到了最棒的空中飞人！她就像在高空中的秋千上飞翔。这让我想起我的研究课题——让人用机械翅膀飞起来。坦率来讲，这应该很难实现吧。

不过也并不是完全不可能，何况我满心希望能通过努力让它变为现实，我想要奋不顾身地试一试。

这就是这一页的最后一段了，但是如此之多的巧合引得莉莉忍不住又翻了一页，继续读了下去。

1867 年 9 月 17 日，星期二
希斯敦学院

我今天上了第一堂导师辅导课。我的导师说，我们可以在过去的化石或书面记录中找寻真实的历史，我们也可以在科学、数学和方程式中发现事物的真实规律。我妈妈曾经对我说过一句类似的话："如果你毫无顾虑或者禁忌的话，你会做些什么呢？"当时我不知道答案，但现在我知道了：我想表达出真实的我。

而现在，今天，我的真心所向，就是这个飞行学项目。

飞行学项目……后来那些年，在妈妈去世之前，她有没有继续研究机械翅膀这个方向呢？莉莉从来没听说过这方面的消息，爸爸从没提过，其他人也都没提过，所以很有可能没做出来。那么，这又是另外一个巧合，今晚之前莉莉甚至都没想过世界上可能会有能飞的改造人。但是，你看，他们说不定马上就要见到一个活生生的能飞的姑娘了。

还是有可能的，她想，世界上可能还有其他的改造人，只是大家都秘而不宣。那个教授不是就对安娜说过，现在那些改造人实验都被禁止了吗。

莉莉不知道后面的笔记里有没有写完这个项目的全部进展……如果没有的话，也许安捷丽卡会知道一些什么。

她合上了红色笔记本，放回口袋里，又看向罗伯特和托里那边，他们俩都正望着窗外。

马车内部满是水雾。罗伯特用手帕擦了擦窗户玻璃，好让他们能看得更清楚些，但外面黑漆漆一片，什么也看不见。

路上不是很平，托里在座位上颠得跳了起来。

"这是怎么回事？"他问道。

"没事，"罗伯特说，"我们刚刚上了欧蕨桥。"真的，他说出这句话的时候，大家都能听到车下传来潺潺的流水声。

他们顺着临桥路，开上了高街。罗伯特指着那边空中悬着的五轮小小的亮光，它们在弥漫的夜雾里衬出大片建筑物的剪影。

"那些街灯正好在村里绿地的边缘。"他向托里解释道，"我家的店就在那边——我以前住在那里。"

托里盯着汤森钟表店烧焦的残骸，那地方黑漆漆的，犹如一艘失事的大帆船似的沉在雾里。"你能从这么个地方出来，可真是幸运。"

"其实它烧毁之前，还是一家挺不错的店。"罗伯特回答说，"而且，我都计划好了。不久的将来，我和约翰要把它重新修好。"实际上，自从今年夏初他们在那里遇到杰克·德沃之后，罗伯特就再也没回过汤森钟表店了。

马车离开草地，继续向欧蕨桥山驶去，罗伯特对今晚的冒险有点犹豫了。但是他想，如果到了地方看起来不妙的话，他还可以说服莉莉，让出租马车掉头送他们回家。他正在思索着该如何提出这件事时，马车一阵颠簸，停了下来。

他们到了。

扑通！司机从座椅上跳下来，嘎吱嘎吱地绕到马车的另一侧，把门拉开。

树篱后面的雾气里飘来怪异的音乐，还能看见彩灯在闪烁。他们面前的木条板门上钉着一块箭头形状的指示木牌，上面用明晃晃的白色文字写着：

斯林木德
天空马戏团
由此去

罗伯特揉揉眼睛，跟在大家身后踩在踏板上跳了下来。小路上雾气迷蒙，空无一人的样子让他十分不安。他刚才在望远镜里看到的那些排队的人都去哪儿了？所有人都已经进去了吗？

他的第一反应是，他们有没有可能走错地方了，然后他又开始想，今天这么偷偷溜出宴会到底是不是做了个错误的决定。如果万一出了差错，约翰甚至都不知道他们在哪儿。

"我们应该让司机等一下的。"他咕哝着说，但现在说这个为时已晚——双轮马车早就已经掉头，在浓雾中走远了。"现在我们该怎么回家呢？"他抱怨道。

"罗伯特说得没错，"托里看着蒸汽双轮马车消失在夜色中，附和道，"这种天气走路回去太危险了。"

芒金恼怒地看着他们："那你们怎么不早点说呢？"

"我也没想到，而且这是莉莉安排的，我以为——"罗伯特说。

"不要什么都以为。"狐狸傲慢地说，"以为总是错误的。看看莉莉就知道了——她虽然还不能掌控人生，但她总以为一切都会变得无比美好，因为——"

"安静点！"莉莉不耐烦地说。但芒金说的是对的。她之前没有把计划从头到尾想清楚，而且现在就已经出问题了。她原以为，至少会有几辆早到的客人带来的双轮马车或者蒸汽马车停在这里，她本来是想着总能找到一辆在演出后送他们回家。但现在看来，这是不可能的。这地方空空荡荡，一片死寂。

她身旁，罗伯特和托里都缩着身子裹在外套里，连芒金也一副高度警惕的样子，他的毛都竖起来了。莉莉深深吸了一口气，试着让自己冷静下来，但恐惧仍在她的心中嗞嗞作响。她不能被这突如其来的恐惧吓倒，之前她那么激动，就因为这是个了解关于妈妈往事的大好机会。那个天空马戏团的人送来了妈妈的笔记本——也许就是安捷丽卡，也许是别的团员，但无论是谁，他们肯定还知道更多和这本笔记本相关的事情。她掏出怀表，看了看时间。

"已经七点二十九分了。如果我们想赶上开场秀，动作最好再快点。"她推开门，走进门后雾气弥漫的野地。

"等等我！"芒金大声嚷道，拖着尾巴冲到她身后。

托里瞥了罗伯特一眼。"走吧。"他忧心忡忡地说道。两人也一起穿过篱笆门，跟了上去。

狭窄的小路两旁放着许多点了蜡烛的玻璃果酱罐。罐子里面摇曳着烛光，一路指引着他们向下走到了那个他们之前在塔楼上看到过的小山谷。眼前就是一圈用白色板条搭成的高高的栅栏，上面贴着显眼的大幅马戏团海报。栅栏里面是一座条纹帆布大帐篷，再后面则是巨大的红白相间的热气球——大得就像一轮满月，而且比满月还要亮一倍。

透过薄雾，莉莉看到围栏上有一个铁门入口，旁边的售票亭前还有几个村民正在买票。她这才放下心来，和其他人一起排在了队伍的后面。前面的人买完了票，一个接一个地推开了铁门，消失在栅栏里。

然后莉莉发现自己已经排到了队伍的第一个。

亭子里的男人化着小丑妆，系着花边领圈，脸用粉涂得雪白，犹如幽灵。他一侧眼睛的眼周，画着一条蠕蠕爬行的黑蛇，另一只眼睛下面则画了一颗滴落的泪珠，看起来非常惊悚。

莉莉朝他笑了笑，小丑回了个鬼脸，伸长了胳膊把窗户上的金属格栏往下拉。"售票结束了，"他隔着栅栏解释道，"表演马上就要开场——如果还想赶上的话，你们得快点。"

"我们有一张贵宾票，是私人邀请。"莉莉拿出票，放在他前面的柜台上。小丑仔细看了看。

"是真的。这票看起来没问题！既然你们赶上了排队，那你们肯定能坐上座位！"他把票撕成无数小碎片，咯咯笑了起来，把它们像五彩纸屑一样扔到头上。然后，他从售票亭的侧门跳了出来，对大家抬了抬他那顶三角白帽，鞠了个躬。他鞠躬鞠得很深，他那件圆点小丑服前襟上的红色绒球在肚子周围挤成一团。他起身的时候满脸堆笑，而小丑的嘴唇上本来就已经画着一个轮廓分明的笑容了，堆在一起令人看了有些不舒服。

"来吧，朋友们，跟我一起往前。站在帐篷外可是什么都看不见。"他领着大家穿过铁门，又把门锁上。芒金趁着这个空当从栅栏的木板空隙中挤了进来，跟在队伍后面，这让小丑微微吃惊了一下。

雾还没有完全占领栅栏内侧。在草地上拉紧的拉绳之间，铺着一块红地毯，毛茸茸的像舌头似的，地毯边缘也围着一圈玻璃罐做的灯。地毯的前方是一扇大开的拱门，上面挂着灯，他们刚才看到的最后几个买票的人正匆忙穿过拱门，走进了马戏帐篷。耳畔是叮叮当当的各种声音的合奏，手风琴的声音、鼓声和小提琴音乐，还有观众叽叽喳喳的声音，一阵阵从帐篷里传出来。

"我是小丑乔伊。"乔伊说，"我比大多数人都笑得多，但有时也会情绪低落。"他指着脸颊上那滴彩绘的泪珠，做出一副悲伤的表情。

罗伯特觉得乔伊真的很怪异。小丑那唱歌一样的说话调子令他浑身不自在。在那种淡淡的玩笑口吻下，有种尴尬的令人紧张的气氛。他不知道小丑是不是说每句话都必须押韵。要真的是那样，他肯定会疯吧，不过也许他已经疯了？

他们走近帆布帐篷入口时，一个机械人笨重的身影闯入视线，他的四肢嘎吱作响，就像缺少润滑油的刹车发出刺耳的声音，他大约高达两米五——比任何人类都高，应该说，长、宽、高的尺寸都比人类身体大得多。

他们经过的时候，那个机械人转过来盯着他们，他脖子上的关节发出可怕的嘎吱声。机械人的眼睛很大，却空洞无神，像是蒸汽车上圆圆的头灯。他的嘴就是脸上平平的一条线，毫无表情，既不微笑也不皱眉。他那笨重的身体看起来像是用废弃的重型机械零件制造的，双臂交叉在胸前时发出当啷一声。罗伯特不由得哆嗦了一下。那个机械人的胳膊就像石头柱子一样又厚又粗，那双大手看起来可以一掌拍碎人类的头骨。幸亏机械人都有内置程序，会禁止他们伤害人类。

"那是楞克，"乔伊说，"他是保安，负责安保。这位机械大力士，让他上油是个难事，所以走路嘎吱嘎吱的。"

莉莉和托里担忧地盯着楞克，但他们现在没时间多想楞克的问题了，乔伊带着他们钻进一个小小的帆布通道，进了马戏帐篷。里面弥漫着烟熏火燎的烤栗子味、烧焦的棉花糖味，还混杂着汗味、帆布和木屑的味道。

他们经过入口处一辆漆得花里胡哨的马车，马车后面站着另一个小丑。这人的脸和乔伊完全不同，眼睛周围涂着白圈，围着嘴巴抹了一圈红色的口红，一顶破破烂烂的圆顶礼帽下面，染成亮橙色的头发向四面八方支棱着，这发色让莉莉想起了胡萝卜。最可怕的是他矮胖的身上那套花哨得毫无审美可言的格子套装，就像披着一块过于巨大的桌布，而且这块布还是用格子工厂爆炸后的残片胡乱拼成的。

"来啊！走这边！"他一边嚷着，一边指了指他柜台上摆着的那些糖果罐，"甜的鲜的好吃的！糖软心酒、糕冻檬柠、糖力克巧、糖花棉和子栗烤——你们可以品尝一下这些美食……"

罗伯特不知道这些是什么，但听起来很可怕！

"他叫奥吉，"乔伊说，"他说的话颠三倒四，但如果你多听几次，总能明白他的意思。"

"我们没钱。"莉莉对两个小丑直言相告。

"没题问的。"奥吉伸出一只戴着手套的大手，从马车的柜子底下拿出一个红白条纹的心形盒子递给莉莉。"再你给一份礼物。"

"哦，我忘了说……这是本马戏团的一点小小心意，因为今天是你的生日。"乔伊补充道。

"谢谢。"莉莉的笑容掩饰不了内心的困惑。她接过那盒巧克力，递给了罗伯特。她应该并没有对小丑他们提过今天是她的生日，但现在看来，他们似乎都知道。之前送礼物去庄园的人，会不会就是他们呢？

乔伊领着他们走过一排排的木头长凳，这些长凳围着帐篷排了整整五排，村里所有没被邀请去爸爸宴会上的人几乎都坐在这里了。莉莉认出了他们中间的一些面孔。和高街肉店老板的儿子坐在一起的是小学女老师，她尽力无视坐在她后面的那一群叽叽喳喳的学生。面包师和他的妻子正和他们的孩子们分享一桶爆米花，最小的孩子手上的爆米花撒了一半。在他们旁边，那位负责点亮和熄灭村庄绿地周围五盏路灯的老人，正捧着烟斗吞云吐雾。

剩下的座位上也都是村里熟悉的面孔。这些人向莉莉和罗伯特点点头，等他们一走过去，这些人立刻转头去和邻居八卦他们。莉莉估计他们可能在纳闷，她这会儿为什么不留在爸爸的晚宴上狂吃锈夫人做的美食，要知道，锈夫人可是整整一周都在本地的商店里忙着采购各种食材。

"就是这儿！"乔伊在几把空木椅前停了下来，椅子旁边就是场地正中间的马戏场，被一条红丝带围着。"贵宾区！"他一边说着，一边用一根手指撑开左眼皮，让眼珠骨碌骨碌转了几圈。然后他眨了眨眼睛："对不起，我眼皮有点无力——有点撑不起……嘀！嘻嘻……对你很好奇，什么让你嘀嗒嘀？……"

莉莉僵住了。他说的就是那张生日卡片上的话。她开始怀疑，那张卡片会不会就是他写的。这次探险突然让她心头涌起了不祥的恐惧。但乔伊已经解开过道上的丝带，领着他们走到了座位上。

当他们脱掉外套入座的时候，乔伊指了指马戏场另一边的红丝绒幕布，那边的阴影里站着一个四人乐队——三男一女，都穿着拼布西服——正在演奏着刺耳的暖场曲目。现在最后一批观众也入座了。

"这个座位可能看起来不怎么样，"乔伊解释道，"不过我保证这里的视野绝对最棒。我代表大家，莉莉，先祝你生日快乐吧。上半场的时候记得看我呀。"他行了个礼就离开了。

莉莉不安地环顾四周，想弄清楚他们现在的处境。小丑说的话至少有一点是真的，他们坐在马戏场里最好的位置，视野极佳。从她坐的位置上，可以把全场每个角落尽收眼底。

中间圆形场地的顶部由四根杆子撑着，杆子上向四周拉起的帆布条上挂着黑、白、黄三色小旗。边缘稍微矮点的侧杆上挂着一盏盏油灯。渐渐地，人群安静了下来，乔伊和奥吉这两个小丑在人群中费力地挤来挤去，他们俩一边打打闹闹逗大家开心，一边把场地里的灯逐一熄灭了。

现在只剩下最后一团火焰了。火光抖动几下，也熄灭了。整个帐篷陷入了一片黑暗。令人心神不宁的乐队演奏也停了。莉莉发现自己屏住了呼吸。

她不知道，一小时之后她是不是就能得到她所期待的答案；她也不知道，来马戏团这个决定，是不是一个严重的错误。

斯林木德
举世无双
天空马戏团

第五章

　　莉莉的眼睛还没来得及完全适应帐篷里这一片漆黑，突然有一盏石灰灯亮了起来，伴随着一阵钙化物燃烧的强烈味道，强烈炫目的灯光照亮了整个马戏场。提琴弓弦轻柔拉响。很快加入了鼓点和吱吱扭扭的手风琴声，接着低音提琴也和了进来。

　　随着喧闹的乐声越来越大，天鹅绒幕布徐徐开启，中央的垂幔升了上去，露出后面黑色的背景幕布。幕布上面缀着无数的镜子碎片，反射着场内的光线，像小星星一样闪闪发光。

　　两个人影——一男一女——走上了马戏场。两人背对彼此，沿着环形场地绕行一圈。那男人戴着一顶高帽子，宽宽的帽檐下是一张刮得干干净净的瘦削面孔和一对眼窝深陷的黑眼睛。他拿着一根马鞭往前走，每走一步，红色的燕尾服后摆就会甩起来一下。那个女人头上松散的金色发卷也跟着她的步子蹦蹦跳跳。她穿了一件朱红色的裙子，撑着一把红白条纹的阳伞，脸上涂着鲜艳的浓妆，还有一把跟她发色一样的金色长胡子。

这两人转完半圈，在前场再次会合，正好停在莉莉他们坐的位置前面。两人的胳膊同时高举起来。

男人扯下礼帽，对大家鞠了一躬，咧嘴一笑，露出闪闪发光的金牙。"女——士们，先——生们！欢迎来到我们的马戏帐篷！今天晚上，在我们空前绝后的欧蕨桥之夜，你们会看到惊心动魄的精彩表演！"

"哎哟！"托里低声说，"他的气可真足！"

"总是这老一套，简直就跟帐篷里头的味道一样让人受不了。"芒金嘲讽道。

"我叫斯林木德，"男人继续讲，"我是这个马戏团的班主。今晚你们将有幸见证神奇的杂耍马戏，这边的观众和那边的观众！容我向你们隆重介绍我美丽的助手——狮鬃夫人，我们团里的大胡子女郎以及副班主。"他举起戴着白手套的手，指向那位女士的方向。"据说乡村生活十分沉闷无聊，但今晚不会了！我们会表演最危险的项目，最刺激的魔术！给你们带来一个难忘的夜晚！"他对着人群用力一挥手，就好像他描述的这些精彩就在眼前。

狮鬃夫人向前一步。"在我们开始之前，有位小丑告诉我今晚有人过生日。"她看向莉莉，"你愿意站到台上来吗？"她的声调像唱歌一样。

莉莉站了起来，惴惴不安地接受了她的邀请。

"大家欢迎哈特曼小姐！"

大家都鼓起掌来，狮鬃夫人把撑开的阳伞挡在她们俩身前，弯腰低声在莉莉耳边说："生日快乐，莉莉。我也有个礼物要送给你。"她对奥吉示意了一下，小丑立刻冲过来，递给莉莉一捧包在报纸里的野花。

"记忘别浇点水。"小丑尖声叮嘱道。莉莉从他手里接过花束，奥吉举起衣领上别着的一枝丝质康乃馨，滋了她一脸水。

然后，狮鬃夫人示意莉莉先回座位上去。

莉莉坐回她的位置，把那束蔫头耷脑的野花放在她脚下的地板上。

"别去吃这束花啊。"她一边捞起长围巾擦着脸，一边提醒芒金。

"这些花已经死透了，让我吃上两口也没什么区别。"椅子底下的芒金嘟囔着，"而且，台上那个女人不应该在室内撑伞的。这兆头不吉利。大家都知道的嘛。我还以为马戏团的人肯定也知道的。"

托里拍拍莉莉的胳膊问道："你问她安捷丽卡的事情了没？"

"还没来得及。"莉莉说，"我待会儿再问。也许她会——"

但是他们的对话被一阵擂鼓声打断了，台上的狮鬃夫人抛起那把撑开的阳伞再接住，让伞柄立在她手掌上，然后啪地合上了伞。

这时，斯林木德大声吼道："记住——这里没有规矩，没有限制，也没有安全网！只有全世界最精彩的表演……现在，这场盛宴隆重开场啦！"

莉莉靠到椅子背上，狮鬃夫人让她有点介意。她身上那种浓烈的香气依稀有种熟悉感。她之前俯身耳语的时候，即使场内充斥着锯木屑和动物的气味，她那股香气仍然穿透一切，唤起莉莉脑海里某些遥远又模糊的回忆，虽然一时还没想起来到底是什么。

她现在也没时间去仔细琢磨，因为演出已经正式开始了。他们眼前的马戏场上，翻跟斗的、顶盘子的、跳舞的、杂耍的，各种表演轮番上阵，莉莉看得越来越投入，无暇他顾。

"接下来上场的是，弹跳无敌的纽扣一家！"节目已经过半，随着斯林木德一声大喊，三名黑发深肤的杂耍演员一起走进场内。班主挨个指着他们介绍："布鲁诺，吉尔达，席尔瓦！"席尔瓦是最小的一个，跟莉莉差不多大，莉莉觉得她应该是另外两个的妹妹或者女儿。"他们能像弹珠一样灵活蹦跳！待会儿的杂技演出一定会让各位耳目一新！"

纽扣一家蹦跳着散开来，随着乐队的节奏表演着后空翻和侧手翻。与此同时，随着刺耳的嘎吱声，楞克拿上来一架跷跷板。他像举着一根火柴似的，把跷跷板放到马戏场中央，又摇摇摆摆地走下去了。

席尔瓦踩在跷跷板的一头。吉尔达爬上布鲁诺的肩头，站起来搭成一座人梯。席尔瓦对他们点点头，双手扶在大腿上准备好了。那边两人就齐齐飞身跃起，落在跷跷板的另外一头，把席尔瓦弹到空中，然后看着她正好落到他们这架人梯的顶上。

席尔瓦落下来的时候，身体还在摇晃，看起来随时有可能会掉下去的样子。她紧张地往舞台侧翼正在候场的斯林木德和狮鬃夫人那边看了一眼，他们背后的阴影里，楞克庞大的身躯挪了挪脚。这一下，席尔瓦晃得更厉害了，感觉好像她怕的不是在观众面前失手，而是怕在这几个人面前失手。

吉尔达举起双手扶住了席尔瓦的腿，让她站稳。乐声大作，鼓励着她重新站好，紧接着就是一阵鼓响。

席尔瓦勉强挤出一丝紧张的微笑，举起了双手，从人梯的最上面一跃而下……

她双手着地，撑住身体在铺着锯木屑的地面翻了个筋斗，在一阵欢呼中站起身来。吉尔达和布鲁诺也紧跟着翻身跃下，正好停在她身边。三个人排成一行，张开双臂向帐篷的每个角落夸张地鞠躬致谢，然后在大家的掌声中退场。

之后上场的是打扮成启示录骑士的迪米特里·格莱，一身哥萨克骑马装，骑着一黑一白两匹马，绕场一周。

接着出场的是一个看起来简直有几百岁的老头子，他吞了四根熊熊燃烧的火把，拎起茶壶灌了一大口茶水，又把茶盘上一整套陶瓷茶具都吃了下去，就好像那些瓷器只是一堆奶油面包似的。

然后，斯林木德再次出现。"还记得你们今晚是专门来看什么的吗？"他喊道，"下面出场的就是整晚演出里最可怕、最有违自然的部分！"

嘈杂的人群开始有些骚动，场内的音乐伴奏也随着他的话音变得激昂尖锐起来。

"女士们，先生们，请伸出你们热情的手，不管是一只还是两只，他都很需要——欢迎龙虾小子卢卡！"

一个男孩从幕布中间走了出来，他的机械手就像一对龙虾钳子。他穿着亚麻衬衫，羊毛长裤，蓝眼金发，头发乱糟糟的就像个稻草堆。他看起来有些不自在，但他还是按照指示挥起他的钳子手。莉莉猜想他应该有十五岁了吧，虽然他的个头看起来跟她差不多。

"大家注意他那两个可怕的部件。"斯林木德站在马戏场边缘，举起鞭子指着卢卡。他打个寒战，用另外一只手做作地捂着嘴，神神秘秘地倾身向观众说道："他的钳子可以切开十五厘米厚的钢板，就像切纸一样轻松！"

卢卡走起路来是个罗圈腿，肩膀也耷拉得很低。莉莉注意到，那对机械钳子手看起来重得很，他在场子里面走的时候几乎就只能拖在地上走。莉莉不喜欢斯林木德那种咋咋呼呼的嘲弄语气，还有这位马戏团班主对待这孩子的态度。不知道他对安捷丽卡是不是也是这种态度。莉莉发现自己已经不自觉地咬紧了牙关，一想到像她这样的改造人在被人残酷地压榨取乐，简直无法忍受。就这样把他们的特别之处当作猎奇的展品，引发人们的恐惧。

在她心潮起伏的这会儿工夫，楞克又嘎吱嘎吱地沿着屋顶轨道拖了两条晃晃悠悠的锁链过来，拖到场地中央的位置上，直接挂到卢卡的头上。

"今晚,"斯林木德说道,场中的卢卡开始顺着锁链往上爬,"卢卡将不借助任何辅助外力,徒手爬上去,然后只用单手抓住锁链表演高空秋千。女士们,先生们,千万不要靠得太近,更不要激怒他,要知道,只要一下,他的钳子就能夹掉你的鼻子!"

"老天哪!"莉莉旁边的那排座位上有人尖叫起来,"他就是个妖怪!"

莉莉等着斯林木德帮卢卡说点什么来反驳这个人。他才不是妖怪呢。他们怎么想的?但是斯林木德接下来的话反而肯定了那女人的观点:"小姐,我们马戏团里称他们为怪物!"

那女人听完就晕倒在地,她的同伴给她疯狂打扇子通风,上蹿下跳地想把她弄醒。幸运的是,狮鬃夫人一直就站在场地边上,她正好带了一些嗅盐在手边。她从口袋里拿出一只小小的玻璃瓶子,冲过来在那女人的鼻子底下用力摇动瓶身。

刺鼻的辛辣臭味从隔壁座位飘了过来,那味道让莉莉觉得一阵发晕。小丑奥吉扶着那女人站起来,她的朋友护着她往外走,去呼吸点新鲜空气。整个场地上,包括卢卡,每个人都停下来看着这场奇异的闹剧。那女人一边往外走,一边还在念叨卢卡有多么可怕。

莉莉看了一眼卢卡难过的表情,顿时对他充满了同情。罗伯特和托里看起来也觉得他们闹得太过分了。

"他们为什么要这么做啊?"罗伯特小声说。场上的卢卡继续抓着链条往上爬，观众的注意力再次回到他身上。

"只要不一样，人们就会鄙视。"托里说，"他们对不一样的人怕得要死。"他冲场子里的马戏团班主和卢卡方向点点头，"但是如果要我来猜猜看，那两个人里面谁的心肠比较黑，我会把我所有的钱都赌在那个斯林木德的身上。"

莉莉想起自己曾经跟托里谈起齿轮之心的事情，当时她提到这个东西的存在让自己觉得和世界格格不入。托里那时说过他经常也有类似的感受。他那时还只是个街头卖报纸的孤儿，人们经常因为他的这个身份看不起他。他完全明白被人视为异类的感觉。而且他说得对。莉莉想着，大部分人都不会给你机会来证明你其实和他们是一样的人，如果你的外表异于常人，就更加没有机会了。

卢卡现在已经快要爬到屋顶了。

"谁也不知道当初他是怎么失去了双手。"斯林木德在卢卡爬最后一段距离的时候，开始说道，"也许是脱谷机的一次事故，也许是卷进了纺织机里？说不定他当初当过裁缝学徒，被剪刀剪掉了？连他自己都想不起来了……但是这些都不再重要了，现在重要的是，这个怪物的钳子就跟铁一样硬！"

卢卡在锁链的顶端荡了几下，撑起他的身体，和锁链形成一个直角，展示出非人的力量。

然后他爬下来，回到场地上，朝大家鞠个躬，结束了他的表演。他满脸鄙夷地盯着观众席看了一圈，又漫不经心地动了动他的钳子。大家不安地鼓起掌来，掌声七零八落的。

这个马戏团的节目安排让莉莉开始感到极度不适。毕竟，在座的观众都是付钱来围观像卢卡这样的人，可是他和身怀机械部件的莉莉又有什么本质的不同呢？唯一能说得上不一样的地方就是，他的异象是明明白白暴露在外的，而莉莉的不同，她的藏在身体深处。

"接下来上场的是长腿迪迪！全世界最怪异、最神奇的走钢丝表演者！"

一个深褐色头发的年轻姑娘轻快地踩着舞步进入了场地，她穿着粉色的芭蕾舞蓬蓬裙，每走一步，那高跷一样的机械长腿就颤巍巍抖一下，远看简直像是一只上了发条的机械火烈鸟。

观众席上再次尖叫声四起。但是迪迪没有理会他们，施施然踏上绳梯，站到顶端平台那根横跨场地上空的钢丝前。钢丝很细，只有聚光灯照在上面的时候才能看清楚。她从平台侧面的钩子上拿起一根长杆，举起来保持住平衡，走上了钢丝，两脚一前一后小心地挪动着，机械脚趾紧紧抓住钢丝绳。

不一会儿，她脚步越来越轻快，开始在钢丝上奔跑跳跃，甚至在绳子上表演了翻筋斗和拿大顶——好些动作都是莉莉闻所未闻的，连她看过的那么多《惊魂便士》上面的马戏团故事里都没讲过。迪迪表演完毕，再次回到场地上，脸上带着一点刻意的冷漠，漫不经心地向观众鞠了个躬，就飞快回到幕布后面去了。

"现在，请大家看看有史以来最大块头的机械人。他拥有真正的钢铁肌肉！我们团里的铁人——楞克！"

楞克迈着沉重的步伐，踱进了马戏场。他庞大的身体嘎吱作响，就像是没有上过油的蒸汽机，四四方方的金属大脚踩下去，震起一蓬蓬尘烟，地面都为之颤抖。

四个壮汉从对面推了一架带轮子的笼子进来，里面装着两只邋邋遢遢的狮子、一只老虎和一只熊，它们都在里面走来走去。楞克走了过去，他巨大的影子笼罩在这些动物的身上。

楞克使出他非人的力量拉弯了一根铁栏杆，然后钻进了这个满是危险动物的笼子。但是不知道为什么，不管是他拉弯了栏杆还是钻进笼子，大家都没觉得有多震惊。毕竟他是金属做的，那些肉食动物也不能把他怎么样。实际上，莉莉更为那些动物捏把汗，楞克正威胁地对着动物们挥舞着一把椅子。说起来，可怜的野兽们都瘦成这样了，还把这么个根本无法战胜的铁人放进去欺负它们，真的很不公平。它们甚至都没敢靠近他。

楞克的节目结束之后，场内慢慢有了一种让人有点不安的微妙气氛，就好像水面上浮起的一层油。这场表演应该是快接近尾声了吧？莉莉想着，不知道他们一直坚持看到最后会不会是个错误的决定。是不是应该现在就走？毕竟，他们出去了还得想办法找车送他们回家，但是，她要不要再等一会儿？她真的很想见见安捷丽卡——想看看她的表演，还想跟她聊一聊。

就在她犹豫的时候，乐声再次响起，提琴如泣如诉，手风琴和着鼓声节奏越来越快，声音越来越大，显然是预示着什么激动人心的节目即将登场。果然斯林木德再次出现，在音乐声里大声宣布："女士们，先生们，你们即将目睹今晚最为震撼的压轴节目！"

莉莉一下坐直了。这肯定就是那个节目了吧？就是她等了一晚上的……

"请观赏天空马戏团最为不可思议的怪物为大家表演空中飞人！她是让人咋舌的怪物，她是让人迷醉的改造人，人们甚至把她称作英格兰的仙女公主！代达罗斯的女儿！大不列颠魅惑众生的鸟人！天地之间的神奇造物！我们这个摩登时代改造人的奇迹！绝无仅有的奇观！"他对着观众席甩动手里的鞭子，"看她勇猛地凌空飞翔！看她在两架秋千之间翻飞！看她在众目睽睽之下完成不可能的空中四圈翻，而且是在三十米的高空中完成这一切！下面请出我们的杂技天使，安捷丽卡·艾尔哈特！"

聚光灯扫过全场，停在半空中一条长长的绳梯上。天地之间，凌空悬在绳梯上的，正是那个长着翅膀的女孩。

第六章

莉莉的眼睛紧紧盯着聚光灯下的安捷丽卡。玻璃珠子在她浓密卷曲的发辫里一闪一闪的，像一圈光环绕在头顶，棕色的皮肤让鲜艳的表演服显得格外流光溢彩，闪烁的微光映在她那双栗色的大眼睛里，那么夺目。背后翅膀上的深色羽毛飘动着，好像被一阵轻柔的风吹过。

这就是他们一直等待的那个人。

莉莉被安捷丽卡深深地迷住了，差点就没注意到坐在身边的托里倒抽一口凉气。

"我认识那个女孩，"托里说，"之前看邀请信时没注意到，照片太小太模糊了——但她过去就住在卡姆登感化院。那时她的名字是安杰拉，而不是安捷丽卡，她以前也没有这对翅膀。"他惊叹地摇着头，"那时我们算是朋友，她和我——尽管我们没交谈过。我总是用一个篮子把食物和信送上去给她，当时她住在一个阁楼上。有一天她突然就不见了。我当时问过其他孩子到底出了什么事，但谁也不知道，她就那么消失了。"

音乐声慢慢变得更加恢宏，安捷丽卡随之攀上梯子，一格又一格。她身材高挑笔直，很有气势，但在微笑之下却是微蹙的眉头，这意味着攀爬很有可能让她疼痛。莉莉还发现，她往上的时候更多地使用左腿而不是右腿。

托里也注意到了这点。"她为克利弗小姐工作的那段时间，右腿断过。"

"谁是克利弗小姐？"罗伯特问。他屏息看向安捷丽卡。

"感化院的院长。"托里解释道，他专注的眼神一直追随着上方的安捷丽卡。"她告诉我们，她送安杰拉去医院休养一阵。后来有位女士把她带走了，我们从此就再没见过她。但我从来没想过她会出现在这里，在马戏团工作。还长着翅膀什么的，这谁能想到呢！"他轻轻吹了一声口哨。

莉莉觉得心口的伤疤痒痒的。"托里，这是什么时候的事情？"她问道。

"五年前了。那时的安杰拉可没有这么大的胆量。"托里回答，他坐在座位上紧张得身体发抖，"她至少到目前为止都很大胆，起码看起来是这样。"

莉莉觉得他说得对。安捷丽卡离地越高，就变得越活泼，也越有信心，好像在空中的她才更像她自己。

她正走到平台边缘，扬起一只手，朝观众挥动着，向他们发出快活又自信的问候，脸上绽放出明媚的笑容。"你确定安杰拉和安捷丽卡是同一个人吗？"罗伯特问托里。

他点头："一定、确定以及肯定。无论到哪里我总惦记着她，她已经烙在我的记忆中了，真的。天使一样的脸庞。"

安捷丽卡轻巧地从梯子顶跳到半空中的平台上。在一股梦幻般的烟雾中，她把手伸进固定在平台上的一个白铁皮盒里蘸了蘸，然后双手一拍，空中散下仙尘般的白色粉末。她抓住秋千，一个空翻坐上横板——霎时间，她展开了双翼，大力拍动几下翅膀，秋千就开始前后摆动起来。

秋千摆动的节奏渐渐变快，安捷丽卡一跃而起立在了横板上。当秋千再次前摆时，她放开双手，朝后仰倒，双脚分别钩住吊绳和横板一左一右两个连接处。她倒悬在空中，翅膀在身后飘动着，像是一顶羽毛斗篷。

莉莉看着这场面，完全被迷住了。她的视线一直忙着追逐那女孩行云流水的动作，刚才在想的无数问题这下统统都被抛在了脑后。

安捷丽卡迅猛地拍动着翅膀。

秋千荡得更高了，摆动到它的最大幅度。

十五米开外的空中，垂着另一架秋千，空无一人，纹丝不动。

安捷丽卡看着那个方向，很显然，她下一步将在两架秋千之间跳跃。一个不可能完成的危险距离。一个要命的动作。

地面上，斯林木德挥手向上指着那架空秋千："女士们，先生们，请紧紧盯住安捷丽卡·艾尔哈特小姐，眼睛一秒都不要眨，她即将尝试的动作是空翻四周，而且秋千下面没有拉安全网！鼓声，走起！"

表演场上立刻响起一连串急促的鼓点声。

秋千再次荡了起来，等横板飞到与帐篷顶的旗帜平齐的那一刻，安捷丽卡脚下一蹬，身体腾空……

惊

天

一

跃。

哗啦啦啦，她的翅膀在拍打着；

唰啦啦啦，她的羽毛飘在空中。

莉莉的心脏在期待中发出尖叫声。她的伤疤发痒，喉咙仿佛被什么东西堵住了。

安捷丽卡在空中翻滚着，翅膀拖曳在身后。聚光灯一路追着她。

有那么一瞬间，她似乎放弃了。

有长达一秒钟的时间她完全是自由落体的，那些羽毛仅仅是个装饰而已，根本没能托起她的身体。

她试着去抓住另一架秋千，但失手了……

莉莉抽了一口冷气，罗伯特的双手紧紧绞在一起，托里则惊恐地叫起来，观众也发出一片惊呼，安捷丽卡向地面栽了下来。

可是，还差一秒就要撞到地面的那一霎，她拍动翅膀，飞了上去，然后沿着帐篷边缘盘旋一圈。原来这番惊险只是设计好的表演动作。

"哇哦！"托里紧张地感慨道，"我真是从没见过这样的表演！她是真的在飞呢！"

罗伯特想回应他，但一个字都说不出来，只能如释重负地跟着大家一起欢呼起来。

所有的观众都站起来，激动欢呼，放声欢笑。

莉莉心里的喜悦咕嘟咕嘟冒着泡，她也站起来跟着大家没完没了地开心鼓掌。安捷丽卡太让人震惊了，她刚刚的表演简直是她这个改造人独有的炫目奇迹。

当她振翅冲上高空的时候，每个观众的脑袋都跟着她的方向，注视着她的一举一动。她从帆布帐篷顶俯冲下来，沐浴在一片赞美声中，她看上去自由自在，翅膀的动作渐渐放慢，慢到整个动作舒缓得好似在水里游动。她在空中戏耍着，像海里游弋的鱼、花间采蜜的蝴蝶，或是天上翱翔的雄鹰；翅膀带着她自在盘旋，像是天使在飞。

最后，她朝下一个俯冲，在场地边缘完美降落，只溅起几星锯末。她蹲下身子，捡起场边早为她预备好的一根手杖，然后站直身体，骄傲地仰起脸来，扶着手杖稳住身体，将双翅完全展开，向大家鞠了个躬。

在人群疯狂的欢呼声中，安捷丽卡蹒跚地走到场地中央，微笑着挥手向大家致意。但不一会儿，欢呼声就消失了，莉莉耳边传来喊喊喳喳的低声交谈。掌声变得稀稀拉拉的。莉莉觉得安捷丽卡的微笑好像并没有抵达她的眼底，而且当她走到后台幕布时，莉莉看见她的笑容面具彻底消失不见了。

安捷丽卡走出聚光灯圈，斯林木德和狮鬃夫人顺势站到她刚才的位置上。

"刚才就是我们今晚最后一个节目！"斯林木德高声说道。

观众全都看向他，除了莉莉。所以，只有她注意到，在聚光灯之外，正在合拢的幕布之间，楞克出现在安捷丽卡身边。

"当灯光再次亮起时，请大家安静地退场。"狮鬃夫人补充说。

莉莉看着那个金属大力士抓住了安捷丽卡的胳膊，小姑娘瑟缩地拱起肩膀，翅膀垂落下来，羽毛擦到了地面。在次第合拢的层层丝绒幕布之间，她绝望地向外望去，眼睛因震惊睁得大大的。莉莉跟着她瞬间视线的方向，意识到她肯定是看见托里了。

楞克拽着她往后走，幕布窸窸窣窣地合拢了，他们的身影消失不见，只留下站在场地上的斯林木德和狮鬃夫人。

其他演员都没有返场鞠躬，但斯林木德和狮鬃夫人似乎很高兴代表大家接受掌声。

"你看到了吗？"当台上那两个人鞠完最后一躬时，莉莉叫道。

托里点点头："我想她认出我了。而且刚才那个机械人正在伤害她。"

"不会的。"罗伯特说，"机械人不会伤害人类。"

"你怎么知道？"托里问道。

"我爸爸告诉我的，"罗伯特说，"这是机械人的第一原则，任何机械人不得杀害或严重伤害人类。这是设计的一部分，内嵌在零件和电路中。"

"我可不太确定这一点，"莉莉说，"我觉得托里可能是对的。安捷丽卡的情况看上去不太好。"

小丑乔伊和奥吉围着场地笨拙地移动着，重新点燃油灯。观众们起身向门口拥去。

罗伯特、托里和莉莉穿上外套，一一扣好扣子。罗伯特戴上帽子，莉莉也把锈夫人送的超长虎纹围巾绕在脖子上。她把那束发蔫的花留在了原地，拿出修好的怀表查看时间。

"八点三十二分，"她告诉同伴们，"我记得锈夫人说我们必须九点前返回，而晚会将持续到午夜。我真的觉得我们应该去找安捷丽卡，看看她是否没事。或许还可以找到一些关于这一切的答案，就像那张卡片上说的。"

"可是如果楞克一直看守着安捷丽卡的话，我们怎么才能跟她说上话呢？"托里问。

莉莉摇摇头："我也不知道。"

"莉莉，我感觉这个地方很不对劲，"罗伯特插了一句，"气氛阴森森的，而且你爸的演讲快开始了，我们得赶紧回去。如果现在出发，我们应该还可以准时到家，而且可以装得好像没出过门一样。要不我们给安捷丽卡留一封信，找个信得过的人转交给她？那个副班主怎么样？”

莉莉想起那张卡片上还说安捷丽卡想在演出后见她。她环顾四周，发现那个大胡子女郎正陪着斯林木德站在帐篷门边，手握着阳伞，正和离场的观众们一一告别。狮鬃夫人似乎感应到了莉莉的注视，她转过身来，视线穿过昏暗的帐篷盯着莉莉的方向，莉莉觉得那女人的目光简直像是直直穿透了她的灵魂。

“向她求助，也许不太适合。”她喃喃说道。

“老实说，这里的每个人都很奇怪，我哪个都不喜欢。”托里说，“既然现在找到安捷丽卡的下落了，我一定要确保她安然无恙，不能就这样任她流落在这种地方。”

“我不知道幕布后面安不安全，”罗伯特说，“天知道会发现什么。”

“咱们是不是最好混在人群中先溜出去，再转到后面？”托里建议。

“马戏团的人是不是一直在盯着我们，还是我太过敏感了？”莉莉说。

罗伯特从帽檐下飞快地朝着场地四周瞥了一眼。他低声说：“他们整晚都在盯着咱们，这地方肯定有问题。他们所有人都不太对劲，好像在等待什么大事发生。”

村民们还在一拨一拨向出口走去，这时，几个面相粗鲁、没穿戏服的大块头从幕布后钻出来，他们开始将空板凳翻倒再摞起来运走。

莉莉还是不知道到底是谁送来了妈妈的笔记本和那封邀请函，如果不是安捷丽卡，那会是谁呢？狮鬃夫人还是斯林木德？甚至是楞克？或是那两个笨笨的小丑？当时她刚到的时候，小丑就对她好一通大惊小怪，现在帮着清场时，好像还在紧紧盯着她。

她再次回想起和演出票以及笔记本一起送来的那张卡片，上面写的是：

> 这里有个小问题，
>
> 正经问题别怀疑：
>
> 有人对你很好奇，
>
> 什么让你嘀嗒嘀？

这个的答案——齿轮之心——突然间充满了威胁。在晚会上，那个教授曾经提到全英格兰只有屈指可数的几个改造人，莉莉刚刚就见到了其中的三个，包括安捷丽卡，而且在演出中他们都受到了不公的对待。随着一阵翻江倒海的恶心感，莉莉意识到，这只能说明一件事：她之所以今晚被邀请到这里，是因为她本人也是个改造人，而且——虽然她还不能完全肯定这一点——马戏团的人多多少少知道这件事，同时，很可能对她有所图谋。

"嘿，小心背后啊！"一个清场的人说着，噼里啪啦地拖走了她旁边的板凳。

莉莉环顾四周，发现他们是留在帐篷里的最后三名观众了。"芒金去哪儿了？"她忽然问道，他们商量着要离开这里可有好一会儿了，他却出乎意料的一声不吭，没有喋喋不休地对每件事情都评头论足一番，这可不像他。可能他溜下去在板凳下睡着了？她弯下身子去找，可是他不在下面。

"芒金不见了！"她小声喊道，慌张地压低了嗓音。恐惧像一个破碎的玻璃风铃卡在她的胸口。他能去哪儿呢？一想到他在这个可疑的地方独自游荡，她整个人都不舒服，他随时可能会出事的。

她一下子不知道该怎么办了。她有点想去找安捷丽卡，但是如果他们没找到芒金，没有在晚会结束前按时回家，爸爸会发现他们失踪了，那他们的麻烦就大了。

"芒金！"她喊了一声。

接着她把手指放进嘴里，吹了一声响亮的口哨。

"芒金！"罗伯特叫着，眼睛在昏暗的帐篷里四处搜寻。

"芒金！这里，小子！"托里用手背把脸上的头发扫开。

罗伯特不知道小狐狸会不会乐意回答这样的召唤，但总得试一试。他们等待着，竖着耳朵听有没有哪里传来芒金的尖声吠叫。但毫无回音。他那明亮的红色尾巴也不见踪影。

这种忧心、紧张令人窒息。莉莉简直感到无法呼吸了，她松开围巾，双眼在帐篷里绝望地搜寻。壮汉们模糊的侧影在帐篷远处继续收拾着板凳，对莉莉他们的呼喊声无动于衷。

就在这时，斯林木德关上了出口的门，狮鬃夫人则举起阳伞，猛地扔到地上。听到这个信号，壮汉们凶狠地转过身来，面向莉莉和她的朋友们，扔下各自手里的活计直奔他们而去。莉莉的心跳得好像擂鼓一样响。他们被暗算了。

第七章

　　芒金早就不耐烦看表演了，决定四处看看，先独自探查一番。

　　当罗伯特、莉莉和托里正在观看那些糟糕透顶的滑稽表演时，他已经从一排排的板凳下和躁动不安的腿脚边溜走了。他躲开撒得满地都是的爆米花以及粘在板凳腿上被咬了一半的奶糖球，慢慢来到了帐篷边缘，穿过一块垂下来的帆布门帘，扭身钻了出去。

　　场地外的田野上，果酱罐子里的蜡烛发出微光，好像轻薄雨雾中的萤火虫，忽明忽暗地闪烁着。老鼠在灯下乱窜，蛾子被灯光吸引，在上面飞来飞去。芒金发出低吼声，对它们龇着牙，这些小东西便四处逃散了。

　　雾气散开了一会儿，他看见围栏和售票亭已经消失了。其他的牌子和货摊都被放倒折平，装上了小车，被一群人推着，朝飘在大帐篷后面那个巨大的天空马戏团热气球走去。整个场地很快就会被拆空，然后和马戏团成员们一起被运送到演出的下一站。

幽暗的灰雾再次笼罩下来。芒金缀在那群人后面，小心翼翼地躲在阴影里跟了过去。他爪子下的地面很松软，带着泥土的湿气。爪子踩进这冰冷又黏糊的泥土里，让他不禁打了个寒战。

那个晃晃悠悠的条纹大气球下面，是一个巨型木制吊舱，至少三层楼高，差不多有欧蕨桥庄园的房顶那么高，形状像是一艘古老的帆船。如同退潮时搁浅的小船，龙骨扎进草地；紧绷的绳索将它固定在土里，绳上还挂着许多薄雾凝成的水珠，像打湿的蜘蛛网。每一层楼上是一排排的舷窗。芒金试着数了数，结果数到二十就糊涂了。他猜每一个窗子代表一个房间。像这样一个马戏团，总是需要在各地流动，一定会有足够多的房间给所有成员居住。

这个天空马戏团为什么会来这里呢？芒金想。这个安捷丽卡和其他人又是怎么拿到莉莉妈妈的笔记本的呢？如果他能找到答案，一定会让莉莉非常高兴的。他可不像是舞台上那些咔咔作响的呆头呆脑的机械小奶狗，他到这里是来调查的——要探查出谎话背后的真相，还要找出证据和答案。要不了多久，他就能解开这些谜团，并找到这一切的关键！

他悄悄靠近了帆船，藏在一堆废弃的五颜六色的信号牌背后。这里此刻还算安全。他看着大汉们拿着大包、道具和围栏进了船上的货舱。天空马戏团和芒金听说过的其他马戏团都不同。马戏团通常都是坐火车或是大篷车旅行，但天空马戏团好像是靠这个奇怪的圆墩墩的空中飞船飘来飘去。也许所有莉莉想知道的答案就在这里。在这里面……

芒金谨慎地靠近踏板，然后躲在下面，嗅了嗅一包木头夹子，这个包裹胡乱塞在一摞用薄木板做的数字后面。这些数字闻起来年头很久了，一股霉味，看上去简直支离破碎，全靠着表面的油漆才把它们粘在一起。他注意到，之前那个帐篷，还有这艘飞船——事实上这整个地方——都带着一股子陈腐而可疑的感觉，就像村里鱼贩子开的那家店，他绝不会为它们说一句好话。

芒金从踏板下探出头，抬眼盯着黑乎乎的船舱内部。有人牵着两匹马上了踏板，走进货舱消失了。"当心你的头！"随着一声大喊，一只装着两头狮子、一头老虎和一只熊的带滚轮的大笼子被推上了甲板。芒金听见马蹄声和马儿惊慌的咴咴叫声从船的深处传来。一头狮子发出愤怒的吼叫。接着是大笼子被挪动和摆放到位时的嘎吱声和咣当声。

他考虑了一下，想着要不要冒险爬上船去看看里面的情况，要不然还是先回到马戏帐篷去，和罗伯特、莉莉和托里他们一起合计一下更好？可他们也根本不知道该从哪里入手。也许他应该先和那些动物聊两句试试看——动物们肯定更清楚这里的情况吧？

他摇摇摆摆地爬上梯子，走进了船上黑漆漆的装卸间里。

野兽笼摆放在房间正中，被绳子固定在地面的桩子上。

笼里的狮子、老虎和熊看起来都脏兮兮的，而且神情悲伤。

"晚上好呀。"芒金客客气气地和它们打了个招呼。

但对方没有回应。它们似乎不是机械动物，而是野生的，所以听不懂他说的任何话。它们就像一堆石头般沉默、哀伤而忧郁。看来想从它们嘴里套出内幕消息是没戏了。运气好的话，他会收到一通绝望的尖叫和嘶吼；运气差的话，可能就只能听到几声响屁和饱嗝！

他准备放弃，并且迅速打起了退堂鼓，这时，他听到货物通道那端传来了两个人的说话声。他趴在地上，一点点地挪到装卸间边缘，向外望去。两个鬼鬼祟祟靠在一起的人影在雨雾中有点模糊，但芒金听出了斯林木德的声音，认出了狮鬃夫人的身形。他爬得更近些，竖起耳朵，尽量捕捉他们的对话。

"……票和笔记果然把她钓来了。"说话的是狮鬃夫人。

"我们的诱饵奏效了，是吗？"斯林木德回答，"她真的以为那个长翅膀的女孩和她妈妈有关？"

"是的，"狮鬃夫人发出划玻璃般的刺耳大笑，"Mon Dieu！（我的神啊！）要是她知道真相就有意思了。我敢肯定，她会等到演出结束后去找安捷丽卡说话。到那时，我要你和楞克把她给抓住。"

芒金一下跳了起来。他要马上回去给莉莉、罗伯特和托里报警。他们必须要逃跑，要快！

在他身后，笼子里的狮子、老虎和熊轻声吼叫着，马儿嘶鸣着在马圈里转动。

等那个大胡子女郎和马戏团班主一返回大帐篷，芒金就从货舱里出来，跑到了踏板边。他正准备往下跳时，一个巨大的身影从雾气中蹿出来，赫然出现在他面前。

他想要躲开，但那个黑影伸出手，胸有成竹地一把就抓住了他。"你这是干什么？"芒金大声叫道，他的声音震惊得颤抖起来，"放开我，你这个坏蛋！"

那黑影笑了，嘴里挤出的嘎嘎声听起来好像是指甲在黑板上刮来刮去。

是楞克！机械人的大手捏住了他的嘴，芒金惊慌的叫声顿时被掐断了。楞克往芒金的脸上套了个狗用的嘴套，向上收紧带子，紧得都勒进他的皮里了，然后十分粗鲁地把他塞进一个麻袋里。拉绳在芒金的头上嗖的一声，扎紧了麻袋口，把他的耳尖都压破了，然后伴随着一声哐当巨响，他像一只被丢弃的猫一样被扎在了袋子里，重重甩到了楞克的肩膀上。

芒金腿上的关节都被袋子里各种螺丝和针头刺穿了。今晚这样收场实在太可怕了！今天早上之后，他甚至都还没上第二次发条。他怎么会这么傻，连发条钥匙都没拿就离开了大家？

楞克嘎吱嘎吱地往回走，上了装卸通道。芒金意识到，他正在返回货舱。他的肠子都悔青了。他真是太傻了，聪明反被聪明误！现在他的朋友们遇到了危险，而他却无法去给他们报信，莉莉也会被绑架的。

　　帐篷里的气氛一下紧张起来，满身汗臭的壮汉们步步进逼。罗伯特大致扫了一眼。至少有十个人，可能还不止。大汉们的表情显得志在必得，带着文身的胳膊肌肉紧绷，深陷的眼窝里眼放凶光。

　　"我们得快点冲出去。"他对莉莉和托里喊道，眼睛立刻看向了出口。

　　斯林木德和狮鬃夫人仍旧把守在门口。他们对莉莉的惊叫声几乎无动于衷——实际上，他们甚至可能还在暗地里冷笑了几声。

　　斯林木德抱着胳膊，好像正等着孩子们被抓到他跟前，而狮鬃夫人斜倚在那把阳伞上，欣赏着壮汉们兵分几路包抄过去。

　　"这里一定还有其他出口！"罗伯特大声喊道。他操起一把椅子朝大汉们扔去，但其中一个人一把就挡开了，他旁边的一个人则把椅子轻巧地接在手里，就像在表演杂耍似的，其余的大汉都哈哈大笑起来。

"我们必须找到安杰拉。"托里说。

"还有芒金。"莉莉立刻加了一句。她扯了扯罗伯特的袖子，手指着演员出口的方向，那边原本挂着的幕布已经被拆掉了。"去那边！"她叫着，"我们从那儿钻过去。"

他们惊慌失措，拼命往前跑，大汉们一路紧紧追赶。莉莉的长围巾拖到了身后的地上，她赶紧一把从脚边扯了上来。

就在他们快要跑到场地对面的时候，从演员出口后面传来撕心裂肺的一声响动，然后，楞克带着他那骇人的嘎吱嘎吱声走了出来，正好堵在那个出口前面。

他继续嘎吱嘎吱地慢慢转过头来，饶有兴趣地看着他们，头灯似的眼睛后面闪烁着红光，透出满满的恶意。

追赶他们的壮汉们停下了脚步，龇牙咧嘴狞笑着，彼此点头交换过眼神，便从四面八方拥上去把孩子们包围起来，包围圈还专门留了一个口子给楞克。楞克双臂大张，轰隆隆踏步向前奔来。

莉莉停下来绝望地看向四周。三人靠在一起，眼睛紧紧盯着楞克和其他壮汉。

罗伯特的手哆哆嗦嗦地伸进他爸爸那件外套口袋里，摸索着小刀，又哆哆嗦嗦地把它拿出来，拉出了刀刃。

"你用这个可打不赢机械人。"托里咬着牙低语道。

罗伯特摇头："我打算在帐篷上割个口子。"他小声说。

"在哪儿下手？"莉莉问道。

"随便哪儿，但我们得引开他们的注意力！"

"我有办法。"托里伸手从口袋里摸出鞭炮和一盒火柴，"让这些坏蛋看个够吧！"他喊着。

托里点燃一个鞭炮，罗伯特和莉莉赶快紧紧地闭上双眼。托里将鞭炮扔向人群。

嘣！

烟火四散炸开，壮汉们纷纷蹲下身躲闪。托里紧跟着又扔出了第二个。

嘣！

莉莉眯缝着眼，发现包围圈出现了一个缺口。她两手拽住托里和罗伯特，狂奔着从那个缺口跑出去，直冲到帐篷的帆布墙边。

楞克最先看见他们跑出去，立刻发出了一声尖厉的示警，但托里马上又点燃了一个鞭炮，朝他扔过去。"动作快点！"他喊道。

罗伯特把刀子猛地戳向帆布帐篷，拉锯一样向下用力划开，那几声爆响仍在他耳边轰鸣——也可能是楞克正在轰隆隆向他们走来？

嘣！

这时斯林木德和狮鬃夫人从另一侧冲了过来，托里朝他们扔出了第四个鞭炮。

斯林木德慌忙用手盖住脸，红色的燕尾服在他身后飘动。"拦住他们！"他嚷嚷道。

罗伯特注意到鞭炮的炸响声停了。

"你快点撕开吧，"托里说，"我的鞭炮用完了。"

罗伯特拔下小刀，用力把帐篷布的裂缝撕开了一个出口。"你先走。"他说着把莉莉第一个推了过去。托里紧跟着也钻了出去，罗伯特最后一个。可当他正要从开口挤出去的时候，斯林木德扯住了他的一条腿。罗伯特痛得眉头皱起，脚下一滑，但是外面的莉莉和托里牢牢抓住了他的胳膊，两人拼命地往外拽。他终于从帐篷里挣脱出来，一头倒在了草地上。

说时迟那时快，三人爬起来就跑。毛毛细雨笼罩着他们。不远处，影影绰绰的天空马戏团的热气球轻轻上下浮动着，像萤火虫一般。罗伯特一脚踢翻了一只空果酱瓶。里面用来照亮道路的烛火早就燃尽了。那一圈栅栏，还有售票亭，也通通不见了。那些村里的观众已经散场很久了，放眼望去，这里没有任何人能救他们。

他们绕过一小片被踩平了的草地，跑向田野边缘的矮树林。

三人一直冲进树林里，才敢停住脚步，歇了口气。罗伯特胸口急剧起伏，大口大口地喘着粗气，尽力平复着排山倒海的惊恐慌乱。厚外套和夹克下面的衬衫湿漉漉、凉冰冰地贴在他背上。

他能听到那些人正在周围四下搜寻他们的踪迹。

"他们到底为什么要抓我们？"他喘着气，紧张地问道。

"我不知道，"莉莉哑着嗓子低声说，"也许芒金已经知道了。他们很有可能已经抓到他了。我们必须找到他。说不定他现在处境很危险。"

"还有安杰拉……呃，安捷丽卡。"托里擦了擦脸上的汗。他的手从扔鞭炮那时候开始就一直在发抖，"你觉得他们是把她，还有其他那几个，都一起关在那边吗？"

莉莉正要回答，却被一个男人的喊声打断了："这边！"只见两只红灯朝他们照射过来，是楞克来了，还带着好几个人，都高高地举着灯跟在他后面。

"哈特曼小姐！"现在是一个低沉而响亮的声音在喊。罗伯特听出那是斯林木德的声音。"出来吧，出来吧，不管你现在在哪里。这么开阔的野地里，你们是躲不了多久的，何必呢。你的机械兽刚刚落到了我们手上，而且，你们已经被包围了。"

莉莉吓得张大了嘴。她抹着眼睛。"他、他们到底想从我这儿得到什么？"她颤声问道。

罗伯特以为她马上要哭出来了，但她紧咬着嘴唇，强忍住了心中的惧意。

突然，随着呼呼啦啦一阵响，远处影影绰绰的大帐篷崩塌了。薄雾中，糖果色的帆布帐篷闪着光，层层堆叠在一起，像是画出来的海洋图案上翻滚着的连绵波浪一样。

"我们得逃命了。"莉莉说着，伸手指向低矮的树篱，"往那边跑。"

趁着帐篷那边一片混乱嘈杂，他们一口气冲了过去。现在帐篷塌了，被拴在地上的天空马戏团的热气球就显得更加巨大。下面那只巨型的木船如同一头搁浅的木头鲸鱼。

"如果芒金已经被他们抓到了，"她指着木船那个方向说道，"应该会被关在那里。我们得悄悄潜上船把他救出来。还能顺便找找安捷丽卡。"

"当然要找她。"托里说着挤到她身边，"她是个好人，不会参与这些坏事的。我们不能扔下她。"

"可是，他们的目标是你，莉莉，"罗伯特说着，绝望地望向那艘巨大的木船，"他们可能正想着要怎么把你弄上船呢。"

"如果反过来想，"莉莉说，"他们也可能不会料到我们居然会躲到船上去。"

"那我们就这么办！"托里虽然嘴里这么说着，但眼睛还是瞪得大大的，害怕得不行。

他们在雾气里俯下身去，以免被人发现。三人沿着低矮的树篱一段一段地疾跑过去。等冲到了气球跟前，他们隔着几米开外停下来，蹲在高高的草丛里。

罗伯特回头看向他们刚才待的那块地方，顿时吓得心都快从身体里蹦出来了。那群人里分出了几个人正在搜索他们一分钟前的藏身之处。现在不能再多想了。他们得抓紧时间，想办法找到芒金和安捷丽卡，然后立刻逃走。

一座巨大的船首像正悬在他们头顶。那是一位振翅欲飞的天使，木雕的羽毛沿着三层楼高的船体两侧伸展出去，天使身后是一长串亮着灯的舷窗，无数小小的亮点在雨雾中如繁星闪烁。

　　三人绕过船身，跑过一块跳板，跳板那头的平台正对着一扇挂着大锁的舱门。再往前就走到船尾了，这边的装卸舱敞着门，活动坡道也放下来，搭在了地面上。

　　当他们来到坡道边的时候，托里脚底一滑，幸好他及时稳住了身体，没有一头栽进泥巴地里去。他站起身来，头顶上方正对着巨大的螺旋桨叶片和船舵。

　　这时候，雾散开了一秒钟，罗伯特朝他们身后倒塌的大帐篷看去。那边一群人正在条纹帐篷上走来走去，还有几个人蹲伏在地上，正在用力解开拼接处。大帐篷正在被分解开来，扯成一片一片的，然后挨个折叠起来，用力塞进一旁早已准备好的几个大包里。

　　"看起来他们收拾最后这些东西应该用不了多久，可能不太够我们溜进去再逃出来的。"罗伯特对同伴们说。

　　托里正要开口回答他，从货舱那边的坡道上传出一声尖声哀号。罗伯特的第一反应是船上哪个小孩在哭喊，但那孩子的哭号未免过于粗野了一点，他顿时意识到，那应该就是芒金。

　　"你们听到了吗？"他对两人小声地说。

　　"声音是从里面传出来的。"莉莉说。

　　三人蹑手蹑脚地上了坡道，小心地往里看去。

　　货舱看上去没有人值守，不过，空气中充斥着动物发出的各种声音和酸臭气味。动物们对着他们发出各种低吼、咆哮、啸叫、咕哝以及嘶鸣，混杂在一起震耳欲聋，罗伯特被震得一阵哆嗦。

"这声音太可怕了！"托里说，"如果不能让它们安静下来，这动静肯定会把那些人再引过来的。而且我希望它们都不要咬人。我跟你们说啊，我可不喜欢会咬人的家伙。"

"我也不喜欢。"罗伯特说。"我们跟笼子保持距离就好。芒金！"他对着黑暗处轻声唤着。他真害怕他们可能找不到他们的狐狸朋友——眼看马戏团的人就快把下面的所有东西都收拾完了。如果芒金不是被关在这里，而是其他地方，那他们该怎么办啊？

舱房正中心位置的一个超大笼子里，有个大家伙动了动。罗伯特忘了他自己刚刚才说过要保持距离，凑过去想看看是什么东西。

嗷的一声骇人大吼！一头老虎猛扑在铁栏杆上。

罗伯特的胸口一窒，吓得向后猛跳开去，快得几乎成了虚影。托里也惊呼一声，正好踩在了旁边莉莉的脚上，让莉莉一个趔趄。

老虎一刻不停地来回踱步，晃着它那颗硕大得吓人的虎头，甩着长尾巴。它身后的角落里还有两头狮子和一只熊。不过老虎看上去像是这四头野兽中的老大。它弓着背，舔着脚掌，爪子在锯末里刮来刮去，笼底的木板因此布满了横七竖八的刮痕。如果那三头野兽胆敢靠它更近，它一定会一口咬上去的。它们就这样待在一个笼子里，居然谁也没有被吃掉，这可真是个奇迹了。

罗伯特正打算对莉莉和托里说话的时候，他们听到外面传来了纷乱杂沓的靴子声。

三人迅速在一堆箱子后面蹲了下来。罗伯特屏住呼吸，一大群汉子提着装帆布的袋子走了进来，把袋子堆放在对面的墙边。

其中有几个看起来像是之前追捕他们的那些人。

"这是最后的几袋了。"一个人说。

"应该很快就要走了。"另一个人说。

"还得找到那些孩子呢。"

"别管他们了。这就只是斯林木德又突发奇想弄的馊主意。"

"瞎费工夫。"

"为这些小东西跑来跑去真是不值得。"又有一个人说，"不过呢，如果我们不想被他那个嘎吱嘎吱的金属怪物揍一顿的话，最好还是按他说的做。咱们再到外面找找看吧。"

等这群人全部下船之后，罗伯特才吁了口气。"刚才真是太险了！"

"差一点就被发现了。"托里小声说，"我们再不能冒这种险了。要不我去门外面守着吧？如果他们再回来，我就吹口哨。"

"好，"莉莉轻声回答，"但如果我们被抓住了，你要跑回家去，马上把爸爸找来。"

"没问题。"托里沿着货舱边溜了出去，在门外面找了一个有利位置躲好。

罗伯特听到从附近一堆柜子后面传来微弱的尖叫声。

哼——嗯，哼——嗯，哼——嗯。

同时还隐隐伴有持续不断的抓挠声，他的心跳跟着那声音起起伏伏。他拍了拍莉莉的肩膀，两人朝着那声音的方向走去。声音是从一个小笼子里传来的，跟狗屋差不多大小，里面有个愤怒的红色小东西正在四处刨着。

"芒金！"莉莉喊道。罗伯特看见那道小身影，心里顿时一松。

"呜呜呜！"芒金在笼子里哀号起来，"呜呜呜。"他向他们冲过来，脸使劲挤在栏杆之间。

可是他的尖嘴上被捆了一副嘴套，让他无法正常开口讲话。

"呜呜呜。"芒金再次哼道。

"别着急，"莉莉回答，手指穿过绑带，轻轻地抚摸着他，"我们马上把它取下来，你很快就可以出来了。"

狐狸仰起脸，大大的黑眼睛担忧地望着她，她努力拉扯嘴套，但发现手被栏杆挡住不能完全伸进去，她够不到嘴套背面。

"把他扶住，别让他动。"她对罗伯特说。

罗伯特把着芒金的嘴。狐狸干燥的舌头从皮嘴套的小缝隙处伸出来，舔了舔罗伯特的手掌心。狐狸砂纸般的舌头暖暖地贴着他，让他平静了一些。

莉莉从栏杆间抽回手。"我还是够不到，这样就解不开绑带。我们得试试先打开笼子门。"她掏出托里给她带来的那套撬锁套装。"把你的双手伸出来。"她说。

罗伯特伸出手掌托在面前，莉莉在上面把那卷东西摊开。

"这些能打得开笼子门吗？"他看着手上分门别类卡在皮套里的细巧撬锁工具，表示怀疑。

"我现在也还不确定。这锁看起来有点复杂。"莉莉挑选了其中的一支细杆，把它捅进钥匙洞，然后，慢慢地，稳稳地，把工具转了半圈。

锁芯开始转动了，发出咯吱咯吱的摩擦声。

其他笼子里的野兽和马厩里的马匹不安地来回走动，咴儿咴儿，吼呜吼呜，啪吧啪吧。罗伯特紧紧地攥着手里的皮袋，竭尽全力去压抑心里汹涌如潮的不安感。他看向莉莉，她正专注拨弄着撬锁工具，端详着那把锁。

她再一次晃了晃手里的工具，锁发出咔嗒咔嗒的声音。

接着，只听咔嚓一声，锁打开了。

"你成功了！"罗伯特低呼，脸上的紧张一扫而空。

莉莉打开笼子，芒金一下跃入她的怀中。"呜呜呜呜！"他大声嘟囔着示警，莉莉赶紧伸手去拉他脑后的嘴套绑带。费了好一番力气，她终于解开了绳扣。

"这是个陷阱！"芒金立刻嚷出来，"他们根本没有放弃要抓住你！他们知道你在这里！"

但一切已经太迟了。这时托里发出了紧急报警的口哨声，但是紧跟着外面传来一声紧张的惊呼声，货舱门砰然关上了。再然后，一阵可怕的刮擦声响起，几道插销被推进舱门锁槽里，门被锁死了。他们被关在这个货舱里了！

罗伯特把那套开锁工具一把塞进口袋，跑到船侧的一个舷窗边。那些壮汉正在松开地面上固定船体的锚链。随着一阵呼呼的风声，螺旋桨启动了，转动带起的气流驱散了地面的雾气。最后收尾的几个人此时也快步上了跳板，一路跑进位于船首的舱门。发动机开始轰鸣。在野兽们的一片吼叫和咕噜声里，整个巨大的船体慢慢地飘离了地面。

莉莉跑到舷窗边，把脸凑在罗伯特旁边，一起向外看去，他们已经离地至少三米高了。"托里在哪儿？"她在一片发动机的轰响中高声叫道，"我没看到他。"

托里好像听到了这声呼喊一般，从一蓬乱草后面跳了起来，大船的前灯正好照亮了他的半边身子。空荡荡的田野上，只剩下他一个孤零零的小身影，其余的一切都消失得无影无踪。就好像那些帆布搭的外围小屋子、售票亭、大帐篷，一切的一切都从未存在过似的。这个天空马戏团一直都在伺机抓捕他们，等着劫持他们，而现在终于成功地载上他们，腾空飞去了。

"托里！"莉莉的呼喊声穿过草丛，"别让他们把我们带走。"

托里的手高举过头顶挥动着，叫喊了几句什么在回答她，但发动机的轰鸣声太大了，莉莉他们完全无法听清楚他到底说了些什么。他们试着辨认他的口型，但飞船现在上升得太快，托里的脸庞变得越来越小，他们飘得越来越高。不一会儿，托里的身影从一根火柴棍大小变成了一根针，再然后，他就像飞船上漏下的一线微光湮灭于地面，完全消失在莉莉的视线中了。

一想到未来可能会等待着他们的可怕命运，恐惧的波纹在罗伯特全身上下蔓延开去。在这满载野兽的货舱中，他望向站在身边的莉莉和芒金，一眼看出他们也同样惊骇无措。

他们只来得及朝欧蕨桥和他们家的方向看了最后一眼，能看到的只有五根灯柱在迷雾照亮下的那一抹村庄绿地。很快就连这些也看不见了，一切都融入了深深浅浅的黑暗之中。这只巨大的红白条纹的马戏团气球，势不可当地带着他们一路冲向了夜空的深处。

第九章

　　莉莉紧紧搂着伏在膝头的芒金，和罗伯特依偎在一起。货舱里冷得要命。她把脖子上的围巾又多绕了两圈，围巾的另一端则递给了罗伯特，让他也裹一裹。她现在真是太庆幸锈夫人在织围巾的时候没有长度概念了，这条成品围巾现在足够把他们两个人都围起来。

　　天花板上昏暗的灯盏每隔一阵就闪一闪，笼中蜷缩的野兽和马厩中挪动的马匹在灯下映出模模糊糊的轮廓。飞船突突着全速前进，发动机的轰响里还混合着动物们断断续续的嘶鸣和喊叫声。

　　莉莉也很想大喊大叫一通，好好的生日最后居然变成这样。狮鬃夫人、斯林木德还有他们那些帮凶，居然利用妈妈的笔记本、生日卡和演出票一起设计了这么个陷阱，引诱她来看节目，她一时不察，就这样被人当赏金一样劫走了，还把罗伯特和芒金也拖下了水。

但是他们为什么要抓她呢？他们到底设计了什么邪恶计划，想要对她和她的齿轮之心干什么？她现在可以肯定，他们必定是出于某个特别的原因，才会出手绑架她。她绞尽脑汁，想推测出他们可能的计划，可是实在不得要领。她脑海中还在反复思量着，自己怎么就那么傻，扑通一下就掉进他们的陷阱里，还害得罗伯特和芒金也被绑架了。莉莉为自己的愚蠢、鲁莽感到懊悔不已。她怎么就不吸取教训呢？她总是无休止地重复同样的错误，就像钟表盘的时针一遍又一遍地走着同样的圈。这时，罗伯特那边传来牙齿咔嗒咔嗒打寒战的声音，打断了她的自责。

"我希望托里顺利回到了欧蕨桥，"他嘟囔着，"而且把我们现在的情况都说给大家听了。"

"我也这么想。"莉莉扯紧了外套，再裹严实一点。

"再就是，希望他们能在我们冻死之前把我们救出去。"罗伯特搓着双手，把帽檐放了下来，"我的脸整个都冻僵了，骨头冻透了，鼻子冻木了，连所有的脚趾都通通冻得失去知觉了。感觉我的头发上可能都挂上了冰凌。"

"那很正常。"芒金幽幽地开口，"我发誓，以挪亚的名义发誓，这艘可笑的热气球方舟上压根就没有暖气。"他的狐狸眼几乎眯成了两条细缝。他站起身来，抖着身上的毛。"我们今天要是一直留在晚会上没出来就好了，莉莉。"

"不要发牢骚了，你们两个！"莉莉打断他们，"我得好好想想。"

她闭上眼，再次思考可能的解决办法……即便她能撬开货舱门上的那把锁，可他们现在身处几千米高空——太高了，根本不可能往下跳。还有，他们刚才不是还听见门外连插销都被拉上了吗？这两个问题，她哪个都解决不了。而且刚起飞时，她就已经把舱里的其他地方都细细探查过一遍，没发现有任何别的出口。

没戏了。她不管想多少后续计划，都不可能绕开这两个问题，而现在最让她担心的还是他们到底会被带去哪里，还有，等到达之后，又会发生什么。这两点始终在她脑子里挥之不去，占用了她所有的脑细胞。

"不过我想，在生日当天被绑架，还是比生日当天被大家无视要好一些吧。"她最后无奈地说道，这话主要是自我安慰一下，好让自己振作起来。"你们俩真不该和我一起来的，我实在太蠢了，害得你们也被一起绑架了，还让托里也卷入这个麻烦里。"

"胡说八道，"芒金叫道，"你这才是瞎发牢骚呢。"

"这就是事实。"她摸了摸芒金的耳朵，"如果不是我这么自以为是地带着大家跑出来找安捷丽卡，我们就会在家里围着炉火，待在明亮的屋子里快快乐乐地……"她觉得自己的眼泪都快要涌出来了，"这些人到底想从我这儿得到什么呢？"

"你当时也不知道这是个陷阱呀。"芒金用鼻子拱了拱她的手。

"不管他们想要什么,"罗伯特说,"我们都不会让他们得逞。我们像以往一样,继续并肩战斗就好。同时,托里一定会赶回我们家,把所有发生的一切都给你爸爸解释清楚的。"

"如果有人能想出办法来找到我们,那约翰肯定是第一个。"芒金补充道。

"我希望你们说的这些都对。"莉莉回答,"爸爸可能现在都担心疯了。我真不该让他这么难过的。"

"说起来,我还得告诉你一件事。"罗伯特向她这边靠过来,"我本来不该说的,但我觉得从各方面看来,现在说出来已经无所谓了。事情是这样的……你爸爸,他策划了一场意外惊喜。他打算晚会结束时,完成一段特别致辞,然后就送你一份惊喜礼物。"

"锈夫人会端出插了十四根蜡烛的蛋糕,"芒金接着说,"她昨天就烤好了,藏在橱柜里。"

连罗伯特听到这个都吃了一惊。"那你怎么知道的?"他问道。

芒金骄傲地舔了舔鼻子:"我今天早上闻出来的。"

"你们两个为什么都不告诉我呢?"莉莉问,"我之所以建议咱们今天晚上偷偷溜出来,一半的原因就是,我以为他把我的生日给忘了。"

"约翰让我们发誓不要告诉你的。"罗伯特说,"这是个秘密。"

莉莉的心头蓦然冒出一阵罪恶感。原来爸爸忽略她的生日只是个故意装出来的假象。而现在，所有人可能都还在猜测他们到底跑到哪里去了。当然，惊慌失措的托里可能已经跑到家向他们报告了这个坏消息。爸爸和警察说不定还能赶在天空马戏团飞得无影无踪之前，及时发现他们的踪迹。

但是这个幻想立刻破灭了。她意识到他们已经飞了很远，现在地面上很可能已经没办法追踪到他们的去向了。她浑身一凛，惊惧得心口上下起伏不定。这次他们是真的遇到麻烦了，而这全是她的错。她看向伙伴们的脸庞，他们都冻得不行了。她真希望他们这次都能平安无事。家已经离他们万里之遥了。

半小时过去了，一片寂静中只偶尔传来几声发动机的突突声，或是野兽的咆哮或者嘶鸣声。他们三个都各自想着心事，沉默不语。

"咱们最好轮流休息。"芒金提议道，"得派一个人守在舷窗边上盯着，万一我们飞过某个地标，那就可以知道我们飞到哪儿了。"

罗伯特摇头。"外面漆黑一片，芒金。什么都看不见的。现在更重要的是，我们自己要振作起来。"他捏了捏莉莉的肩膀，"现在几点了？"

莉莉拿出她那块怀表看了看："十一点二十五分。"

"那现在仍旧是你的生日呢——我们做点什么来庆祝一下吧。首先，我真的很饿了。"于是罗伯特拿出一盒巧克力，打开了盒子。十二粒巧克力躺在白色的褶边纸杯里。每一粒的表面都点缀着一个五彩宝石一般的水果蜜饯。这搭配让莉莉想起了马戏团演员们的那些服装。

她挑了一粒，放进嘴里咬开。中间有软软的果仁糖心。

"嗯——"她立刻把整颗都吃了下去。

罗伯特也吃了一粒。有点像牛轧糖，黏稠的巧克力粘在他牙齿上了。

莉莉又选了一粒——糖渍姜味道的，嗯，再来一粒——玫瑰奶油味道的。她松了一口气，给她巧克力的那个小丑奥吉在兜售叫卖时，喊的可都是些诡异品种，而这些巧克力，没有哪一颗难吃，也完全不是那些奇怪的口味。

事实上，这些巧克力都好吃得不得了，他们又正好饥肠辘辘，于是很快就把一整盒都一扫而空。当他们吃完了第一层，发现下面居然还有一层，于是两人接着把第二层也吃了。他们把巧克力含在嘴里，嚼几下就变成了可口的甜蜜软球，吃完的糖纸也全都塞进了口袋里。

芒金没有参与。毕竟他是只机械兽，机械兽可不会吃东西，无论身处多么糟糕的情况之中，也不需要食物的抚慰，当然更不会吃巧克力。

莉莉取出那本笔记本，想读点东西让大家开心一点。大声朗读的时候，总让她回忆起妈妈以前给她读那些睡前故事的美好时光。

1867 年 9 月 21 日，星期四

希斯敦学院

我属于女学生里第一批表示未来想当机械师的。我目前选修了科学、工程和数学。如果我能修完这些课程，我或许就能去伦敦的机械师协会工作了。当然，不是从事机械师的工作——目前那些职位只对男性开放，至少我的教授，德罗兹博士，是这么告诉我的。不过我还是打算亲自去看看。

莉莉的手指点在纸页上。"德罗兹。"她说，"为什么这个名字听起来有点耳熟呢？"

罗伯特吃完嘴里最后一颗巧克力，打了个哈欠："我完全没听说过。"

"我也……没。"芒金喃喃地说着，眼睛直眨。他的发条快要走到头了，如果他们现在不及时给他拧上发条，他很快就会沉睡过去。

"先不管这个。"莉莉继续读了下去。

德罗兹博士准备先在协会帮我美言几句，同时也建议我先在协会里谋个助理的工作，或者在数学工程部当个打卡操作员。

这应该是个不错的开端，可以有机会和世界知名的教授一起工作，还可以近距离看到查尔斯·巴贝奇和埃达·洛夫莱斯做的那些机器。我希望能多了解一些埃达的工作成果，不仅仅是原版巴贝奇分析机（我很愤怒，这名字居然把埃达排除在外），还有她的飞行学项目。

莉莉想起来了，之前在晚会上听到过安娜和协会里那位机械师的对话。她就是在那时候，听到了德罗兹的名字。他当时提到德罗兹博士的时候，还一并提到了爸爸和银鱼教授——当时在说的是关于改造人方面的什么事情，还有被协会开除了什么的。

可是德罗兹还教过妈妈。妈妈日记里写的这些读起来真是太棒了。在她收到这个笔记本之前，莉莉从没想过妈妈还有别的什么样子，妈妈，就只是她的妈妈而已。但现在，她大声地朗读着这些日记，看见了格蕾丝·菲尔法克斯被她忽略的另一面。妈妈有她自己的人生，独立于莉莉和爸爸之外的人生。她有自己想要完成的梦想。她现在就在这里，就像和他们一起站在这同一间屋子里，正在给莉莉讲述她自己的故事。

一个逝去这么久的人，却能通过这些记录，活灵活现地出现在眼前，这种感觉太奇妙了。莉莉发现，即使妈妈不能亲口念给她听，可是这些记录仍旧能带给她无数惊喜。她多么希望能看见妈妈真真正正地站在她身边，夸奖她是多么勇敢，给她战胜困境的勇气。告诉她不要停止探索，要一直追寻正确的答案，那些能帮助他们脱离困境的答案。

莉莉发现她走神了，已经好久没有念一句话了。可是，另外两个小伙伴对此似乎浑然未觉。她看看芒金，原来他的发条已经耗尽了。而罗伯特也睡着了。那只空空的巧克力盒子倒扣在他的膝盖上。

她自己也开始感到有点晕晕乎乎的了……

也还……

没有……

那么困……

必须得有一个人醒着——这是他们之前商量好的，不是吗？她现在昏昏沉沉的，记得不太清楚了。睡意突如其来，这简直像是莉莉有生以来最困、最疲惫的时刻。她揉揉眼睛，尽力集中精神，眯起眼继续看下一篇日记。页面上的字迹扭得好像蜘蛛在爬动。她努力想把它们归拢在一起，可是它们完全组不成句子。她从日记里抬起头来，感到房间都在摇摆。

她合上日记本，把头枕在胳膊上。

然后，眼前的一切突然都变了。

她不再是躺在冰冷的货舱里，而是趴在位于切尔西河滨步道的老宅客厅的椅子下面。

此时的她手里攥着那块菊石化石，双脚正搁在壁炉边缘，格栅间跳动的火苗温暖着被袜子包裹着的小脚丫。

如果她用手支起脸颊，抬头向上看，就能瞧见妈妈的脚。随着妈妈在地毯上来回走动，缎面拖鞋从她长长的裙摆下显露出来，她手里拿着那本摊开着的红色日记本，大声朗读着。

莉莉想喊妈妈，但她明明开了口，却吐不出一个字。嘴里讲不出，脑子里也是一片空白。于是她闭上眼，陷入了沉沉的酣梦之中。

第十章

罗伯特醒来的时候，头痛欲裂。他枕着睡觉的那只右臂已经麻木得完全失去知觉了。他感觉自己嘴里似乎还残留着巧克力碎屑甜丝丝的味道，但是胃里黏糊糊的很不舒服，就像吞进去几块油腻腻的石头，此刻正翻搅在一起。

整个舱房里充斥着野兽身上浓烈刺鼻的气味，还有它们此起彼伏的咆哮、嘶鸣和咕噜声，这让罗伯特感觉像是某种奇妙的跨物种对话。

脚下的硬木地板已经不再颤动，发动机的轰鸣声也停了。这些变化只可能有一种解释，天空马戏团现在停下来了。他们已经到达目的地了。

他朝后挪动了一下，捡起之前掉在地板上的帽子。然后他龇牙咧嘴地揉搓起发麻的胳膊，直到它恢复知觉。

他坐起身来，心形巧克力盒子从他膝头滑了下去，又一股令人作呕的刺鼻气味扑面而来，简直像是迎面撞上了一辆失控的蒸汽车。

他把空盒子扔到一旁，捂住自己的口鼻。罗伯特感觉浑身难受。他记忆中最后一件事情，是当时他的头脑突然一下变蒙了，就像被人扔进一口井里似的，很不正常。他怀疑地朝后看了看那个巧克力盒子。是这盒巧克力的原因吗？那他们是被下药了吗？他还记得之前是那个小丑在大帐篷里把这盒东西送给莉莉的，他又想起后来那一大群扑过来抓他们的壮汉——他们或许是有预谋的，想让抓捕目标的反应变得迟钝些。不过，不管怎样，斯林木德和狮鬃夫人最后还是阴差阳错抓到了他们，他真是越想越生气。

他跪坐起来，环顾四周。莉莉和芒金正躺在货舱的另一头。莉莉倒下去睡着之前连外套都没扣好，围巾胡乱缠绕在她身上。芒金的发条耗尽了，蜷缩在她脚边。

罗伯特踉跄着走过去，轻轻地摇着莉莉的肩膀。

"醒醒。"他悄声说道。

"我感觉糟透了。"莉莉呻吟着，眼睛只睁开了一道缝。

"你看起来也糟透了。"他逗她说。

"我可谢谢你啦！我们现在飞到哪儿了？"

"我也不知道。好像现在已经落地了。"

"我们怎么会睡得这么死？一点动静都没听见。"

"我估计是那些巧克力有点问题。"

"真的吗？"她用手掌揉了揉眼睛，"我怎么感觉天旋地转的。"

"待会儿就好了。你试着深呼吸几次。"

他扶住莉莉的后背，帮她坐起来。

终于，她感觉好些了。她把脸上的头发拨到后边，露出脖子上挂着的芒金的发条钥匙。她弯身下去，给芒金一圈圈拧上发条。钥匙每转一圈，狐狸身体里的齿轮装置就变紧一点，咔嗒咔嗒地渐渐复位了。

等她拧好了发条，芒金体内的齿轮就都噼噼啪啪、嘀嘀嗒嗒地运作起来，小狐狸一下子活了过来。他眨着乌黑的眼睛，直勾勾地盯着对面那些野兽笼子和马厩里的马匹。

"我简直都忘记我们是在这艘奇怪的热气球方舟上了。"他忙不迭地开口叫道，"莉莉，你讲故事还只讲了一半。我本来以为我们会轮流值夜放哨的。到底后来是怎么回事啊？"

"你的发条走完了。"莉莉说，"后来罗伯特和我也昏过去了。我们猜是那盒巧克力被人下了药。"

"这估计是为了方便让你在这种恶臭熏天的环境中也能睡过去。"芒金边说边用鼻子嗅了嗅空气，"这地方的味道简直比死耗子的臭袜子还可怕。现在几点了？"

莉莉摸了摸外套口袋，拿出怀表，弹开表盖。"九点十五分。"她又摆弄了一下怀表，"也不排除表停了。"

"应该不会。"罗伯特站起来，透过舷窗往外望去。

发白的天空里，铅灰色的云团簇拥着一轮低垂的太阳，悬在一片秋树环抱的林间空地上。目之所及的尽头，则是挤挤挨挨一堆乱糟糟的大石头房子。

舷窗下，一群人正在抛着定锚缆绳，把大船固定在地面上。另一些人则忙着把售票亭和外部的围栏架设起来。

那个大个子楞克，嘎吱嘎吱地在场地上一圈又一圈地走着，巡查每个人的工作进度。他双臂背在身后，好像是个监狱看守。他脸上的眼灯闪着微光，扫视着所有的劳力，确保他们都在好好干活。

罗伯特不安地看着他："这个马戏团真的很奇怪。"良久后，他又说道："你说他们想从我们这儿得到什么呢？"

"我。或者，至少是想要弄到我的齿轮之心。"莉莉的伤疤又开始一阵刺痒。她抬手把外套的前扣一个个扣好。

罗伯特离开窗口。"为什么呢？"他问。

"你也看到了，在演出的时候，斯林木德和狮鬃夫人都是怎么支使那些改造人的。有意利用他们的特异之处去吓唬和娱乐观众，扭曲他们的天性。他们就是在不择手段地压榨改造人，而我，正好也是个改造人。所以，现在我能想到的就是，他们必然也有个针对我的类似企图。送日记本给我的人肯定就是他们俩。"她的手指摩挲着红色笔记本封面上的菊石图案，"天知道这个本子是怎么落到他们手里的。"

"这可真是个不解之谜。"芒金抬起后爪挠了挠耳朵。

罗伯特不安地点头。他真不敢相信这一切，可他必须承认莉莉说得有道理。他眼看着她身处险境，满心忧惧；那些可能发生在她身上，以及他们身上的可怕事情，在他脑子里盘桓不去，反复播放。"那我们应该怎么做呢？"他问道。

"目前什么也做不了，"莉莉说，"我们只能等待。"她打开笔记本，飞快翻过一张张技术绘图和一页页潦草的实验记录，"我给你们读下一篇日记吧？"她吸了口气，在野兽的嚎叫声中，翻开新的一页，从第一行读了起来。

> 1884 年 9 月 23 日，星期二
> 河滨步道，切尔西

"和上一篇隔了十七年！"芒金惊叫一声。

"而且正好是我一岁的生日那天。"莉莉不安地咬着指甲。

"就是说，写这篇的时候，格蕾丝已经三十七岁了，而且已经结婚了。"罗伯特说，"到底之前发生了什么事，让她十七年都没写日记呢？"

"谁知道呢。"莉莉继续读了下去。

> 整理过去的文章时，发现了这个本子。我细细翻看了一遍，重新回顾了那时对飞行学计划的想法，这方面的创造成果曾经是我的梦想。
>
> 可是这本笔记里却没有写下我最重要的创造成果，因此我决定弥补一下，今天来写写我亲爱的女儿，莉莉。
>
> 今天是莉莉的第一个生日，我们决定给她办个派对。

就在今天下午。最近我们搬进了一栋位于河滨步道的出租屋里。房子简陋，没怎么布置，我们也没请用人，所以想要举办聚会，只能自己想办法。不过今天就是个很小规模的聚会而已，我、约翰、几个朋友，还有家里人。我们请了西蒙·银鱼。莉莉马上就要受洗，他将成为她的教父。自从约翰和他开始合作机械制造方面的生意之后，他们就成了好朋友。

莉莉真是可爱极了。她的头发红得像火焰，软得像棉花，玫瑰色的小脸蛋一笑起来就让我满心欢喜。我们将尽我们所能让她度过一个难忘的生日。当然，还有她以后的所有生日，也一定都会如此。

莉莉停了下来，眼前的字迹边缘都模糊了。这是真的，妈妈总是尽量让她的生日与众不同——经常是带她去个平时一般见不到的地方。

她回想起三岁生日的一张珍贵照片，他们那时去参观了伦敦动物园，她和妈妈骑了一头活的大象，有点像爱丽芳姐。

另一次是她们和爸爸一起去看了一场非常精彩的电气作品展览，出自两个著名的美国教授，尼古拉·特斯拉和托马斯·爱迪生。

第三次，他们去了机械师协会附近的一个特殊实验室，参观了巴贝奇分析机，亲眼看着那个机器运转起来，运算各种复杂的题目。

以前莉莉一直以为这些活动绝大部分都是爸爸的主意，但现在她意识到，很多都是妈妈的决定。

她还记得妈妈陪她一起度过的最后一个生日，那天他们去了康特思河泊艇区看飞船起飞，妈妈当时还试着给她讲解了一些飞行背后的科学知识。

她不知道如果妈妈能看到她现在所处的困境，会对她说些什么。

这时，外面传来哗啦啦的铁链声，还有货舱门打开时的齿轮转动声，打断了她的思绪。她没有时间考虑这些，也无法再继续读下一篇日记了。

"快！"她对罗伯特说，冲着他挥了挥手里的笔记本，"我们不能让他们把日记本拿回去。必须藏起来。快把它塞到我的皮带下面。"她说着掀开了外套的下摆。

罗伯特把笔记本插进她裙子的皮带和后腰之间。红色封面和红色的丝绸晚装裙子几乎融为一体。

莉莉刚把外套放下来盖好，货舱门就咣当一声打开了，露出两个人影。

罗伯特好一会儿才适应了外面亮得刺眼的光线，分辨出门口这两个逆光的人影原来是斯林木德和狮鬃夫人。

他们两人都还穿着昨晚的那套衣裳。斯林木德身着红色上衣和礼服外套，右手拎着一根黑马鞭，左胳膊下夹着鼓鼓囊囊的洗衣袋。他微微一笑，露出闪闪发光的金牙。

狮鬃夫人手里转动着一把条纹阳伞。伞尖锃亮，锐利得足以戳穿人的眼球。

"Bienvenue a Paris！（欢迎来到巴黎！）"她语气轻快地说。

巴黎！他们被带到了另外一个国家！

罗伯特感到一股噬人的惊恐从他的脚底直冲头顶。莉莉的双手在背后紧扣，只有这样才能按捺住浑身不自觉的抖动。芒金仰起脖子龇着牙，发出低沉威胁的吼叫。

"如果你们还想活命，"斯林木德说着走了过来，距离近得都能看清他的眼白了，"最好给那只机械兽戴上嘴套。"

"照他说的做。"罗伯特悄声对莉莉说。

"乖一点，芒金。"莉莉悄声说着，找出了之前的嘴套，围着芒金的鼻子给他绑上，"我们很快就可以想出办法的，我保证。"

"这绝对是个可怕的误会。"罗伯特对着斯林木德怯生生地从牙齿缝里挤出一句话来。

"哦，其实没什么误会的。"狮鬃夫人用四根细长的手指抚了抚自己毛乎乎的脸颊，走到货舱甲板的阴影处，"一切都真是算无遗策呢。"

猛然间，她抓住脸上的胡须，一把就揭了下来，这下痛得她龇牙咧嘴，皮肤皱起，假胡子下面扯起无数条鼻涕样的黏稠胶水。"Bon anniversaire, ma cherie.（生日快乐，我亲爱的。）希望你喜欢这个生日大惊喜。"

莉莉跌跌撞撞地向后退去，心中腾起一股愤怒。她顿时想起之前让她觉得很熟悉的那股香味——是山谷百合的香水味道。

而且，她现在也彻底认出了那个撕掉胡须的背叛者的脸……那是她原先的家庭教师，以及爸爸以前的那位管家。

"铜绿夫人。"她不禁咬牙切齿。

"Exactement.（正是在下。）"铜绿夫人回答道。

"其实你戴上胡子更好看，"莉莉壮着胆子喊道，"一脸毛才更适合你。"

这位马戏团副班主发出一阵碎玻璃般的刺耳笑声："Tres bien, ma petite.（非常好，小东西。）"

"你别以为你骗到我们了。"莉莉颇有些虚张声势地说道，"我们早知道是你了。你那难闻的香水味隔着一里地都遮不住。你就跟你那些发狂的野兽一样臭。我闭着眼都能分辨出你那愚蠢的小花招。"

"Vraiment？（是吗？）"铜绿夫人说，"那我们怎么这么轻松就逮住你了，嗯？"

她冲着斯林木德那边打了个手势，斯林木德立刻擒住罗伯特的胳膊，狠狠地扭到背后，痛得他忍不住哭叫起来。

与此同时，铜绿夫人也一把揪住了莉莉，紧紧地抓住她的肩膀，力道大得好像老虎钳子一样。

芒金想要溜走，但铜绿夫人用阳伞堵住了他，她用伞的弯柄钩住狐狸的嘴套后部，就像牵着条遛狗的带子。

狐狸咆哮着，眼里迸发出愤怒的光芒。

"够了！"铜绿夫人叫着，"安静。闭上嘴！大吵大闹只会让你们的下场更惨。"

"别给我说什么安静，"莉莉啐了一口，挣扎着想从她的魔爪下脱逃，"我想知道你们为什么要把我们抓来这里。"

铜绿夫人扯开唇角，露出一个嘲讽又残忍的狞笑："我就是专门回来找你的，莉莉，我还带上了整个马戏团。我们可是谋划了好几个月的时间，谋划要怎么才能绑架你。"

"我们？"莉莉的面色一下变得煞白。

"当然啰，亲爱的。难不成你真以为我就这样被你们永远驱逐了？以为我不会回来报仇吗？"铜绿夫人的手指加大了几分力道，"当我在你爸爸的文件堆里发现你妈妈那本日记本的时候，我就知道它一定可以引发你的兴趣。你总是为她掉眼泪。"

"爸爸以前多信任你呀！"莉莉说，"你却偷他的文件，还偷妈妈的日记。"

"你看，我用她的日记钓到了谁。"铜绿夫人说，"我当时就知道，写张生日卡，送几张演出票，就足以让你上钩……我说得没错吧，莉莉？你从来都抵抗不了秘密的诱惑。"

"'什么让你嘀嗒嘀'，"莉莉愤怒地叫道，"那几行破字是你写的。"

"Vous aimez？（你喜欢吗？）"铜绿夫人问，"这几行是另外一个朋友想出来的。"

"我压根不知道你们是什么意思。"

"哦，你当然知道啦，cherie（亲爱的）。不过我得承认，我确实是费了好些工夫才猜到答案的。我真是太傻了，老早就该想到的。在这方面，其实你妈妈的笔记本没帮上我多少忙，倒是你爸爸的文件——它们把一切都解释得清清楚楚。为什么大家都想得到他的永动机，这个永动机最后去了哪里，以及它究竟有多珍贵。"

"世界上根本没有什么永动机，"罗伯特说，"它们根本不存在。"

"哦，永动机确实是真的，这里就有一个呢。"铜绿夫人解开莉莉外套最上面的扣子，用指关节敲打着她的胸骨。莉莉的胸腔被敲得嗵嗵低响，那声音让人胆战心惊。

"我不知道你在说什么。"莉莉强装镇定，背后的手握成拳，指甲掐进肉里。

"它叫齿轮之心，n'est-ce（是吗）？哈特曼教授把它从银鱼那里偷了过来，救了你一命。这就是为什么大家谁都找不到它。这也是为什么银鱼那两个心腹手下，章朗和梅俊，会对我许诺，如果我盯紧你，再把你交给他们，就付我一大笔钱。不过后来他们没能兑现这个承诺，我只好赶紧带着我可以搞到手的宝贝，那就是你爸爸的手稿，飞快逃跑了。"

"我希望这些手稿带给你的只有麻烦。"莉莉说。

铜绿夫人咯咯笑了起来，玻璃雕花耳环乱颤，像小铃铛似的叮当作响。

"确实是的呢。不过，现在它们也会给你带来麻烦了，ma petite（小东西）。"她倾身凑了过来，刺鼻的香水味简直令人无法忍受。"让我解释一下……我会把这些告诉你，完全是因为，反正你永远永远也不可能逃离这地方了。那些文稿包含了有关齿轮之心的极有价值的内容。它们本可以补偿我那些年为了微薄薪水而照料你的辛劳。"她语气一冷，"可惜我们现在没法出售这些稿子，还面临着可能被抓的风险。所有文稿上都有哈特曼和银鱼公司的印章，你明白吧，而且你爸爸还悬赏说会给安全送还文稿的人一笔酬谢。"

"刚才你说'我们'，我猜你是指你自己和森德先生？"莉莉问，"他现在在哪儿？"

"那个没用的蠢货！"铜绿夫人嗤笑一声，"他拒绝参与我的计划。还威胁要去宪兵队找警察。不过我已经把他给解决掉了。我的朋友斯林木德亲自处理的。"

罗伯特简直不敢相信自己的耳朵。他抬眼看向斯林木德，那男人张狂一笑，露出满嘴金灿灿的牙齿。

"森德就是个笨蛋！"斯林木德说，"对付他，我们确实还颇费了一番手脚，是吧，霍滕丝？所有要跟我们对着干的人，我们都会处理掉，不管是马戏团里的，还是团外的。"他用一根手指缓缓地划过罗伯特的脖子，"如果你给我们找麻烦，我一样也会把你们解决掉。"

"最初我打算用这些文稿来敲诈，"铜绿夫人继续说道，"但当你爸爸公开放出话来要针对我之后，就连在黑市里，我都无法把这些东西脱手了。"她啧啧几声，仿佛她的盗窃行为和后来发生的一连串事情只不过是点轻飘飘的不便之处而已。"后来斯林木德说他有个熟人——某个老朋友——会非法制造改造人，我们想他们或许会对这些论文感兴趣。"

"是谁？"莉莉问。

"某个博士，不过对方要求我必须提供你本人当作交易品的一部分，才愿意买这些论文。所以我就策划了这次绑架。这可真是一次完美的犯罪，因为我也同时成功地完成了对你们的报复。"

"哪个博士？"莉莉紧紧追问，"他们到底想要什么？"

"有机会再告诉你吧，ma petite（小东西）。"铜绿夫人说，"现在，我们先去十三号房间。"

她推搡拉扯着，把莉莉和芒金赶出了装卸舱。莉莉被带走的时候，绝望地扭过身子，回头朝罗伯特看去。

罗伯特想追过去，可是斯林木德铁钳似的大手没有丝毫松动。

"别跑，小子。你得跟我走。如果非要我插手来管住你们的话，你可能就再也见不到你的朋友们了。"

罗伯特握紧拳头，指甲掐进皮肤里，听着芒金、莉莉和铜绿夫人一起走下货物坡道，脚步声渐行渐远，他使劲地咽下各种焦虑不安。十三号房间——它在哪里？那是个什么地方？老天啊，他到底要怎样才能救出大家呢？

第十一章

　　铜绿夫人推搡着莉莉和芒金下了船，然后沿着船边往前，大步穿过一小片灌木丛生的草地。莉莉把身上的外套裹得紧紧的。

　　她意识到，铜绿夫人的绑架计划里原本就包括了她和芒金，但罗伯特大概算是个意外的猎物。罗伯特就这样被一个人留在了货舱里，被留给了斯林木德，会不会发生什么事呢？可是现在她只能竭力克制着不去瞎想了，她或芒金目前都不可能帮得上他。她现在唯一能做的，就是仔细查看他们四周的环境——如果要想办法逃跑，她需要记得所有的地标才行。

　　昨晚追捕他们的大汉们正忙着在场地四周搭建高耸的环形围栏。和围栏连在一起的售票亭和尖顶的门都被紧紧地锁上了。莉莉开始疑心，整个马戏团的设施布置，并不只是为了防止蹭票和闲逛的人入内，也是为了要把演员们关在里面。

他们来到了大船的左舷，走到另一个舱门边。铜绿夫人打开门，把他们推进门去，里面是个楼梯间。芒金气得炸毛，咬牙切齿地咆哮着，可是他罩着这副嘴套，什么也做不了。莉莉把手放在狐狸头上安抚着他，同时观察着四周。

沿着墙壁有一排电灯发着微光，光线明灭闪动，应和着她怦怦的心跳。

"走这边。"铜绿夫人说着，让他们跟着她上了一段楼梯。

莉莉脖子上的虎纹围巾长长地拖在身后。她思索着是否要抽出一根围巾线系在扶手上，就像给忒修斯送线团的阿里阿德涅，那样她就能在迷宫里找到回头路了。

他们走上了楼梯，铜绿夫人把他们赶进一段迷阵似的狭窄走廊里，两边都是带有数字编号的关着门的小房间。

他们来到一处挂着锁的铁栅栏前，这栅栏和走廊一样宽，后面是一扇房门。门板看上去比别的房门更厚重，上面还镶着铆钉。门上正中央的位置用两根大螺钉固定着一块盖板，上面还印了个数字：

13

"Voila, salle treize.（这里，十三号房。）对某些人而言，这是个倒霉的数字。而现在，那个倒霉的人就是你，莉莉。"铜绿夫人从她的皮带钩上取下一串钥匙，扒拉一圈后找到开锁的那把。她打开门，先把莉莉和芒金推了进去，然后把门在她背后再次锁上。"现在把你口袋里的东西都交出来。所有的东西都给我，包括那本红色笔记本。"

莉莉装模作样地摸索着外套和裙子的口袋。她不想把妈妈的笔记交给铜绿夫人。如果有什么别的能替代就好了……这时她摸到了芒金的生日礼物。

"东西全都在这里了。"她说，手心里握着一只死老鼠递了过去。

"Donnez-le moi.（把东西给我。）"

铜绿夫人摊开手掌，莉莉把那只啮齿动物的小尸体放了上去。

她本以为至少会听到一声尖叫，结果那女人只啧啧两声，就把老鼠扔一边去了。

"其他东西呢，s'il vous plaît（拿出来吧）。"铜绿夫人命令道。

"没有其他东西了。"莉莉回答。

"撒谎，menteur（骗子）！"铜绿夫人抓着她的胳膊，扯下她的外套，开始搜身。她摸到莉莉的后背，发现了那本红色笔记本，顿时发出一声胜利的欢呼："Voilà（就是这个），它在这儿！"

铜绿夫人一下把笔记本抽走了，莉莉可不答应。她劈手揪住了里面半本内页。

"这是我的。"她从牙关里蹦出几个字，"你也许是成功地从我爸爸手里偷走了它，但你休想从我这里拿走。"

"我们走着瞧。"

铜绿夫人大力地扯着书脊往回拽，结果只听见一声可怕的撕裂声。莉莉捏着的那叠内页被从装订线上撕扯了下来，皱巴巴地留在了她手里。

"现在好了，"铜绿夫人说，"你把好好的一本笔记给扯坏了。"她翻看着她手里剩下的那部分，"我估计你已经读过一些了。你觉得她写得怎么样？我必须告诉你，我觉得你妈妈写得太无聊了——très ennuyeux（太枯燥了）！所以就算被撕坏了，可能也没什么要紧的。"

莉莉眯起眼睛，手里攥着撕坏的纸页，紧抿着嘴，强忍住泪水。

她本来以为铜绿夫人可能还会想办法从她手上抢走这些残页，但那女人明显对她们之间的这番争夺失去了兴趣，啪地合上了被撕坏的笔记本，手腕一翻便推开了莉莉。"那些破纸片就给你了吧。我当初就不该以为这东西有什么价值。你拿着就当是个安慰奖吧。"

"Alors…（还有……）"她找出十三号房的钥匙，塞进锁孔。她推开门，把莉莉和芒金推搡进去。只听重重的咣啷一声，门在他们身后被关上了。

再然后，就是门锁的咔嗒声和栅栏上挂锁的咣当声，接着便是铜绿夫人离开的脚步声。

莉莉跌坐在地板上，气得眼前发黑，她把撕烂的纸页放在膝头，一页一页仔细抚平，也努力想要抚平心中起伏的怒意。这只不过是一个本子——本来不应该让她这么难过。但是，此时此刻，这痛苦仿佛铺天盖地——就好像铜绿夫人从她身边夺走了妈妈，把来自过去的那些美好片段全都撕得粉碎，然后拍拍手对她冷笑一声。现在莉莉再也不可能读完妈妈的这本笔记了。

"她把本子撕了，芒金。"她抽泣着，泪水模糊了视线。

芒金的回答是一声呜咽的轻吠。

莉莉低头一看，发现他仍戴着嘴套。"真对不起，"她说道，"我居然忘记给你解开了。"

她把芒金拉到身前，从脑后给他松开了搭扣。"你现在觉得还好吗？"

狐狸用干燥的舌头轻轻舔了舔她脸上的泪滴。"哦，我感觉没什么不好的！那只不过是来自你老朋友的一点问候。"

"她才不是我的朋友。"莉莉难过地大声吸了一下鼻子，"芒金，我们必须从这里逃出去！你得帮我一起制订一个计划。"

她用颤抖的手指擦去脸上的泪水，打量着十三号房。

房间里没有窗户，有四个床位，四周是厚厚的金属墙。天花板上的电灯泡发出微弱的灯光。屋子中央摆着一张小桌子，桌面下是一把颤巍巍的椅子。角落里搁着一个很旧的铁皮桶，还有一扇屏风，上面画着星星，屏风边上靠着一根拐杖。

"这都是些什么东西呀？"莉莉问。她本来以为又会被芒金冷嘲热讽一番，结果狐狸好半天都一声不吭。

"先别看了。"他终于悄声说，"我想我们被包围了。"

这话一下让莉莉感到毛骨悚然，而且她很快意识到，芒金说的是事实。

"把外套还有你那身企鹅皮都脱掉！"斯林木德命令道，并用力把罗伯特的胳膊在背后反拧得更高，痛得他抽搐起来。"你看起来像是要上台去演魔术滑稽剧。"

"那我脱了穿什么？"罗伯特闷哼一声，咬紧牙关，低声问道。

斯林木德松开他的胳膊，把手里一直拿着的那个洗衣袋扔了过来："这里面有衣服。"

"你要我当着所有这些人的面换衣服吗？"罗伯特问道。因为此时的货舱里，已经挤满了忙忙碌碌的人，在装卸通道上上下下，如同大队蚂蚁一般走来走去。

"是的。"斯林木德重重扇了他一耳光，把他的帽子都打飞了，"我们这里是有规矩的，第一条规矩就是，不许回嘴。"他抱着胳膊转过身去。

罗伯特先把洗衣袋里的东西全都倒在地板上，然后开始脱自己身上的衣服。脱下外套的时候，他的心一阵绞痛——这是爸爸留给他唯一的物品，不过，他一定会把它拿回来的，无论发生什么，他都要找回它。他发誓。

他小心翼翼地折好外套，放进袋子里，然后开始脱下鞋袜。他清清楚楚地记得，斯林木德曾经说过马戏团里没有规矩，但那是在演出场上那个友善和气的马戏团班主所说的。他面前的这个斯林木德则完全换了一个人——变得无比凶恶。他那些礼节风度就好像被安上了一个自来水龙头，可以由他任意开关。

罗伯特解开衬衫扣子，冷风呼呼地从货舱外灌进来，吹得皮肤刺痛，可是他并不觉得冷。他的耳朵滚烫，全身上下都因为尴尬而火烧一般。背心下的月亮项坠贴在胸口上闪着光。他转过身去，希望没人看见，但是已经太迟了——斯林木德发现了这个宝贝。

"我要拿走这个，如果你不介意的话。"他说话间已经上手抓向了项坠，"看起来相当值钱哪。"斯林木德抓住罗伯特脖子上的项坠，用力往下一扯，罗伯特顿时怒不可遏。别扯坏了！他刚想喊，只听链子上的搭扣啪嗒一声，断开了。

项坠落进了斯林木德手中，马戏团班主翻来覆去地查看了一番，放进了自己的口袋。"第二条规矩就是，不许有珠宝。第三条是，一切你认为曾经属于你的私货，现在都归我了。"罗伯特难过极了。这个项坠是妈妈留给他唯一的东西。他身后是忙忙碌碌的十来个男男女女，他们穿着麻衫和羊毛裤，衣服上沾满了泥点子，没人理会他的遭遇。他们正忙着合力把野兽笼子下面用来卡住轮子的东西挪开，再把笼子推出去。

罗伯特脱掉长裤，只穿着棉背心和羊毛短裤站在那里。更多人拥了过来。他们从架子上拖下那些沉甸甸的袋子盒子，扛起来走下货运坡道。没有人看他一眼。

马厩的那头有一个男孩和一个女孩正在照料那两匹骏马。罗伯特认出来他们俩就是昨晚节目里表演体操的席尔瓦和演启示录骑士的迪米特里。

席尔瓦系着一条红色波点的领巾，迪米特里穿着一双皮质的马靴。迪米特里今天看起来不像末日骑士，反而是一副累得快要倒下的憔悴模样，这倒是和罗伯特现在对自己的感觉一样。迪米特里给马儿们轻轻顺着鬃毛，对它们轻言细语。席尔瓦用桶接了水喂给它们喝，时不时地斜瞟罗伯特这边一眼。尤其当她发现斯林木德就站在罗伯特的旁边，她看向这边的视线顿时变得更加频繁了。

"别磨蹭，小子！"斯林木德冲着罗伯特嚷着，"快点换！"

罗伯特捡起袋子里之前装的那几件衣服。这些衣服看起来和这里其他人穿的一样，都是棕色和灰色的，透着股脏兮兮、潮乎乎的味道。他穿上裤子，感觉粗糙的面料刺刺啦啦地刮着皮肤。

他一颗一颗地扣好身上粗布衬衫的纽扣。他又想起了月亮项坠贴着皮肤的那股凉意。他把自己最后几件衣物也收拾平整，放进了那个洗衣袋中。

"还有你的帽子。"斯林木德说道，"你要去的地方不需要这东西了。聪明孩子才配戴漂亮帽子，而你充其量是个傻瓜蛋。"斯林木德被自己的话逗乐了，又露出了一口亮闪闪的金牙。

罗伯特心情沉重地按他的指令照办了。长期以来，他的帽子就像他身体的一部分。

等他全部换好了，斯林木德从他手上抓过洗衣袋，扔到放在角落的一只篮子里，里面已经装了一大堆和它一模一样的袋子。然后他抓着罗伯特的胳膊肘，扯着他下了卸货坡道。

船下已经竖起了尖尖的围栏，围着灌木丛中的一块空地，朝阳照亮了青草叶上残存的露珠。这场景和罗伯特想象中的巴黎，简直没有丝毫相同之处。

一些马戏团成员——也就是昨晚追踪他们的那些彪形大汉——正抡着大锤把围成一个大圈的桩子挨个砸进土里。另一些成员——节目里的演员——则都在整理各种袋子和箱子，把一卷卷的帆布帐篷从袋子拿出来。斯林木德专门负责监督他们的进度。谁要是干活慢就会挨上他一鞭子。

"今天你就帮着布置场地。"他对罗伯特说，他们身边有个人正在奋力地解开一大捆拉索，"你主要帮着把大帐篷搭建好。晚上之前要干完，这样我们明天就可以开始排练新节目了。听明白了吗？"

"我——"罗伯特说道。

"好吧。"斯林木德的手指深深地掐入罗伯特的胳膊肘，痛得他脸都扭曲起来。"这里每人都有三次机会。"他拖着罗伯特从忙碌的人群中走了出去，绕过飞船船头和那具木质的天使船首像。"你先前顶过嘴，还私藏钱物，你该记两次鞭打，但只要你工作努力，不瞎提问也不搞花样，我们就能处得不赖。不过，如果你想逃跑，躲起来，鬼鬼祟祟地搞小动作或是在我的人里煽动搞事，那我会让你肚子开花。我可不是嘴上随便说说而已。"

他指着飞船右舷钩子上挂着的一排东西说："看见那些了吗？你猜这都挂的是什么？"

罗伯特摇头。他真的猜不到。他盯着那些东西仔细看了看。有一顶老旧残破的小丑帽，帽顶的绒球已不知所终，一件有烧焦痕迹的闪光连身衣，一副马镫，五个用绳子穿在一起的杂耍棒，风一吹就丁零当啷作响，另外还有一根东西看起来像是人的大腿骨，旁边还有一只皱巴巴的大象脚。

斯林木德拍了拍最后一件东西说："这些都是纪念品。"他解释道，"过去那些捣乱的家伙们留下的纪念品。那些神秘消失的马戏团演员。"他嗤笑一声，"我特意留着这些，就是为了提醒大家记清楚谁才是老大，记住那些惹我生气的坏家伙最后都是什么下场。"

罗伯特顿时觉得一阵作呕，他畏惧地望着那一排阴森森的纪念品。无论如何，他都不想跟那些可怜的家伙落得同一个结局。他必须快点找到莉莉和芒金，快点逃跑。

"记着，"斯林木德说着，押着他返回飞船另外一侧的施工现场去，"你再犯一次错就要挨鞭子了。我是个公正讲规矩的人，在马戏团里和团外都是如此。有点太讲规矩了，这是铜绿夫人对我的评价，但我做事的风格就是这样的。现在你已经知道了规矩，所以如果你破坏了规矩——那时候——被打得嗷嗷叫的时候，你就不能找借口说你不知道有这些规矩。"

他停顿了一会儿，好让罗伯特消化他刚才说的话。罗伯特却在想着他以前可能已经把这套邪恶的说辞重复一千遍了。

"楞克马上过来给你分配活，我奉劝你按他说的做。"说完他转身走开，对着一个打桩打得不合他意的人吆喝去了。

而罗伯特站在天空马戏团飞船投下的阴影里一动不动。他感觉心里空空荡荡的，整个人仿佛蛋壳一样脆弱，好像下一秒就会破碎裂开，而内里那令人难以承受的恐惧感就会喷涌而出。

他多么希望他没有失去妈妈给他的月亮项坠。不过，他至少还保留了其他的东西。他的手伸进口袋里摸了一通，却惊慌失措地发现他的小刀、铅笔，还有那套撬锁工具通通都不见了。他怎么会这么傻？这些东西全都在他爸爸的外套里，现在放进了那个洗衣袋中，和其他那十几个甚至几十个一模一样的袋子堆在一起了。现在，他两手空空，怎么才能找到莉莉和芒金并且带着他们一起逃出去呢？

莉莉盯着十三号房间里黑黢黢的阴影，双腿哆哆嗦嗦。"我一个人也没看见。"她紧张地低声说道。

"他们就在里面的某个地方。"芒金回应道。

她又往前走了几步，探头分别查看了四张床。

芒金说得对。虽然第一张床确实没人，只摆着些卷起来的铺盖，其他三张床却绝对都是有人的！

每张床上都有一双战战兢兢的眼睛在暗处闪着光，有三个人正躲在毯子下面紧紧盯着他们。当铜绿夫人带他们沿走道过来的时候，他们肯定就躲进毯子里了。到底是什么让他们害怕成这样，以至于要吓得躲在床上呢？

莉莉和芒金沉默地站在那儿，也不知道要说些什么。终于，左手边的上铺有一个轻柔的声音开了口，听起来像是个女孩子。

"戴虎纹围巾的那个女孩子是谁呀，卢卡？她不是我们这里的。"

"不，"下铺的回答生硬而冷漠，"她当然不是，还有她那只邋遢的橘色小狗也不是。"

龙虾男孩卢卡掀开毯子，跳到地板上，两只金属钳子夹得咔啦咔啦响。

"你看够了没？"他猛地倾身向莉莉扑了上来，嘲弄地问道，"你们是专门来这儿欣赏怪物的？"

第十二章

芒金大吼一声，挡在莉莉身前，但莉莉却无法把视线从卢卡的大钳子上挪开。她记得马戏团班主曾如此描述这对钳子："他的钳子可以切开十五厘米厚的钢板，就像切纸一样轻松！女士们，先生们，千万不要靠得太近，更不要激怒他，要知道，他的钳子只要一下就能夹掉你的鼻子！"

芒金冲着那个男孩子龇出满口尖牙，莉莉心下一慌。

她揪住狐狸的脖子不让他向卢卡发动攻击。

"你们来这里干什么？"卢卡逼问她，绷着脸又走近了几步。

莉莉慢慢挪向门边，长围巾都拖到了地上的尘土里。她想说点什么但又说不出来。此时，她眼前的卢卡高举着咔咔响的大钳子，深蓝色的眼睛怒气冲冲，可奇怪的是，这一切并没有让她感到害怕——她只是满心迷惑。他们居然如此相似，她和他，可是她不知道该如何解释此刻的这种感受。

"我们来这里是因为，铜绿夫人带，呃……"莉莉犹豫着，"劫持了我们，呃，就是昨晚……演出之后。"

"我被他们套了麻袋。"芒金从牙缝里挤出几个字。

"她和斯林木德的那些狗腿子……我的意思是，马戏团团员们，"莉莉继续说道，"他们把我们困在货舱里，然后直接起飞，把我们劫持到这里来了。"

"我还拼命警告你们来着，"芒金愤愤吐槽，"可你们都不听。"

"我们根本没听清你说什么，芒金，你当时戴着嘴套呢。"

"这是你的狐狸？"卢卡伸出一只钳子指向芒金，"我猜你是个孤儿。"他对莉莉示意了一下，说到孤儿这个词的时候，他脸上的神色变得柔和起来。

"我想你是想问她是不是我罩着的人吧？"芒金说，"好吧，先告诉我，你们都是怎么在这种地方活下来的？这臭气简直要直冲云霄了。"

"嘘！"莉莉抓住芒金的颈毛让他老实点。据她猜测，另外两个没下来的也是改造人，如果她打算劝说他们出来，并且说服他们三个一起协力帮她逃走，那她可不能让芒金制造任何麻烦。

"是的，"她对卢卡回答说，"他是我的狐狸。爸爸送我的礼物。他是只机械兽，名字叫芒金，我叫莉莉……呃，见到你们，我们实在是太高兴了。"她额外添了这么一句显得礼貌些，毕竟长期以来大家都教导她要礼貌待人，尽管她有时没能做到这点，但目前审时度势之后，她感觉以现在这个情况来看，她还是应该试着尽量多交朋友。

芒金可不乐意了："我还没决定到底是不是该高兴呢，你怎么就把我代表了呀。"说完，他低吼一声，竖起脖子上的毛，龇开嘴露出他的大黄牙。

卢卡笑了起来："很有道理。你们是从哪家来的？"

"欧蕨桥庄园。就在昨天你们驻扎的那个地方。"

他显得很困惑："我从没听过叫这个名字的孤儿院。"

"难道你没听到她刚刚说的话吗，卢卡？"从上方传来一个尖尖的声音，"她说她有爸爸。她不是从孤儿院来的，她有一个真正的家。"

说话的女孩从床上俯身看下来。她有一张圆圆的脸，面颊鼓鼓的，带着温暖的笑容，很友好的样子。她笨拙地挪动着身体，开始从床上爬下来。莉莉看到了她的机械腿。她是迪迪——那个表演走钢丝的改造人。

那么是不是可以推断出，在角落里的上铺，那第三个人肯定就是安捷丽卡？莉莉飞快地往那边瞟了一眼，但是角落里那个人仍旧蜷缩在毯子底下。

迪迪跳到了地板上。"所以你有爸爸和妈妈咯？"她紧张地躲在卢卡身后问道。当她走动时，机械腿会发出嗡嗡的震动声。相对于她的身体比例而言，她的这双腿稍稍长了点，这让她显得像鹳一样纤细，就好像踩在一对迷你高跷上。

莉莉摇了摇头："我家里只有爸爸。我对妈妈没有多少记忆。"她迟疑了一下又补充说道："在我很小的时候，她就去世了……不过，最近一段时间，我们算是又有了一些交流。"她摸了摸口袋里那一叠被扯破的纸页。

卢卡看着她，大概以为她精神有些不正常了，不过迪迪却好像一点也没在意她那古怪的回答。

"我们三个人来自不同的孤儿院，"迪迪给莉莉解释说，"不过各自被人领出来已经好些年了。倒不是这个马戏团的人去领的我们，不过兜来转去的，最后就落到这里了。"她讲话时习惯性地举着胳膊，好像她时时刻刻都需要注意保持身体的平衡。

"我们本来不是改造人。"卢卡说，"我们也曾和你一样是普通人类。有个叫德罗兹的邪恶博士把我们从孤儿院里挑出来，在实验室里改装了我们的身体，然后把我们卖给了这个马戏团。"

"太可怕了！"莉莉听了觉得好难受。在笔记本里，妈妈曾经提过德罗兹博士曾教过她。莉莉真不愿意想到妈妈居然和这样一个可怕的人曾经有过什么关联。

这时，安捷丽卡开口说了第一句话："德罗兹只挑选没人记挂的孩子。"她平静地说道，"像我们这样的孩子。"她挪到床边，俯身看向他们。

她的头发分开扎成了两束乌油油的粗辫子，秀气的眉毛下两只棕色的眼睛间距有点宽，左边眼睛旁有道伤口。

"你们昨晚就在演出现场吧。"安捷丽卡说,"我认得那个坐在你旁边的男孩。巴萨洛谬,他以前是叫这个名字的。"

"你是说,托里?"莉莉问。

"这是他现在的名字吗?"安捷丽卡的眼睛顿时一亮,"我认出了他的脸。一看就有点面熟。"

莉莉想起了昨晚演出时托里说的话。"他告诉我说,你们以前在同一家孤儿院待过,就在伦敦。"她对安捷丽卡说。

"是的,卡姆登少年感化院,专门收容孤儿的地方。我后来被人领走的时候,他还留在那儿。"

安捷丽卡从床上跳下来,拍动着翅膀,羽毛在金属墙壁上刮擦着,让她的身体浮在离地板上空几厘米高的地方。最后她抓住那根倚靠在屏风边的拐杖,稳稳地站在了地上。她移动身体的时候全神贯注,好像最微小的一个错步或失控都可能会让她跌倒,好像重力随时可能从她身后突袭让她摔倒在地。莉莉觉得这就像是一场奇怪的芭蕾表演,但相当优美。

"我从不跟人提及我待在感化院的那段过去,"安捷丽卡说,"我当时太害怕了,连话都不会说了。托里改变了我。他是那段时间里唯一一个曾对我表示友善的人。"一说起他,她微笑起来。

她站在地面上显得比另外两个人轻盈许多,尽管她多了一对翅膀,身形显得更大一些。她对待那两个人就像大姐姐一样,这让莉莉确信她是三人中最年长的,比票上那张图片里的她显得更成熟一些,应该有十六七岁了。

"他每天用篮子给我送午餐，每当我把盘子还给他时，我都会给他附上一点小礼物或一张便条，他也会给我回礼。他是跟你们在一起吗？我真盼着能再次见到他。听说船上新来了个男孩，是他吗？"

莉莉摇摇头："不，你说的那个应该是我朋友罗伯特。当时托里成功逃出去了。他现在应该回到欧蕨桥了。他会把这里发生的事情告诉我爸爸，然后带着他们来救我们。"她自己也不知道这句话到底是真是假，但起码听上去令人安心。

"他们首先得找到我们。"迪迪说，"从昨晚起，我们已经飞了好长的路了。"

"你有没有听说我们降落的地点？"卢卡问。

"之前铜绿夫人说过是巴黎，"莉莉说，"只不过当她带我们走出货舱的时候，外面的光景看起来真不太像。只有一片树林，远处还有几栋房子。"

"又是巴黎？"迪迪嘀咕着，他们三个都打了个寒战。

"这可离家很远了呀。"卢卡说道。

"是的，确实很远了。"莉莉回答道，虽然她不清楚他们讲的到底是她的家，还是他们的家。"不过托里一定会给我爸爸报信的。"她再次补充道，这句更像是用来自我安慰。

芒金肯定地点点头："他是个靠谱的幼崽。"

"如果他是你的朋友，"安捷丽卡说，"那我想我们可以信任你。"

"我还有个问题。"迪迪插嘴说，"如果你不是被从孤儿院绑架来的，也不是被德罗兹博士送来的，那为什么铜绿夫人要把你放在这里，和我们待在一起呢？"

"这个问题，我无法回答。"莉莉说。齿轮之心的秘密已经让她深陷危险之中，一想到可能要有更多人知道这个秘密，她简直如芒在背，坐立不安。

"不能回答还是不想回答？"卢卡一边问一边盯着她看，"你不太对劲，莉莉。既不像鱼类也不是鸟类。你看起来还是人类，但铜绿夫人把你放在十三号房里，和我们待在一起，所以我猜你可能是个改造人。"

"如果她不想告诉我们，那她就不必说。"安捷丽卡轻声责备着卢卡。

"行吧。"迪迪表示赞同，"她吓坏了，小可怜，她已经不知东西南北了。上一刻还在观众席里看演出，下一刻就被关到这里来了。"她伸出一只手，轻轻碰触了一下莉莉的肩膀。

莉莉意识到他们这几个改造人对铜绿夫人针对她的企图毫不知情，也不知道她到底是谁。如果还想保有一丝成功逃脱这囚牢的希望，她必须首先获得他们的信任。但是，一想到要对他们说出齿轮之心的秘密，这念头就坠在她心里沉甸甸的，像一块无法搬开的巨石。她看了看芒金。

芒金一言不发。

她到底要不要说出她的秘密呢？这样会危及她的安全吗？过去，爸爸总用沉默来隐藏真相，连她也一起蒙在鼓里。但这并没有什么用处。她最终发现了她的齿轮之心。别人也发现了，那三个邪恶的改造人，章朗、梅俊还有银鱼，他们都想杀死她，然后抢走她的心脏。自打那次事件之后，她总是要花相当长的时间，才能相信其他人。

但这三个改造人孩子不一样。他们和她更相似。昨晚的表演中，他们显得那么悲伤，任人欺凌——不管是面对马戏团里的其他人还是观众席的每一个人，他们都那么战战兢兢。可是在这间屋子里，他们很友好、很细心。迪迪的神情平和宁静，卢卡因担心她而眉头紧锁。安捷丽卡的眼睛睁得大大的，里面满是期盼和好奇。

她身上有某种东西让莉莉相信她是值得信任的。或许她能够明白？或许他们三个都能。如果莉莉对他们坦诚以待，告诉他们有关她这颗心脏的故事，那么也许他们会对她同样坦诚？因为面对真实是很重要的。真实的自我也很重要。妈妈这么说过，不是吗？爸爸的那些谎言，给全家带来的只有各种麻烦。

不行，要想活着离开，莉莉觉得她必须按妈妈说的做。猛然间，她回忆起笔记本上妈妈的话：如果你毫无顾虑或者禁忌的话，你会做些什么呢？她看着身边的他们，他们也正满怀期待地看着她。就这样吧，她想，她应该把真实情况告诉他们。

罗伯特独自站在天寒地冻的空地上，等待着楞克的到来。他搓着双手，尴尬地看着那边马戏团众人七手八脚地把绳索分头缠在两顶大帐篷那几根足有几棵树干粗的支柱上。

斯林木德给他的破衣烂衫上满是泥点子。假如给锈夫人或嘀嗒小姐看到他这么邋遢的样子，她们估计要大发雷霆。他好想念她们，也想念欧蕨桥。他多么盼望自己现在就能回到那里，和约翰待在一起，和所有在宅子里晃来晃去的机械师待在一起。哪怕得听着锈夫人大声训斥他们不该偷偷溜出门去，也总比待在这里好。无论什么也都比待在这里好啊！

他真希望那个月亮项坠没有被抢走。它能让他想起妈妈，给他带来希望，但是现在它已经被斯林木德夺走了。对罗伯特而言，斯林木德和铜绿夫人偷走了这里每个人的希望，而如果他还想拿回项坠，拿回其他东西，同时找到莉莉和芒金，他就一定要守住这份希望。

"抬起头！穿过去！"后面传来一声大喊。

罗伯特转身看见两匹马绕过船尾小跑起来。迪米特里骑在一匹没有马鞍的黑马上，从发动机的螺旋桨下穿了过来。席尔瓦则骑着一匹白马，跟在后面。

迪米特里和席尔瓦骑马转了一圈。然后迪米特里从黑马上跳下来，把缰绳递给席尔瓦。有人甩给他一节绳子，绳子的另一头系在大帐篷其中的一根柱子上，迪米特里动手把绳子系到马背上挂着的挽具上。

"嘿，你……呆头鹅！"席尔瓦从马上居高临下地朝罗伯特喊道，"别干站在那里，光一对眼睛骨碌碌地转，简直像是躲在常春藤里的猫头鹰，你倒是过来给我们搭把手呀！"

"你是在和我说话吗？"罗伯特问。

"不然我还能在跟谁说话呢？"席尔瓦回答说，"呆头鹅——就是说的你这种新上船的什么也不懂的人。你，快过来啊！"

"现在不行，"罗伯特摇了摇头，拒绝了，"之前说要我等楞克来给我分配活干的。"

"那个嘎吱乱响的煞星！"席尔瓦啐了一口，"如果我是你，才不会傻乎乎地等着他。过来我们这边吧。我们会给你活干，保证让你看上去没闲着。"

"那先谢谢你了。"罗伯特稍微有点不放心那几匹躁动不安的马儿，紧张地向他们靠拢去，"你们见过我的朋友们吗？他们被带到十三号房去了。我要给他们捎个信。哦，还有就是，我要从洗衣袋里把我的衣服拿回来。"

席尔瓦从马背上跳了下来，她把缰绳挽在手上。"没有，我没看到你那几位朋友。至于说你的衣服嘛，明天是洗衣日——如果你申请洗衣值日，说不定还有可能找到它们。不然，你以后会发现它们就变成了演出服装的一部分。"

"可是那是我的呀，"罗伯特惊呼道，"我的东西还在里面呢！"

"里面有值钱东西？"席尔瓦问道。

罗伯特点头。

"那你最好祈祷斯林木德不要发现。"她朝迪米特里那边指了指，他正忙着把绳子拴到她这匹白马的背上，"我是席尔瓦，噢，那位是迪米特里。"

"我叫罗伯特。"他冲迪米特里点点头。迪米特里长着和席尔瓦一样的炭黑色头发和棕色眼睛。

"他是你兄弟吗？"

她笑起来："不是，我们的确长得很像，对吧？但他不是我的兄弟。他没有家人。"

"虽然我没有兄弟……"迪米特里回答说，带着柔软的俄罗斯口音，"但我是全团人的儿子。我属于整个天空马戏团。"

"这是什么意思？"罗伯特忍不住好奇地问出了口。

"十四年前，"迪米特里解释说，"当老斯林木德——就是斯林木德的爸爸——带着马戏团巡游到俄罗斯大草原，他在马厩里的干草垛后面发现我躲在那儿。我是之前偷偷溜上船的。当时他们停驻在最后的捕捞点——"

"你这么说他听不懂的，"席尔瓦打断他，"旅行者都管那个叫——"

"我知道，"罗伯特说，"就是驻扎点，露营的地方。"

"不错嘛，呆头鹅。"席尔瓦对他刮目相看。她牵着两匹马往前走，直到身后的绳索伸展绷紧。帐篷柱子渐渐地被拽了起来，在地基上滚动着。马儿一发力，拉扯着柱子根根直立起来。

迪米特里伸手抓住绳索和马儿们一起用力往前拉，尽量帮它们减轻些负担。"当时团里的一个老杂役，泰德，"他解释说，"过去演出时是演骑手的。"

"杂役就是在马戏团里干零活打杂的。"席尔瓦说道，再一次打断了迪米特里，"也就是说，马戏团里上蹿下跳的人，未必个个是真正的演员。这群人里就有几个杂役。"她朝那些刚把锚拉索解开来现在又去固定支柱的人抬了抬下巴，"他们是给斯林木德和铜绿夫人工作的，不要相信他们。"

"现在我能继续往下说了吗？"迪米特里乐呵呵地问道，"泰德照料马匹，也照顾我，马戏团就成了我的家。再然后，我长大了，我也去照料马——我最爱它们了——如果我不在马厩，大家就轮流帮我照顾它们。但是，那都是从前的事了……"他停下来。

"从什么之前？"罗伯特问，"后来出什么事了？"

"老斯林木德先生去世了——就在八个月前。"迪米特里冲着垂吊在飞船一侧的那串杂耍棒示意了一下，"挂在那儿的就是他的棒子，还有那边，是泰德的马镫。现在整个团都得听他儿子的了，还有那个可怕的铜绿夫人。马戏团对他们来说，根本不是家——只是赚钱的工具。"

现在大部分马戏团团员都在刚支撑起来的柱子下面忙碌着，把帆布片逐一摊平，再穿上带子系到一起。斯林木德在人群中大步走来走去，如果有人手脚慢，他就会挥动鞭子抽过去。他站在那儿，就是一出活生生的恐怖片。罗伯特简直难以相信这曾经是他的家族马戏团，他把他爸爸的马戏团变成了一个令人无比痛苦的地方。

"你去拉住那匹马，行不行，呆头鹅？"迪米特里的呼喊打断了他的思绪，一下把他拉回眼前。"席尔瓦一个人拉不住两匹马。"

迪米特里开始动手把牵引绳和挽具从那匹白牡马的背上解下来。罗伯特依言上前，站在席尔瓦身后，接过了黑马的缰绳，轻抚着汗津津的马肚子，试着让它平静下来。

马儿的肚子随呼吸起伏，他都能摸到皮毛下的肋骨。

"它怎么这么瘦？"他问席尔瓦。

"斯林木德没好好喂它们。"她解释说，"而且它们被拉着来干所有这些粗活，和我们一样。"

"真是他把这些人都杀了吗？"罗伯特盯着船边上那一排零碎物品。

"反正他确实让他们都消失了。"席尔瓦一边说，一边轻轻地摸着白马的鬐头，"他和铜绿夫人。那些人都是在这团里干了好些年的老团员了，当时只说他们要走了，还答应说会写信回来的。但从此以后全都杳无音信了。所以，应该是吧。我们觉得，他们很有可能已经死了。"

"老斯林木德去世后，铜绿夫人和斯林木德霸占了他的房间，还有顶层的通信室和办公室。"他朝大船最高处的一排窗户抬了抬下巴，"从那以后他们就不让任何人上那一层去。很快那里就彻底成了禁地。只有他们才能进。接着他们就雇了一批新杂役来监视大家，又在马戏团周围竖起了围栏，平时就把大家都关在自己的舱房里。"

席尔瓦朝着场地周围的高墙挥了挥手："等我们回过神来的时候，这地方已经变成了一座监狱。"

黑马咴儿咴儿地叫着，想要挣脱罗伯特。

"安静，藏巴诺。"迪米特里柔声地对它说。他已经卸下了白马的马轭，现在开始动手给黑马卸轭。

"你可千万拉紧了。"席尔瓦悄声说，"如果让马儿跑出去了，不管对马儿，还是对我们，可都不是件好事。"

罗伯特觉得双脚打滑。绳索刮擦着掌心，粗粝地磨蹭着皮肤。他紧咬牙关，手指死死锁住绳子，双脚紧抵在地上，拉得双肩都生疼。

"谢谢你的帮忙，呆头鹅。"迪米特里接过罗伯特手里那匹黑马的马缰，把马儿拴到大船的一个环上。

席尔瓦把她的白马拴在旁边。那匹马的名字是风筝先生。

罗伯特看着他俩对着马儿讲话，意识到事情也许没有看上去那么糟。他交到了新朋友呢。

嘀——呜！嘀——呜！嘀——呜！

哨子吹出了三声短促的鸣音。

"吃猪食咯！"迪米特里说。

"这是通知吃午饭了，呆头鹅。"席尔瓦解释道。

场地上，大家丢下搭了一半的帐篷，放下工具，朝着位于天空马戏团飞船左舷的主舱门走去。楞克正站在门口，金属下巴一开一合，默默地数着进门的人数。

罗伯特和迪米特里、席尔瓦一起加入坡道上排队的队伍里。这时候，罗伯特瞧见树梢上方有些东西，那是一座巨型尖顶铁塔。几艘齐柏林飞艇围着它上下浮动着，就像花朵上的蜜蜂。

还有另外几只飞艇被锚绳系在铁塔上。

"那是什么啊？"他指着铁塔，向另外两人问道。

"埃菲尔铁塔航空站。"席尔瓦小声地说，"到达巴黎的航班在那里起飞和降落。"

"离这里有多远？"罗伯特悄声问道。

"很远很远。"席尔瓦压低了嗓音，"这里是布罗涅森林，在城市的郊外。"

"不管远不远，我们现在就是囚犯。"迪米特里嘟囔说，"根本不会让我们靠近那种地方的，所以你就别指望去看它了。"

"如果我们能出去，我就可以去。"罗伯特轻声说。

等他们跟着人群终于上了大船，准备排队走进去的时候，罗伯特已经在脑海里闪过了一千零一个计划。首先，他要把莉莉和芒金从十三号房解救出来，然后要给身在英格兰的约翰发个消息，还要拿回他的项坠，最后是带着大家安然无恙地离开这里。等他先追回那只洗衣袋，就开始下一步行动。

第十三章

哗啦!

一勺灰扑扑、黏糊糊的东西倒在罗伯特的盘子里。油腻腻的粥里撒着点洋葱。他脸色沉重地打量着这东西。粥里腾起一股发馊的令人胃口全无的热气。这种混合物里貌似是不可能有平时他吃的那些棉花糖、玉米或者花生了。

"午餐请各位慢慢享用。"负责分发食物的男孩说着,从一个大汤碗中一勺勺往外舀到各人的盘子上。"不要一口吃光,你们这些没用的饭桶。"这人说话自带韵脚,罗伯特立刻认出了他——这是小丑乔伊。他今天没有化妆,但是脸上还是有一颗文上去的泪滴——罗伯特昨天看见的时候,还以为那个只是画上去的。

"我们管这叫糊糊汤。"席尔瓦小声说道。她和迪米特里领着罗伯特离开了长长的队伍。整条队伍蜿蜒贯穿了整个餐厅。排队的马戏团团员们全都穿着沾满污泥浊水的邋遢工作服，疲惫的脸上也满是泥。"主要因为这种东西介于糊糊和汤水之间。你要不要多来一勺？看起来你很需要多吃点东西。"

罗伯特摇摇头，但已经晚了——席尔瓦将自己盘里一半的糊糊倒在了他的盘子里。罗伯特小心翼翼，才没有让东西洒出来。他跟在席尔瓦和迪米特里的后面，走到下一张桌子前，每人从桌上的盒子里抓了一份餐具和一个铁皮杯子。

"拿好你的盆饭和勺汤。"说话的是今天管水壶的男孩，一头亮橘色的头发。他今天也没有化妆，但罗伯特认出他是小丑奥吉——说话颠三倒四的那个。

"谁失丢了勺汤或子杯，就要被喂子狮、虎老还有熊狗。"奥吉一边对他说，一边往他的杯子里盛了一勺油汪汪的水。

"他是说，如果你弄丢了汤勺或杯子，你就会被送去喂狮子、老虎和狗熊。"席尔瓦小声解释。

"不要去亲近那些小丑。"他们排队等着就座时，迪米特里提醒他说，"他们是铜绿夫人和斯林木德的探子。"

"我不会的。"罗伯特说。他很高兴自己能有席尔瓦和迪米特里的提点，真希望莉莉和芒金也结识到了几个朋友。他忧心忡忡地望向挤满了人的餐厅，四处搜寻着他们的身影。

那边坐在一张长条桌边的几个人，就是昨晚追捕他们的马戏团团员，另一张桌子边上坐着团里那支四人小乐队。他在周围的椅子上还看到了昨晚变戏法的、翻筋斗的、转盘子的那些演员，他甚至还看到了那个表演吃茶具的干瘪老头子，那人的表情似乎在说，与其吃面前这盘猪食糊糊，他宁可再吃一套昨晚表演中他吞下去的茶具。可是到处都没有看到莉莉和芒金的踪影，也不见其他的改造人。老天哪，铜绿夫人和斯林木德到底把他们怎么了？

"每一个家庭或每个表演组合各自坐在自己房间号对应的桌子上。"席尔瓦发现他还在担忧地四处张望，就对他解释说，"我和迪米特里以及我家里人一起，我们住六号房，所以我们坐六号桌。那桌还有个空位，如果你愿意加入我们的话。"

迪米特里和席尔瓦领着他穿梭在一排排灰扑扑的人群中，向最靠近门的那张桌子走去。桌子上的确有个六的标号。

"爸比，妈咪，这是罗伯特。"席尔瓦说道。罗伯特认出眼前就是纽扣一家的演出里那两位年纪稍长的杂技演员。

楞克就在他们身后几米远的地方，他骨碌碌转动的眼睛四下打量着，监视着屋子里的每一件事、每一个人。什么也逃不过他专注的凝视。罗伯特畏缩地躲着他。"下午好，纽扣先生，纽扣夫人。"他压低嗓门，挤到席尔瓦和迪米特里对面板凳的边角上坐下。

"叫我吉尔达吧。"纽扣夫人说，她身形小巧，如果不看脸上的皱纹，可能会误以为她是个正值青春的年轻姑娘。

"叫我布鲁诺。"纽扣先生也补充道，和罗伯特握手致意。他的手掌坚定有力，胳膊修长结实，他的肩膀宽阔，头顶很平，就仿佛他曾经倒立过很多次——不过，也许这一点倒是真的。

"你的马儿今天怎么样，迪米特里？"纽扣先生问。

"都很好，谢谢，布鲁诺。"迪米特里回答，"如果下午帐篷搭好后还有时间，而且斯林木德允许的话，我就会让马儿们围着场地快速跑上几圈。"

罗伯特尝了一口糊糊汤。这味道太恶心了，像一盘泡在温水里的碎石渣。他尽可能地少吃了两口，勉强能压住肚子咕咕叫就好。他把剩下的食物推到一旁，再次扭头四下张望，想找到他失散的朋友们，可惜他仍旧没有发现他们。"请问，"他问旁边的人，"我的朋友们之前被带到十三号房去了，但我哪儿都没看见他们。十三号桌在哪里？"

"没有十三号桌，"吉尔达·纽扣回答说，"所以你的朋友是在那儿，和他们在一起？那些怪物？"

"你是指改造人吗？"罗伯特问道。

"大家都在餐厅吃饭，但是那些半人半机械的不是。"布鲁诺·纽扣解释道，并不理会罗伯特对他用词的更正，"你在表演里也看到过他们的——他们和我们不一样。他们的技艺是被安装在身体里的，不像我们是通过学习而获得的。"

"是的，"席尔瓦点着头，"凭借他们那些诡异的功能，他们很容易就能逃跑。所以铜绿夫人和斯林木德把他们整天锁在舱房里。"

纽扣一家谈起改造人的态度实在令人难以接受，他们就好像是被斯林木德和铜绿夫人洗了脑，认为那些改造人都不是真正的人类。罗伯特思考着要不要帮他们说点什么辩护一下，但是转念一想，还是别惹麻烦了。他毕竟还有求于他们。不过，他还是在考虑着能否说些什么，改变他们对改造人的想法……

"通常情况下，他们是不会在表演时强行抢人的，"吉尔达说，"因为这会让人注意到马戏团，而且也很容易被追查到，不过从你的朋友这个例子来看，他们应该算是破例了。"她朝铜绿夫人和斯林木德那边扫了一眼，他们就坐在餐厅另一头的主桌上。他们正在吃豆角和烤牛肉，吃得比那些吃糊糊汤的人可快活多了。"她肯定也是有些与众不同的地方，所以他们才会这么铤而走险。"

罗伯特很忐忑。吉尔达猜对了，莉莉确实是与众不同的——可是别的改造人也是与众不同的，而与众不同并不应该算是坏事。

"我必须把她救出去。"他对他们说，"还有芒金。我需要你们的帮助。"

席尔瓦笑起来："没机会的。没人能从斯林木德手里逃跑，相信我。我们试过的。两次都被抓住了。"

"有一次还是骑着马。"迪米特里接着说，"马已经跑到最快了，但还是被楞克抓到了。他监视所有的人、所有的事。然后向斯林木德和铜绿夫人打小报告。如果你想跑路，他们立刻就会发现。"

"所以现在我们必须非常小心谨慎，"纽扣先生提醒说，"如果再出现第三次逃跑失败，我们就会被他们挂到墙上去了。"

"他们总不能全天监视着我们吧？"罗伯特提问道，"晚上呢？"

"到了晚上，斯林木德和铜绿夫人就会把我们锁在舱房里。"席尔瓦说，"然后派楞克在走廊上巡逻，确保万无一失。"

"楞克巡逻唯一的优点就是，"迪米特里说道，"他动起来，嘎吱嘎吱的响声特别大，你老远就能知道是他过来了。"

"他为什么会响得那么厉害啊？"

席尔瓦耸耸肩："金属部件太多了。他块头太大，就像人类的大力士，靠自己是没法一次把全身每个部件都涂上润滑油，有些部件就生锈了，所以他的每个动作都会发出指甲刮过黑板的声音。"

"别这么大声。"吉尔达·纽扣轻声提醒道，"他会听见的。即使我们得到允许能够下船去干活或者表演，他也会一直监视着我们。更何况，我们甚至从来都没能成功走出过这个围栏。如果你愿意，可以逃跑试试看，但你不可能成功的。"

罗伯特对纽扣一家和迪米特里的悲观态度不置可否。毕竟，他可是世界知名逃脱术大师杰克·德沃的孙子。不得不说，杰克·德沃确实是个可怕的恶棍，但他也确实从彭顿镇监狱，这所英格兰最严密的监牢，越狱成功了。罗伯特曾经近距离地看过几个杰克的招数，还学了一些。他觉得，只要天下还有人能成功完成从天空马戏团的大逃亡，那么他，罗伯特，肯定就是那个能做到的人。而且他必须做到。为了莉莉也得做到。

"如果大家一起合作呢？"他提议道，"马戏团团员和那些——呃，改造人？难道那样还逃不掉吗？有他们的特殊能力帮忙，肯定可以的吧……"

布鲁诺·纽扣摇摇头："我们不和他们讲话。他们也不和我们讲话。"

"为什么？"

"呃，一方面是铜绿夫人和斯林木德不允许，另一方面嘛……该怎么说呢……"他俯身凑近了些，近到罗伯特能一根根地数清他那打理得整整齐齐的小胡子。"他们都很怪。更像机械人，而不像真正的人类。大家也不会合作的，我想你很快会发现，在这里，人人都只顾得上自己，呆头鹅，谁也没有余力管别人，就是这样了。"

罗伯特坚信他说得不对。也许等他找到机会和改造人，或者和莉莉，说上了话，他就会想到什么点子能让大家合作，那时候，或许他们就会有办法逃走了……

现在计划似乎已经可以开始启动了，但他还需要仔细策划一下，想想怎么才能让计划成功实施。万一计划失败了的话，他衷心希望约翰能尽快赶到，把他们救出去。

他的肚子又在咕咕叫了，但他一直惦记着莉莉那边的情况，暂时压制住了这股饥饿感。但愿她在十三号房里有东西吃，而且能比他的糊糊汤更让人有食欲一点。

午餐是样子很恶心的稀粥，装在铁皮盘子里，从门上的窗口递进来。其他人非常迅速地把自己的那份吃得干干净净。只有莉莉的盘子里还剩了不少。芒金一看就说，这简直就是放凉了的猫的呕吐物。她听到这话就一口也吃不下去了。现在她跌坐在一把摇摇欲坠的椅子上，把芒金抱在膝头。狐狸尾巴扫在她脸上怪痒痒的。她用那条虎纹围巾把他们俩裹在一起。"我有些事情想要告诉大家。"她终于开口说道。

迪迪、卢卡和安捷丽卡好奇地在桌子对面围拢过来。卢卡把双手搁在桌面上。迪迪挪来挪去，好把她的大长腿伸展开来。安捷丽卡撑着拐杖，展开的双翼垂在身后，就像披了件羽毛大衣。他们三个都在等着莉莉开口。

莉莉抿了抿嘴唇："我和一般人有些不同。"她说道，"和这个房间外面的人不同。"她开口说话的时候，感觉每个字都锐利得令人胆战心惊，但她不打算停下来，她很清楚自己接下来要说什么。

"我是个改造人。我有一颗齿轮之心——用齿轮和发条装置做成的心脏。"

她顿了顿，想看看听众的反应。

令人欣慰的是，这个消息似乎并没有让听众受到惊吓。事实上，他们的表情似乎变得更加友好了。

这让莉莉感觉轻松些了，她决定继续讲完她的故事。她给他们讲了当初爸爸是如何用齿轮之心在她濒临死亡的时候挽救了她的生命。也讲了这颗心实际上是一台永动机，也就意味着她有永生的可能。一个叫银鱼教授的坏人曾经试图偷走它，甚至串通了当时还在给爸爸当管家的铜绿夫人；还讲了当莉莉在那些可怕的逃亡追杀途中是怎么遇到了罗伯特，他是如何救了她的命，以及她又如何救了他。

"而本人，当然咯，在他们的历险中救了他们两个很多次。"芒金不甘心被冷落，把嘴从围巾底下伸出来，插了句嘴。

"所以现在，铜绿夫人回来抓我，"莉莉最后说道，"一部分原因是为了报仇，还有一部分嘛……"莉莉耸了耸肩，"好吧，其实还不太清楚，但我并不想等着见证另一部分。我、罗伯特，还有芒金必须尽快离开这里，而要实现这个目的，我非常需要你们的援手。"

"我们会尽力的。"卢卡说，"可是逃跑很难——这地方全天都是封闭着的。大多数人只有死了躺进棺材里了，才能离开。"

"你们觉得其他的马戏团演员会帮我们吗？"莉莉问。

"不会的。"迪迪说。

"他们才不在乎我们改造人的死活呢。"安捷丽卡补充道，"他们会背叛我们，像所有人类一样。我们对他们来说，都是怪物。不过也无所谓，反正我们不接受他们，他们也不接受我们。过去一直就是这样，将来也还会是这样。莉莉，你不需要他们那些没用的花言巧语。如果我们来帮你逃跑，就只会有我们，只有我们会真的帮你。"

"还有罗伯特，"莉莉说，"我们不能扔下他。他可能遇上大麻烦了。"

一想到这个可能就让她非常不安。不过她已经劝服了这几个改造人伙伴来帮忙，对于逃生的把握更大了。现在应该要认真查探一下四周环境了。

她站起身，检查着屋子，寻找着可能的薄弱突破口，在每一片墙壁和镶板上敲敲打打。可惜的是，她敲出来的每一个响声听起来都结结实实。于是她望向房门。

"这是十五厘米厚的钢板。"安捷丽卡仿佛能看穿莉莉的内心，开口说道，"这扇房门全天锁死。他们送饭时会打开小窗口，送完就从外面用插销关上窗口。"

"你们总会有外出的时候吧。"芒金说。

"只有去浴室洗澡和倒便盆的时候可以出去。"迪迪指着角落的那只铁皮桶说道。

"呕……"芒金嫌弃地叫道。

"还有排练也可以出去，"卢卡补充说道，"但那时铜绿夫人和斯林木德都会盯着我们。如果哪天有演出，楞克会在整场晚间表演时负责看守我们。"

"演出结束之后，我们就会被锁回这里。第二天早上，一切再重来一遍。"安捷丽卡解释说。

"如果是搬家安装日，就像今天这样，"卢卡又补充了一句，"这种时候，我们二十四小时都被关在里面。"

"他们对你们真是比对野兽还差啊。"莉莉说。她走到厚重的金属门边。门上有什么东西吸引了她的视线，她似乎看到了一线希望的曙光。

小窗口上的合页。它们安装在窗口内侧。她凑近细细观察。

合页的两个页片间距比寻常的要宽一些，所以在合页关节之间，你能看见连接部件的芯轴露在外面。芯轴是用金属线制成的，她目测还没有钉子粗。

她用指头敲了一下芯轴。"卢卡，你觉得你能剪断这个吗？"

卢卡走了过来。"这可真是呱呱叫！我以前还没有注意过这里！"他上前仔细看了看合页，"有时候答案就在鼻子底下。"

"但你还是无法打开窗口呀。"迪迪说，"门外面有插销锁着。"

"合页剪断后，就会从中间顺着插销转下来了。"莉莉解释说，"然后我把手伸出去，拉开插销，再把窗子挪开。这样我就能够到外面的锁了。"

"天才！"卢卡笑了，"为什么我们从没想到过这么个好主意呢？"

"也许你以前读过的《惊魂便士》没有她多吧？"芒金说道。卢卡小心地伸出钳子夹断了合页上的芯轴。

合页散开了，正如莉莉所说，合页在插销上耷拉了下来。

莉莉把一只手从缝隙中挤了出去，拨开了所有的插销，整个窗板就落了下来。她把窗板拉进房里来，门板中央立刻多出了一个两倍于普通信箱大小的洞口。接着，她从头上取下一个发卡，用牙咬平，然后把手从洞口伸了出去。

她转动手腕，直到手指摸到了钥匙孔，把发卡戳进去，然后上下左右地摆弄着。但是锁没有发生变化。里面没有任何松动的地方。她又试了一次，但她能感觉到发卡已经弯得很厉害了。再用力一点，它马上就要断了。

她可不能让发卡断在里面，不然就会有人发觉他们在干什么了。她抽出发卡，手从洞口里原路退了回来。

"发卡不行，我没有撬锁工具是打不开的。"莉莉说。

"你想要我到罗伯特那里去拿工具吗？"芒金提议说，他朝着门上的洞点点头，"我大概可以从洞口钻过去。"

莉莉嘴角上扬："现在轮到我说那句话了，为什么我就没想到这个呢？"

"因为你老是想着万事要亲力亲为。"芒金回答说。

"他出去之后，我们必须把窗子放回去，"莉莉说，"以防在我们等他回来的时候，有人过来查看情况。"

"我到时候用爪子在门底下抓几下，"芒金说，"你听到了就开窗子让我进来。"

莉莉点了点头。她抱起芒金，在他头顶上亲了一下："注意安全。"她说着把他塞出洞口。

"别推得这么大力呀！"芒金轻声叫喊着，他的毛被边框夹住了，"我可不是皇家邮件！"不过他的尺寸却是恰恰合适，一下就穿了过去。他四脚落地，轻盈得像只猫。

莉莉在洞口看着他，狐狸从挂着锁的栅栏中间挤过去，溜进走廊尽头的阴影中，然后他的红尾巴一闪，就消失在她的视线里了。

莉莉把窗板放回原位，插销放好，然后和卢卡一起关好它，再把夹断的合页尽可能重新安回去，免得让人看出它被动过手脚。

莉莉做了个深呼吸，尽量放松心情。这可能要等很久。她希望芒金在飞船上的独自潜行能一切顺利。如果不想被抓住，他必须得像小耗子似的悄无声息——最好比那只他送给她的死耗子还安静。她手指交叠，默默地祝他好运。

第十四章

那天下午，罗伯特和马戏团众人再次投入到搭建主帐篷的繁重劳动中。一阵清爽的风吹过场地。越过尖尖的围栏和大门顶端，罗伯特依稀能瞧见布罗涅森林那枝繁叶茂的树冠。看着树梢打卷的叶子随风摇摆，他心里升起了希望。他和席尔瓦、迪米特里一起加入了施工人群，大家正在拉着滑轮，要把帐篷的帆布顶支起来。

红白条纹的帐篷在微风中起起落落，拖着他们大家东倒西歪，好像是在和他们进行一场骇人的拔河比赛。

绳子在罗伯特指缝间滑动，席尔瓦走近罗伯特，出声提醒说："绳子绷紧。"站在他两边的马戏团众人纷纷向他投去不满的眼神。"如果我们这边拉得不直，事情可就麻烦了。"

罗伯特把绳子抓得更紧，和席尔瓦一起一节一节地往后拉扯，手指关节因用力而变白，绳索勒得手指火辣辣地疼，罗伯特感觉已经使出了吃奶的力气。

屋顶终于升起来了。

"扎紧绳子！"斯林木德在帐篷另一面高声喊话，每个人都赶紧把自己手里的拉索系到最近的桩子上。

接下来的任务是在飘动的屋顶下面支起侧柱。更多的拉索要加固，长条的墙壁布要缝到一起，然后沿着帐篷边围起来。罗伯特还试着找了找昨天他用刀划破的地方，但没看到。可能已经有人把破洞修补好了。

在他跟着迪米特里和席尔瓦转来转去，学着干各种活的时候，他的眼睛一直在不停搜寻着莉莉和芒金。但哪里都不见他们的踪影，也没看见任何一个来自十三号房的改造人。他也时不时去看看货舱门有没有打开，如果门开了，他就可以进去找出他的衣服和其他那些东西了。可惜，门总是关着。他既不想浪费他最后一次免于受罚的机会，又不想给自己惹上新麻烦，他也不知道现在这种情况下，他该如何找到莉莉或者找回他的东西。

等帐篷搭好了之后，再给它插上各种旗帜和彩纸做装饰，这就是今天最后一项任务了。正当大家忙着手里的活计时，大门开了，一列长长的黑色蒸汽车开了进来。罗伯特正站在帐篷的边上，那辆车就停在离他不过几米远的地方。

身穿邋遢西装的乔伊从驾驶间里跳出来，把身后的大门关上并上了锁。奥吉绕着帐篷跑上前迎接他。

"你从哪儿搞到那辆车汽蒸？"奥吉叫着。

乔伊说了句什么回答他，但是听不清。罗伯特停下手里的活，环顾四周检查一下有没有人正盯着自己这边，然后偷偷向他们那边挪了几步，这样他就可以听到他们下面要讲什么了。他偷听的时候，一直小心藏在帐篷墙拐角的后面，这里是他们的视线盲区。

奥吉正指着蒸汽车说："看着像灵车。"

"它就是啊。"乔伊说，"铜绿夫人专门买了些新玩意，周日晚上的表演一定很不错。正好把哈特曼小姐加进去——噢，或者我应该说，华伦蒂诺！他们已经把她加到了海报上。看上去非常漂亮。待会儿等他们回来，我们就去巴黎，到城里贴一圈海报交差。"

"又是这些聊无的差事！"奥吉吐槽道，"这是什么西东？"他问，"我的意思是，这是什么东西？"

"我又不是科学家，"乔伊说，"但我猜它是一个电动棺材吧。"

罗伯特陡然紧张起来，心脏在胸中狂跳着。他必须保持冷静。他竭力压制着这个消息带来的冲击，继续听他们接下来的对话。

"做这个的博士说还没完全完成。"乔伊拍了一下蒸汽车的车顶，"不过我们明天就可以去提货，铜绿夫人也会来。"

原来这就是他们的计划！他们打算把莉莉放到某个棺材机器里，在节目中展示。星期天的晚上——那只剩下两天了！他得赶紧告诉她。他们的逃跑计划必须在这两天之内实施。否则，斯林木德和铜绿夫人要对莉莉做的事情会造成多么可怕的后果，让人完全不敢去细想。

罗伯特蹑手蹑脚地回到迪米特里和席尔瓦身边，他们正在挂最后一卷彩纸。

"这里，"迪米特里边扎彩环边说，"完工了，擦干净了。"

灯光很快熄灭了。晚饭的哨子吹起来了。

当他们和众人一起排队进餐厅的时候，罗伯特把他从两个小丑那里听到的消息，告诉了席尔瓦和迪米特里。

"这听起来对你朋友可不是什么好事！"席尔瓦轻声说。

"我们要立即把这个消息告诉她！"罗伯特把湿漉漉的双手在衣服上蹭了蹭。队伍开始拐进大船的侧门。"等走进去后，我们就可以溜走了。"

席尔瓦不同意："他们会发现我们的，你就只剩下仅有的一次机会了。而且你也没法进他们的门——那里有个上锁的大栅栏门拦着呢。"

第一拨人已经走到舱门口了，斯林木德正在数着进入飞船船舱的人数，并在标了数字的名单上一一打钩。

很快他们几个就变成了队伍前列，和其他人一起推推搡搡地走了进去，上楼来到食堂，来不及再想出任何新计划了。

就餐时，罗伯特跟着迪米特里还有纽扣一家，再次坐在了六号桌上。晚饭看起来更恶心了，他几乎咽不下去。他不断地想到两天后的表演中莉莉将要遭遇的莫测命运。他必须尽快地给她带个信，而他现在却完全不知道该怎么才能做到。

正当罗伯特苦苦思索之际，一个红色的影子从门边的阴影中嗖地飞奔到他们的桌子下面。不一会儿，一只小鼻子出现在他的双腿之间。"芒金！"罗伯特高兴地低声唤他，终于看到了老朋友，心里的大石头总算放下了。他尽量遮掩着不让周围的人发现他在向下看。他飞快地瞥了一眼，大家都在忙着各自聊天。

只有席尔瓦注意到了他的异样。"你是在和谁说话？"她问。

"没跟谁说话啊。"罗伯特装模作样地回答说。但席尔瓦已经感觉到桌子下面有东西，她的腿碰到了一条尾巴，她往下看去，发现了芒金。她不动声色，罗伯特看不出她有没有被餐桌下这只突然冒出来的会讲话的狐狸吓到。"别担心，"她说，"我会帮你保守秘密，你就抬起头来，好像和我说话一样，这样就不会有人注意到了。"

罗伯特点点头。他眼睛看着席尔瓦，试着和桌子下的芒金说话，尽量让嘴朝下出声。这可比想象中困难多了。

"你是怎么出来的？"他轻声问狐狸。

"莉莉想办法弄开了十三号房门上的小窗户。"芒金回答。

"莉莉怎么样了？"罗伯特追问道，尽量从嘴角出声。

"还不是和往常一样，怨天怨地呗。"

再一次听到狐狸的毒舌嘲讽，罗伯特的心情反而放松下来。他忍不住低头瞥了芒金一眼。芒金笑得更欢了，嘴都咧上天了。

"抬头看着我，"席尔瓦又开口了，"你现在要快点了。"

她说得没错。楞克正在巡视屋子。他会记录下任何时间发生的任何事情。罗伯特压低嗓门，把他听到的奥吉和乔伊之间的交谈告诉了芒金，还有铜绿夫人是怎么计划着把莉莉装进某个博士制作的类似棺材的机器，而这个机器明天晚上就会送来这里。

"这样我们的时间就更紧迫了。"芒金悄声答道，"我们今天晚上就得试着逃出去。莉莉需要撬锁工具。你快给我吧。"

罗伯特干咽了一口唾沫："对不起，现在不在我这儿了。"

"什么？"这个词简直透出了巨大的失望，"是斯林木德拿走了吗？"芒金问。

"不是。"罗伯特咬着嘴唇，"它们在我原来那身衣服里面，被放在货舱里的一个洗衣袋里了。"

"那我可以去找出来。"芒金说。

罗伯特摇摇头："你拿不到的。搭完帐篷后他们就会把所有人带回去，在晚上把所有的门都锁上。"

"哦。"芒金的胡子沮丧地垂了下来。

"不过别担心，"罗伯特补充说道，"我明天会把撬锁工具拿回来的。席尔瓦和迪米特里会帮我的。"

席尔瓦点头："告诉莉莉我们会帮她拿回来的。"她说。

"什么时候？怎么拿？"芒金问。

"现在还不知道。"罗伯特说，"但我们会想到办法的。"

这时大家都差不多吃完了，只听一声哨声响起。

"你最好赶紧溜，"席尔瓦对着狐狸轻声说，"得赶在楞克开始把人撵到隔间走廊之前出去，要不你就回不去了。"

"祝一切顺利。"罗伯特低声说道。他看着芒金从桌子下面钻出去，然后狐狸趁着没人看这边的时候，一溜烟地跑出了餐厅。他祈愿机械狐狸能够顺利返回十三号房。他猜想，莉莉待会儿听到他的口信，但又得知没拿到撬锁工具，一定会很失望。他明天必须拿到工具交给她，时间不等人哪。他想昨天托里应该已经顺利赶回家找到了约翰，应该已经把那天发生的事情都告诉了大家。可是他们现在没时间等待救援了——现在事情变化得这么快，等不得了。不，他、莉莉和芒金最迟明晚必须要逃离这个地方。而且，就算他成功拿回了撬锁工具，逃出去仍然不会是件容易的事。

当他再次抬起头时，才发现他们是马戏团团员里面留在餐厅的最后一桌了，其余剩下没走的都是杂役。他们都在不怀好意地笑着看他。他这才意识到，他还不知道今天晚上他要在哪里过夜。

"别让他们把我和这些坏人放在一起。"他小声对席尔瓦和迪米特里说。

"没事的。"席尔瓦说，"你可以和我们待一起，六号房还有空位子。等楞克来叫我们时，你就跟着我们走。"

罗伯特很庆幸能在这个可怕的鬼地方找到这么友善的一家人。他们让他想起了妈妈和妹妹。被斯林木德夺走的月亮项坠就是她们留给他的。她们也是演员，而且就和纽扣一家一样，她们也曾经深陷在某个可怕的地方身不由己。

楞克过来领他们出去了。罗伯特按席尔瓦说的，和纽扣一家还有迪米特里一起站了起来，当大家离开餐厅时，他尽量躲在人群中间。

楞克领着众人下楼，然后顺着一排房间往船体深处走去，罗伯特边走边尽量把路记下来。

最终，机械人打开了六号房的门，纽扣一家和迪米里特走了进去。罗伯特走在最后，只听咣啷啷一阵响，楞克在他身后甩上了房门，上了锁。

楞克走后，纽扣一家开始铺床睡觉。

房间里只有四张铺，每张床都已经有人了，但迪米特里走到角落的一个大箱子旁，拿出一张吊床给他，其他人则帮他在房子中间把床给系上。

系好吊床之后，他爬上去，仰面躺下。满是灰尘的吊床包围着他，紧紧地裹着他。他一动，床就轻轻晃动。这感觉很奇特，但并不难受，像是变成了钟摆，或者漂浮在海上的摇篮。

他听了一会儿纽扣家的睡觉声——纽扣先生的呼噜声，还有纽扣太太的呼吸声，又开始想不知道莉莉有没有找到合适的床铺，有没有合适的枕头。最重要的是，他希望芒金已经顺利把消息带给了莉莉。明天，他，罗伯特，就要去找回那套撬锁工具，趁着时间还来得及，他们三个小伙伴一定要制订出一个好计划，来逃出这个鬼地方。他要好好动动脑筋来完成这项任务，所以先要充分休息。他闭上眼睛，呼吸渐渐变轻，慢慢沉入了光怪陆离的梦境之中。

第十五章

　　十三号房里，在一张黑暗又窄小的床上，莉莉度过了一个煎熬难眠的夜晚。她的长围巾裹在脖子上，发条耗尽的芒金就趴在她的脚边。在焦虑等待着芒金返回的期间，她听改造人讲了很多他们自己的故事，一想到他们说的那些，她不禁思绪涌动，心口的疤痕也跟着泛起一阵刺痒。

　　等待的时候，大家不断祈祷着芒金不要被抓住，还有一定要拿回撬锁工具，那几个小时实在难熬，因此，既是为着打发时间，也是为着减轻大家的紧张情绪，更主要的原因是莉莉已经讲了她自己的故事，所以，改造人也把自己的悲惨经历一一讲给她听。

　　卢卡第一个开始讲。他十三岁时父母都去世了，他在工厂工作的时候，在一次事故中失去了双手。此后，他被送到了曼彻斯特的孤儿院中，从此再没出过门，也没和任何人说过话。有一天，孤儿院来了个博士，把他带走了，带到了巴黎，并且给他装上了铁钳子……那个博士就是德罗兹。再次听到这个名字，莉莉不禁打了个寒战。之后卢卡的声音越来越小，似乎不愿意再提起发生在他身上的事情。最后他说："那之后，我被卖到了这个马戏团。"

第二个讲的是迪迪，她讲了自己是如何出生在一个走钢丝人家的彩车里。她生下来就没有双腿，家里人想到她不可能传承家族技艺，大家十分崩溃。"他们不想让我终生混迹于那些不入流的大篷车上表演怪物秀之类的，别人给几分钱就能来围观的那种。"她解释说，"不过，给我接生的产婆听说过关于巴黎某个地方的传闻。那里也许能让我得以借助机械假肢行走。医生们还会因为需要在我身上做实验而付钱。他们说这会让我'过得更好'。"其余的她不想再继续讲了。只说了后来父母在一次表演事故中双双去世，她便再也没有回过家。"最终，"她说道，"我也被卖到了天空马戏团。"然后，她把脸埋在手里，啜泣起来。

居然有这么多可怕的事情曾经落在她身上，莉莉只想象了一下就不寒而栗。

最后轮到安捷丽卡了。她斜靠在床架上，双臂展开缓缓地抱住膝盖，翅膀遮盖着身体，这样就可以把她完完全全地和别人隔绝开来。

她讲的是她爸爸如何在西非海岸的塞拉利昂的弗里敦镇当

上飞行员的故事。"他总渴望出去旅行。"她解释说，"有一天，他找到了份工作，在一艘开往英格兰的齐柏林飞艇上当客舱服务员。"

在伦敦，他认识了安捷丽卡的妈妈，她是一家豪华酒店的女清洁工。他们坠入爱河，然后结了婚。当安捷丽卡的妈妈怀孕时，夫妻俩都高兴坏了。可他们没多少钱，于是她爸爸在另一艘飞艇上找了个活，这样他就可以多挣点钱养活家里多出来的一张嘴了。他上了大西洋齐柏林飞艇公司的天蛾号当船员，从伦敦飞往阿拉斯加。但是这艘飞艇第一次出航，就连船带人在一场风暴中失踪了，爸爸再也没能回来。几年后，妈妈也死在了卡姆登感化院，那时她才九岁。她变成了家中唯一的幸存者，但她的问题是，骨头太脆。骨骼中间是空的，而且轻飘飘的。住在感化院时，她的腿就断过两次。十六岁那年，德罗兹在阁楼里发现了她，把她带到了巴黎。持续一年的各种实验后，安捷丽卡多了一对翅膀，然后她被卖到了马戏团。

"在排练中，我花了很长时间来学习如何使用这对多余的肢体。"安捷丽卡接着说，面带沮丧地拈起她的羽毛。莉莉能看出她提起这个的时候心情很难过。"让人去当一只鸟，这并不是一个合乎自然的过程。我和幼鸟不同，我的先天基因里没有这个部分。我不得不每天苦练，才终于学会了滑翔和俯冲。飞行让我全身每一块肌肉都不堪重负。"

她愤怒地抖动着全身的羽毛。"人类本不应该像这样生活，莉莉。飞船和飞艇是不错，但飞行的人类绝对不应该出现在人类世界中。飞行确实是人类的梦想，但有时候，当你真的实现了这个梦想的时候，你会发现没有什么能阻止你坠落。"

安捷丽卡讲完后，迪迪哀伤地说："真希望我从来没遇见过德罗兹。"

"我也是。"安捷丽卡应和着她。

莉莉正准备开口说点什么，告诉他们她妈妈和德罗兹之间的关系。正在这时，就听见芒金在门底一通乱抓。

他们赶紧把芒金从窗口接了进来，狐狸把坏消息告诉了大家。比如，罗伯特怎么弄丢了撬锁工具，小丑怎么盘算着要在明晚把铜绿夫人的机械棺材运进来——也不知道那具体是个什么东西——莉莉会被放进那里面表演节目。

现在再回想起这些，莉莉感到一阵眩晕，不仅是想到了自己即将要面对的厄运，还因为在她认识安捷丽卡之前，她从没有想过让人类拥有翅膀，或是其他的那些改造，会是这样令人痛苦的折磨。就连安捷丽卡讲述它们的方式，都让人觉得这种改造就像是一种诅咒。

莉莉思索着，她过去也对她的齿轮之心有着类似的感受。某些日子里，那块疤会痛，心也变得很沉重，重得好像要从胸腔里掉下来。那时候，她就不得不给自己鼓劲，她明白只有这颗心才能让她活着，也给她带来了许多欢乐时光。也许安捷丽卡已经不记得获得翅膀时的那种感觉。翅膀带来的感受已经全都和她那些可怕的遭遇杂糅在一起了。

那一瞬间，她庆幸她没有讲出所有真相。她省略了一个小小的事实，那就是她妈妈以前认识德罗兹，而且铜绿夫人之所以要抓她，和那个博士的兴趣是有关联的。

这对翅膀给安捷丽卡带来如此巨大的痛苦，如果让她知道了自己妈妈的研究有可能曾经给制造翅膀的研究提供了些许帮助，她又会怎么想呢？她还会想要帮助莉莉逃跑吗？这个问题让莉莉胸口发紧。

安捷丽卡、卢卡和迪迪已经失去了那么多，他们的人生几乎一直在囚禁中度过。但是现在她赢得了他们的信任，她一定要回报这份信任。莉莉看向静静蜷缩在她脚边的芒金，又想起了罗伯特，他也正被锁在这艘船的某个地方。她暗下决心，不管有多困难，她都要把他们大家全部救出去。她完全不知道铜绿夫人盘算着要用那个机器对她做什么，但她真的没时间再等到答案揭晓的那一天。她希望罗伯特明天能拿到撬锁工具包交给她。不过就算有了工具包，逃脱也会是个大难题，她还需要改造人的帮助。

她坐起身子，从口袋里拿出从妈妈笔记本中扯下的那些纸页，快速地浏览着，她凑在昏暗的电灯边，眯着眼想认清上面的字。但愿能发现一些内容，让她的心绪平静下来，让她更有信心，或者能对她的计划有所帮助。

1884 年 11 月 8 日，星期六

河滨步道，切尔西

上个月，约翰的合作伙伴，西蒙·银鱼教授拜访了我们好几次，洽谈生意。我之前给他讲过我在大学里对改造人方向的研究，这算是埃达·洛夫莱斯的飞行学对我的影响，还谈到了对创造出带翅膀的人的构想。他看起来非常感兴趣。他说希望他的公司能开发这类项目。除了机械制造部门，可以成立第二分部，专门来制造可以植入或连接到人体的生态机器。

我可以感觉得出，约翰对这个方向并不赞同，但他并没有发表意见。

我建议教授去联系德罗兹博士，我以前学校的导师，也是这方面的专家。

又是德罗兹。莉莉心里一沉，继续往下读。她抢下来的这叠纸页的第二张，时间已经是五年之后了。妈妈写这个的时候，她将近六岁了。而她六岁那年，妈妈就去世了。

> 1889 年 6 月 1 日，星期六
>
> 河滨步道，切尔西

今天下午天气好极了。莉莉和我在花园深处的露台上度过了一段美好的户外时光。

树篱下绿荫匝地，还有一处可爱的装饰建筑——一座凉亭，它下面有一条隐秘的地下通道一直延伸到后面的主屋。在露台的尽头，一棵垂柳掩映着一扇铁门，门直通向泰晤士河畔的一个码头。

大约下午三点，莉莉和我正坐在阳台的折叠椅上，银鱼教授和德罗兹博士突然到访。

莉莉的心提到了嗓子眼。她完全不记得曾见过德罗兹。她费力地在脑海里勾画那人的样貌，但一无所获。她唯一能想起来的是那人一头浓密的灰发。不过，当然了，她估计自己当时只有五岁而已。她翻找了余下的日记，想找到更多信息，但是再也没有关于德罗兹的只言片语了。

锈夫人，约翰组装的这批新机械用人之一，把茶给我们端到草坪上。她正要开始倒茶，突然开始剧烈摇晃起来，就像是痉挛猛然发作了。这可能是她脑部初级运动皮层里面的齿轮出现了功能障碍。不过德罗兹博士给我演示了如何把发条钥匙放到匙孔中，然后快速逆时针扭动，让她关机，再打开她的头部，调整齿轮。最后我们重新给她上了发条，她又一次启动了，完好如初。

我告诉教授和德罗兹，或许在哈特曼和银鱼公司打算推销机械产品之前，他们还需要进行一些额外加工改良。他们一阵笑。

莉莉好像很爱锈夫人，就跟她爱我和约翰一样。她是个很棒的孩子，对待这些新的机械人的态度就像对待人类一样。

莉莉读完了，她努力地闭上眼睛。泪水如泉水般涌出来，被她用围巾尾端擦去。自从到了这里，她有多想念锈夫人啊。

还有更多事情要考虑。改造人所讲的普通人不是真的——他们不全是龌龊的，他们不全是背叛者。妈妈想制造改造人是因为她认为这是件好事。但德罗兹和银鱼这些动机不良的人是想要为自己谋利。

莉莉明白，她必须得证实它，如果她打算劝服这些改造人和她一起实施明晚的计划，而且和她一起逃跑的话。

她试着调整了一下身体姿势，可是心情却无法平静。刚刚得知的这些事情还嗡嗡回响在她的脑子里。她拿出另一张皱巴巴的纸读起来。

1889 年 8 月 5 日，星期一
莱姆里季斯

今天上午我们去教堂悬崖的海滩上找化石。风很大。约翰举着拐杖，用它指出海上的一些地标。海上有一排排的铁质监狱船以及一个像大蜘蛛一样矗立在海面上的高高的平台，那里是钻探石油和天然气的地方。

海滩的潮水线上，我在沙地里发现了一块看起来应该很有料的石头。我用岩石锤子奋力砸开它，把分开的两块石头在海水中冲洗了一下。莉莉本来一直在旁边和拍岸的浪花嬉戏着，这时却跑了过来，问我发现了什么。

“一块化石。”我说着，把石头递给她。

莉莉接过这两块石头，把它们掰开。当她看见里面金色的石化鹦鹉螺，她的双眼一下子亮了，脸上泛起微笑。

"秘密就在它的心里。"她说。

快六岁的她已经拥有最令人惊喜的头脑了——像狐狸一样敏锐，像渡鸦一样轻捷。她自发地想要去寻找一切事情背后的真相。这给了她无限的动力。

她无论走到哪里都把那块石头带在身边，完全不肯放下。她不停地追着我问这问那，寻求着答案。我希望她永远保持这样的好奇心——人只要够专注，就会有很多收获，能走得很远。

总有一天我会给她讲讲有关飞行学计划的事情。

莉莉仍然清晰地记得在海滩边的那个下午。以前，她时常梦到它，她仍旧把妈妈的石头摆在床头桌上。她多么希望，能够像当初给妈妈提问似的，再向她继续提出其他的问题呀。妈妈总是能告诉她真相。至少，尽她所能。莉莉也想对大家诚实，可是，一旦其他的改造人得知她妈妈与他们所憎恨的这位始作俑者有牵连的时候，他们还会相信她吗？等罗伯特给她拿回了撬锁工具，他们还愿意跟她走吗？

千头万绪，一时间是无法想清楚了。现在，只剩下一件事能做，那就是好好睡一觉。

第十六章

罗伯特睁开了眼睛。因为穿着工作服睡觉，他浑身衣衫凌乱，整个人也昏昏沉沉的。昨天帮着搭了一天帐篷，现在全身上下的每块肌肉都酸痛不已。而且因为一整天都没吃上什么像样的食物，他的肚子饿得咕噜咕噜响，但是他只当没听见，仔细想着莉莉和芒金那边的事情。他必须尽快把撬锁工具拿到手给他们。否则，今晚就没机会逃出去了。

一抹晨曦从窄小的舷窗直直地射进房间。他在吊床上坐起身，透过满是裂痕的玻璃向外望。根据太阳升起的高度，他估摸着现在是早上六点。

他还有一整天时间来运作。

嘀！嘀！嘀！

外面的走道里响起了三声短促的哨声。

随着一阵丁零当啷的拨动门闩的声音，门向外打开了。走道里站着楞克，他硕大的机械躯体把出口占得满满当当的。他一言不发地站在那儿，只盯着大家看，脸上没有丝毫表情，两只灯泡眼睛显得死气沉沉。他的头左右转动着，看到罗伯特和纽扣一家人时，仿佛看着一队刚刚被他发现的品种不明的新蚂蚁。

铁人终于抬起手臂，示意大家走出房间，然后押送他们到洗手间。在洗手间里几排长长的水槽边，他们得以把自己擦洗收拾一遍。之后楞克再押着众人前往餐厅。他们每人领到一个金属盘子，几把餐具还有一个铁皮水杯，和其他马戏团演员与杂役一道排队进餐。

早餐是一个干瘪的小圆面包和一杯灰扑扑的可可。唯一打破寂静的是无数个腮帮子用力咀嚼着干面包发出的咯吱咯吱声，还有无数片嘴唇哑巴着食物糊糊发出的吧唧吧唧声。

等大家吃完早餐，从船尾的工具间里拿出来的桶和抹布被塞到了这些马戏团团员的手上，他们今天要开始和杂役们一起工作，打扫飞船。而席尔瓦和迪米特里则成功地给罗伯特抢到了外面洗衣间的活。

今天的天气比昨天好些。在奥吉和乔伊的监视下，他们从货舱里取出一个洗衣篮，摆放在草地上。然后推出三个大大的木盆子、一块洗衣板和一个用来搅动衣物的木棒，再搬出一个巨大的铜锅用来煮开水。每次往返货舱都会消耗不少时间，一个上午很快就嘀嗒嘀嗒地过去了。

这里唯一得到允许走到围栏外的人，大概就只有楞克。他去收集了一些柴火回来生火。

席尔瓦给罗伯特演示如何用场地中间的手压泵打出一桶冷水，再一桶桶倒进大水盆里。点着火后，他们把铜锅架在上面，添上更多水，还有肥皂、苏打和碱液。他们把所有要洗的衣物都倒在地上，挨个清空洗衣袋，罗伯特此时的心都揪了起来，总希望下一个袋子里装着他的东西。

可惜哪个袋子里也没有。

"我的衣服去哪里了？"他小声问伙伴们。

"可能在另一个篮子里。"席尔瓦说，"有些衣服轮不到今天洗。"

"别着急。"迪米特里悄悄地说，"等他们不盯着这边的时候，我溜到货舱里检查一下。"

但楞克和小丑们一直都在盯着这边。

为了消磨时间，也避免引起怀疑，罗伯特、席尔瓦和迪米特里一边工作，一边闲聊起来。

"铜绿夫人是怎么到这里来的？"罗伯特问道，顺手从衣物堆中拎出一件亮红色带耀眼黄铜扣子的制服。

"大家其实都不太清楚。"席尔瓦回答说，手里抖开一件貌似只有巨人才能穿得下的格子图案西装。"我想她是九个月前结识小斯林木德的——天空马戏团上一次到巴黎的时候。"

"那时，他们在为新演出季物色演员。"迪米特里解释道，他在整理一大沓手帕，带花点的扔进彩色衣物堆里，白色的和衬衫放一起。"当时铜绿夫人肯定是买了个假胡子，还编了那个傻不愣登的艺名，但是不知道怎的，居然就真的让她在团里混上了一个角色。"

"然后老斯林木德先生就让位了，去世了。"席尔瓦抬眼看了看飞船壁上和其他纪念品并排悬挂在一起的杂耍棒，然后把一摞衣物搭在罗伯特胳膊上。罗伯特发现他两手抓满了袜子、女式短灯笼裤以及褶边内裤。这堆起皱的、带褶的、褶边的、带着花边的衣服，让他的脸腾一下就红了。

"也有人猜他们两人可能是把他毒死了。"迪米特里把一堆脏衣服塞进大铜锅里煮沸洗涤，再拿起一块碱皂，放进热水里让它们起泡。席尔瓦同样操作一番。罗伯特学着他们的流程，也一一照做。他们再轮流把衣物捞起放到洗衣板上。肥皂泡在空气中四散开来，四面八方都是啵啵的泡泡炸裂声。罗伯特想起了锈夫人，她每天也这么干活。难怪她的胳膊锈成那样子——不过她的皮肤至少不像他的被刮得生疼。

终于，他们一边讲话一边洗衣，完成了整整一个上午的繁重劳动。之后，小丑们和楞克没有再过多地关注他们了。

席尔瓦拍了拍迪米特里的肩膀。迪米特里乘大家不备溜进了货舱，不一会儿再折回来的时候，手里多出了一个袋子。

罗伯特打开袋子，欣慰地看见了他的帽子和爸爸的外套，其他的东西也都一件不少地躺在里面。外套口袋鼓鼓囊囊的，里面装着那个皮质撬锁工具包、小刀、一截铅笔头，还有几张巧克力包装纸。罗伯特飞快地把外套口袋里的东西如数转移到他身上衣服的口袋里，再把外套和帽子重新塞回袋子，并且把袋子暂时藏在一堆脏衣服下面。

"我得去把这些工具给莉莉。"他说。

"很有可能她一会儿就会和其他改造人一起到大帐篷去。"席尔瓦回答说，"你可以试试在改造人和人类交接排练的空当递给她。我们也要去排练，待会儿我们会尽可能地帮你的。"

他们又是刷又是洗，终于把洗衣的活干完了。因为没有机器帮忙，他们必须用手把衣服一件件拧干，再把湿衣服一件件地挂到横在场地上的晾衣绳上去。衣服沉甸甸地吊在那儿，活像一具具尸体，等着日头慢慢把它们风干。

迪米特里把篮子和铜锅翻过来让它们晾干，罗伯特和席尔瓦负责把清空的洗衣袋拢到一起。罗伯特把装着他衣服的那只袋子藏在中间，只能希望在找到别的藏匿地点之前，没人会注意到这里。他简直不敢去想，如果被人发现他把衣服偷了回来，会发生什么事情，更别提他的逃跑计划了，后果可能很严重。而且，那就会被记上第三记鞭子了，从来没人能活过那三鞭的。

"查房！"十三号房外传来一声吆喝。

莉莉在床上直挺挺地坐了起来。她晕头转向的，不知身在何处。她昨天晚上不应该抱着日记思来想去地读到那么晚的。

卢卡、迪迪和安捷丽卡都已经起床了，他们正忙活着整理床铺，把被子叠成整齐的方块，机械肢体咔嗒咔嗒地响动着，安捷丽卡的翅膀在背后轻轻拍打着。

"快点起来！"安捷丽卡急忙对莉莉低声说道。

莉莉在衬裙外面匆忙套上了红裙子，既没时间整理床铺，也没工夫给芒金上发条，她手忙脚乱地下了床。

外面几个插销被叮叮当当地拉开了，门被猛地推开来，重重地撞在墙上。随着门上那个小窗口的抖动，莉莉大气都不敢出。但愿临时修理过的窗子不会暴露出他们曾经干了什么，如果窗子现在掉下来，她的逃跑计划就会被发现了。

她的心害怕得怦怦乱跳。

幸运的是，虽然窗子咔嗒咔嗒响了一阵，却并没有真的掉下来。

斯林木德拎着他的鞭子走了进来。"突击检查！"他大吼着，"现在都不许吃饭，等我检查完这间屋子再吃。"

奥吉就等在门口，端着个托盘，上面装着一个盛粥的金属碗和四个盘子。

"我们现在要干什么？"莉莉悄悄地问卢卡。

"安静！"斯林木德冲她喊道，"不许讲话，除非你被点名问话！你现在要挨的这一下是因为你的不规矩。"

他抓着鞭子的把手，抽打着莉莉的后背，力道大得像是一个大大的金属拳头砸了下来，痛得莉莉如同受惊的小兽般蜷成了一团。

斯林木德在房间里慢慢地走着，用鞭子在每一张床垫里戳来戳去。

最后，他在枕头下发现了红色笔记本上撕下来的那些纸页。"啊，"他大吼一声抓起了那些纸页，"这是什么？"

"求你了，"莉莉说，"这是我妈妈的日记。铜绿夫人说过我可以留着它们的。"

斯林木德看着那些皱皱巴巴的纸页，耸了耸肩："行吧，但你得再记一鞭。"他把日记往地上一扔，再用脚在上面踩了几下，那些纸页顿时四散落在大家的脚边。"你们过关了，怪物们。检查通过。把他们的早餐端过来，但是这个新来的姑娘不守规矩，她的那份扣下了。"奥吉把托盘放在桌上，两人离开了，砰的一声甩上了门。莉莉急忙冲上去，手扶在小窗板上，以防它被震得跌落下来。

当她转过身子，看到房间里安捷丽卡和其他人正在七手八脚地捡着散落的日记。

"你昨天可没提到这些东西。"安捷丽卡的话里透出一股愤怒。

"因为这些日记是我私人的东西。"莉莉的大脑仍旧有点晕乎乎的，可是安捷丽卡脸上那种遭到背叛的表情让她因一股莫名的犯罪感而脸红心跳。

"德罗兹。"安捷丽卡从另外两人手里拿过他们捡起的那些，合成一叠，她的手紧紧捏着页边，"我可以在每页纸上读到那个邪恶博士的名字。"她深吸一口气，但无济于事，她眼里的怒火没有因此而熄灭。莉莉立刻就害怕了，比害怕斯林木德来得更厉害。至少在面对斯林木德时，其他伙伴都和她站一边——而现在，突然只剩下她一个人了。连芒金都不在旁边，因为她还没来得及给他上发条。

安捷丽卡抽出一张纸开始读了起来，随着日记内容带来的情绪波动，她的声音时高时低。

1889年9月3日，星期二

河滨步道，切尔西

今天我去了约翰的新办公室。我带着莉莉一起去的，还顺便到实验室拜访了银鱼教授和德罗兹博士。

对他们所说的内容，我实在太兴奋了，所以我就直接把原话记录下来吧。

"我亲爱的格蕾丝，"教授说，"我们在工厂里的时候，非常想念你。"

"我们需要你的不凡见识和敏锐头脑。"德罗兹博士接着说，"没有你，我就没法开展工作。我们想把飞行学计划往前推进一步，并且我们想要试试另外几个关于改造人的设计方向。"

"目前有了哪些进展了呢？"我问。

"我们终于能够让人体从细胞层面接受我们的设计。"这位优秀的博士回答说。

"协会方面怎么评价它呢？"我问他们，"这个方向值得投入吗？"

"为什么这么问？你是什么意思？"德罗兹博士说，"你是听说什么消息了吗？"

"约翰告诉我说，机械师协会不同意改造人实验。他提醒过我，任何涉及此事的人都会被协会取消会员资格。"

"可是，格蕾丝，"德罗兹说，"这些发展是有益的。它们能帮助我们疗伤治病。"

"我赞同，"西蒙说，"我们所有人，或早或晚，也许都会需要用到改造人技术。"他忽然皱起眉头，迅速抬手按着胸口，好像是哪里不太舒服，但他很快又重新微笑起来。

现在想想，我不得不承认，他们两人关于新的改造装置设计的想法是正确的。

安捷丽卡没有再往下读。"那个博士毁了我的一生，还有迪迪和卢卡的一生。"她在房间里来来回回地踱步，紧紧握着手杖，关节都发白了。背后的翅膀因为激动而不断抖动着。"而且，看起来你妈妈也参与了那些实验。"

"你骗了我们！"卢卡气愤地大吼道，两只钳子咔咔作响。他的脸已经涨成了龙虾红色，眼睛里燃烧着熊熊怒火，他现在这样子显得比节目中的他更令人害怕。

"我们相信了你，"迪迪哽咽了，"你却辜负了我们。甚至在我们给你讲了我们自己的遭遇之后，你也没有把全部真相告诉我们。"

"请不要这样，"莉莉祈求地说，"我没办法。我以为……"

她停下来，一时间不知道该说什么，"但那页日记，其实它不能说明什么。妈妈不是那样的人，她是个好人。她从没有用任何人做过实验。我之前隐瞒了你们，是因为我不想引起你们的不安。可是这并不意味着我们不能做朋友了。请你们相信我。"莉莉哀求道，她的眼睛里闪动着泪光，五脏六腑都因愧疚而拧成了一团，"我们几个有这么多相似之处，我还把我自己的全部秘密都告诉你们了——关于我的真实身份，因为我觉得你们三个人肯定能理解我的。"

安捷丽卡摇了摇头："你说你告诉了我们全部，莉莉。但你撒谎了——你隐藏了一部分。你不过又是一个背叛和欺骗了我们的人。"

莉莉的心在胸腔里猛烈地跳动着。她惊恐地意识到安捷丽卡说得对。现在她必须想办法重新获得这个带翼女孩的信任，还有迪迪和卢卡的。同时，逃跑计划预定今晚就要实施，可是如果失去他们的帮助，莉莉不知道她一个人行不行。

第十七章

上午的时间很快就过去了，几位改造人还一直各自生着闷气。莉莉给芒金拧上发条，轻声地告诉他上午发生的各种事情，不过他没有就此发表太多意见。前一晚的探险让他太疲劳了，而且，他向莉莉提议说，最好能给那些孩子一点点的时间和空间冷静下来。

狐狸本来想再出去侦察一番，但迪迪他们生气地反对说，这样做太危险了。楞克过一会儿就会来带他们去排练，如果他发现芒金失踪，抑或是又来个突击检查，而芒金却不在房间里，那后果就不堪设想了。

楞克的确在下午时分到房间里接莉莉和其他改造人。芒金试图和他们一起出门，但机械人粗暴地把他挡了回去，狐狸气得抬爪要挠，房门已经被重重甩上了。就这样，莉莉只能一个人孤立无援地和那三个还是不肯搭理她的改造人一起往前走去。楞克打开十三号房外的铁门，押送他们穿行在船上迷宫式的走廊里。

当他们走下楼梯，踏过出口舱门的时候，考虑到后面可能会需要撬门，莉莉特别留意了锁具的类型。她希望罗伯特已经成功帮她拿回了那套撬锁工具。

室外的田野很冷。莉莉用围巾紧紧地裹住自己。其他的改造人之前就已经脱下灰色的囚服，换上了从放在房间角落的箱子里拿出来的演出服，只有莉莉仍旧穿着她的那件皱皱巴巴还被扯破了的红裙子。楞克领着他们向大帐篷走去，莉莉想和排在队伍最后的安捷丽卡并排走，可是带翼女孩把头扭开，还用她的手杖拦在她们之间，让莉莉无法再靠近一步。

唯一让她展露笑容的是一群麻雀，叽叽啾啾地围在一个水洼边。安捷丽卡从口袋里掏出一把面包屑，捧在手里招呼鸟儿们，嘴里还轻柔地吹着口哨，模仿它们的叫声。几只麻雀振翅向她飞来，栖息在她的手掌上，啄起食来，莉莉意识到这肯定是安捷丽卡从早餐托盘里省下来的干面包。

他们绕着大帐篷的边缘行走，经过了一块缝补过的破洞。是罗伯特那天割的那个洞，已经被补好了。

楞克撩起演员入口的门帘，让他们进去。

阳光从条纹帆布间透进来，将一块块红色、白色的光斑投射在帐内。帐篷里摆放着两张化妆桌、一排挂着演出服装的架子、大堆大堆的道具，另外还有一块大大的红色幕布将后台和演出区分隔开来。

莉莉走在安捷丽卡他们的后面，穿过零乱的杂物，撩开丝绒幕布。场地里已经围着表演区，安放好了座位，当莉莉的视线扫过位于前排中央的贵宾区时，她的心头腾起一阵恐怖的战栗。

不过就在一天半之前，她、罗伯特、托里和芒金还坐在那里看演出。而明晚，她却会被放进铜绿夫人和德罗兹安排的某种可怕机器中，变成演出的一部分。除非她能逃脱……但是要想成功逃跑，她不仅需要罗伯特的帮助——她今天到现在还没看见他呢——她也需要改造人的帮助，但他们都不肯和她说话了。

她很难受。怎么会变成这样的呢？她想爸爸了。为什么他还不来救她呢？她真该听锈夫人的话，真不该离开家。

"你们都来了，很好。"斯林木德从一个看台后面钻出来，走到场地中间，"我们先开始做五分钟热身。"他对安捷丽卡他们说，"然后你们就开始日常训练。我希望今天看到你们一切都做到完美！明天的演出是莉莉的首秀。"他龇着金牙，朝着莉莉邪恶地一笑，"我希望你们所有人都竭尽全力，协助完成这个全新的巅峰之作！"

所有改造人在铺着锯木屑的场地上分散开来，开始热身练习，安捷丽卡张开翅膀，检查着每一根羽毛；迪迪拉伸着双腿，直到里面的每根电线都发出嗡嗡的响声；卢卡咔咔地活动着钳子，肩膀上下耸动，放松胳膊，调整状态。楞克步履沉重地在场地内来回走动，一路发出嘎吱嘎吱的声音，监视着他们。

莉莉不知道自己该做些什么，只能站在一旁看着大家，同时，她还不时张望着有没有罗伯特的身影，万一他就在附近呢。有几个杂役在帐篷周围晃来晃去，莉莉在这群人中间找了找罗伯特，可惜没有他。

看着空无一人的看台，她想象了一下，如果看台里坐满了观众，所有人都注视着她，那又该会是什么样的情景。她不知道斯林木德和铜绿夫人盘算着用他们的机器做什么。他们到底对她有什么打算？如果安捷丽卡、迪迪和卢卡不肯再帮助她，她又该怎么做才能躲开前方的厄运，又怎么才能逃出去呢？

她思来想去好一会儿，抬起头一看，铜绿夫人已经来了。她正和斯林木德在场地中间低头凑在一起，交头接耳，不时地朝她望一眼。

莉莉往他们的方向挪了几步，想听听他们在说什么。

"Zut alors！（去死吧！）"铜绿夫人生气地喊道，"这些小丑还没把机器弄好。我本来想着今天上午就要试试机器的。"

斯林木德拍拍她的胳膊："你只能先将就一会儿了，亲爱的。"

"算了。"铜绿夫人叹了一口气，推开他的手。她大步走向莉莉，一把抓住她的胳膊。"你偷听得够多了。"她说，"我们现在得练习一下你的屈膝礼，还要给你找件明晚表演穿的行头。"

铜绿夫人拽着她穿过场地。莉莉不知道他们到底给她准备了什么可怕的计划，想一想就浑身紧张，胃里都抽搐起来。时间分分秒秒在逝去，罗伯特还没有把撬锁包拿来。

罗伯特跟着席尔瓦和迪米特里从后台区走进了大帐篷，他感到一阵恐惧。在他们带来的那一堆刚洗晒好的衣物下面，罗伯特藏了一袋他自己的衣物，就这么偷偷运进来了。他们要把干净衣服挂在服装架上给演员们使用，而罗伯特准备把自己的私货藏在演出服里，这样可能更不打眼一点，然后等他们逃跑时再来取走。

化妆桌、服装架和道具都放在帐篷正中位置。迪米特里和席尔瓦把洗干净的衣服挂上去，罗伯特则从袋子里拿出自己的衣物，找一个空衣架给挂上。他把他爸爸的外套罩在西装外，再把帽子塞进外套口袋里，这样所有东西各就各位，只等他们逃跑时来拿就行。就在此时，场地上传来一阵噪声。

罗伯特把空了的洗衣袋子塞进一件大号的圆点小丑服，轻手轻脚地跑过去，从丝绒幕布缝隙中望过去。

场地上，改造人正在排练。斯林木德坐在前排的位子上，吆喝着发号施令。

"看看那些家伙。"迪米特里说，"他们太遭罪了。比我们还惨。我知道我不该这么说，但我真的为他们感到难过。"

罗伯特听他这么说觉得很欣慰。他想，如果迪米特里他们对改造人的痛苦能感同身受的话，他就肯定有机会，哪怕希望不大，但总还可以争取劝服他们一起合作，一起逃跑。

当他看见莉莉时，他的心一下子跳到了嗓子眼。她和铜绿夫人在一起，正从场地边缘走到场中央。罗伯特不由自主地想起了他们初识的那个寒冷冬日。那天莉莉也是被铜绿夫人关在欧蕨桥庄园的屋子里，后来她从窗户里爬了下来和他说话。

自从那天他们分开后，他就非常非常想念她。自从他们被分别关起来后，他的焦灼和担忧就一直紧紧堵在心头，而此刻终于稍放松了一点点。因为她就在那里啊，真真切切地，看上去还和平时一模一样。现在的他一身粗布制服，下摆还沾满了泥点子，而她身上穿着的仍旧是那件亮丽的生日礼服。

铜绿夫人好像正在讲解如何向观众鞠躬和行屈膝礼。罗伯特再次思索起那个女人对莉莉到底会有什么阴谋，而且芒金也不在这里，她是不是还对芒金做了些什么？他摸了摸口袋里的撬锁工具包。如果铜绿夫人一直像这样一对一训练，他要如何把东西交给莉莉呢？

正当罗伯特反复思量是不是要试着靠近点听听铜绿夫人在说什么的时候，席尔瓦举起一只手，示意他原地不动。

场地那头，卢卡摔倒在地面上。

斯林木德大步走上去，"站起来！"他一边喊，连连用鞭子抽打卢卡的屁股。

卢卡晃着脑袋，钳子开合了几下。然后，他紧咬牙关站了起来，继续排练去了。

"看见没，"席尔瓦喷喷，"他们会打你，但不会抽在胳膊或腿上。他们很小心，只选演出时不会露出来的部位。"

看起来，那边改造人的排练时间结束了。但是奇怪的是，莉莉没有真正地排练任何节目，也没有看到小丑们昨晚提到的那个什么机器。他还来不及细想，马戏团的其他演员已经在杂役的护送和监督下开始进入大帐篷了。当每个演员找到一块空地开始热身时，罗伯特看到铜绿夫人和莉莉离开了场地。

"我们得加入大家，一起去排练了。"席尔瓦悄声说，"如果缺席，我们会有麻烦的。但是，如果你想和莉莉说话，你就藏在这里，等她经过时，赶快把工具给她。"

罗伯特点头。席尔瓦和迪米特里的身影消失在表演场地上，他则躲到服装架后面，在地板上蹲下身。他听见自己耳朵里脉搏跳动的怦怦声，他用双臂抱住膝盖，只有这样他的手才不至于发抖。这可是把工具交给莉莉的一次好机会。

铜绿夫人带着莉莉穿过丝绒幕布往后台走去。莉莉看上去很紧张，两只手紧紧捏成拳头，肩膀僵直。她面色苍白，眼圈红红的，眼里失去了光彩，好像她刚才一直在哭。

铜绿夫人拖着她走到那一架服装面前，开始从中挑选。当她的手指从罗伯特头顶上的衣服滑过时，躲在架子下面的罗伯特再往里缩了一点，把身体抱得更紧了。铜绿夫人的黑色蕾丝靴子在他眼前走过来走过去。莉莉依旧穿着那双晚宴鞋，一动不动地站在一旁。

"Bien（好吧），我们来看看有什么合适你的衣服。"铜绿夫人一边说，一边扒拉着一堆镶着闪闪亮片的演出服。

她扯出一条绿裙子，举起来看了看。

"不行，太大了。"

一条带褶边的蓝色芭蕾舞裙。

"太小了。"

一条黑色亮片连衣裤。

"太闪了。"

铜绿夫人唰唰地划拉着架子上的衣服，离罗伯特越来越近了。他觉得自己的心跳得像擂鼓一样响，他甚至很吃惊铜绿夫人居然会听不到。她那刺鼻的香水味刺激得他喉咙里直发痒，让他忍不住想打喷嚏。他只好拼命紧抿着嘴唇，想压制住这个喷嚏。铜绿夫人离他不过一米远了。而莉莉往后移了一步。这也许是他唯一的机会了。他决定就趁这时候把工具递给她。他从口袋里拿出工具包，想了一会儿，又拿出铅笔头和巧克力包装纸，在上面写道：

午夜来找我，我和纽扣一家住一起，房号……

他把纸翻了个面，草草写了个：

6

他把纸折叠起来，塞到工具后面，然后关上工具包，轻轻地从地板上推到莉莉的脚边。

莉莉立刻发现了工具包，正要弯腰捡起来，这时候，铜绿夫人从衣架上取了一件衣服下来。

"这件怎么样？"铜绿夫人说。她手里拿着一条闪闪发光的白裙子。"我们会给它在前面绣一颗心。"她举起裙子放在莉莉身上比了一下，"很好，完美，你得上身试试它。"

"现在？"莉莉把工具包踢到脚后跟。

"Oui, maintenant.（是的，现在。）另外，不许回嘴。去那边的帘子后面试。"她把裙子递过去。莉莉伸手去接，但没接稳，裙子掉到了地上。

"哎哟，手滑了。"

"你简直是天底下最笨的 jeune fille（小姑娘）。"

"抱歉，我这就捡起来。"

罗伯特倒吸一口气。莉莉捡起裙子的时候，铜绿夫人肯定会发现那个工具包了。

莉莉蹲下来，透过层层衣服，飞快地对他展颜一笑，笑容像阳光般温暖。

罗伯特也朝她微微一笑。她看到自己了，这让他一下就觉得很安心。

她站直身体，拍打着裙子，地上的工具包不见了。她已经收起来了，那么待会儿就能看见他写的字条了。

他现在只需要等着她们离开后台，然后自己悄悄溜回表演场地，假装他一直都和大家待在一起，从没离开过一样。

莉莉走到他和铜绿夫人中间的位置，高举着裙子，这样他就不会被铜绿夫人发现了。

罗伯特躲在一排排挂着的衣服后面，一点点往后挪动，想尽量把自己遮得更严实些。但是，与此同时，他感觉鼻子越来越痒，那个被他苦苦压抑着的喷嚏突然爆发出来了。

阿阿阿……嚏嚏嚏……

铜绿夫人发出一声简直让人血液凝固的尖叫，同时响起的还有场地里传来的刺入云霄的哨子声。还没等罗伯特喘口气，楞克从幕布后面冲进后台，上前一把揪住他的衣服领子，他整个人就从服装架后面被拎了出来。

楞克提小鸡似的把他拽到场中央，扔到了地上。

斯林木德扬手一记鞭子抽打在罗伯特的腿上，罗伯特顿时感到一阵锐痛，像是带刺的荨麻扎在身上。"小子，你刚才干了什么坏事？"他围着跌倒在地上的罗伯特走来走去。

一阵笑声传来，铜绿夫人走进了表演场，她手里还抓着已经换上那条华丽裙子的莉莉。"他藏在服装间里，我肯定他是在偷东西。"这位马戏团副班主说道。

"把你口袋里的东西都掏出来。"斯林木德喊着。

罗伯特正想转过身去，却被斯林木德拽倒在地，他的口袋被搜了个底朝天。小刀和铅笔头落到了斯林木德的手掌上。

"夹带私货！"斯林木德狂喊着，"小子，这是你第三次记过了。现在，你得受些惩罚了。"

铜绿夫人得意地看着莉莉，手仍旧牢牢地钳着她的胳膊。"恐怕你的朋友没学会守规矩，我们要让大家明白，那些perturbateur（捣乱的）和不老实的麻烦精都会有些什么下场。"

她朝斯林木德点点头，他便咆哮道："把兽笼推过来！"

马戏团团员那边一阵骚动，大家纷纷交头接耳。他们十分清楚这句话意味着什么。

莉莉焦急地看着罗伯特。他一下子脸色煞白，血色全无。

在一片喧闹的嘶吼嚎叫声中，楞克把野兽笼子推到了场地中央。他把笼子停放在一根高空钢丝的下面，笼里的老虎和熊正在发疯，不停地用笨重的身体撞向栏杆。楞克慢慢地转动笼子侧面的一个齿轮扳手，铁笼顶部就打开了。

"惩罚现在开始！"斯林木德冷血地宣布。

罗伯特听到他左边传来了小小的声音，转头就看见是席尔瓦悄悄靠拢过来。"如果他们把你和野兽放一起，"她低声说，"把双臂向上举到空中，朝它们吐舌头发出噗噗的声音，能多大声就多大声。这是唯一能吓住它们的方法了。"

罗伯特茫然又惶恐地胡乱点着头。

"你去走钢丝吧。"铜绿夫人说，"从笼子上方走过去。如果你成功走到对面，我们就算你得到教训了。"

"可是我做不到啊！"罗伯特怵然地看着绳索。它悬在阴暗的大帐篷里，闪着寒光的绳子绷得紧紧的，而他的内心也和这绳子一样绷得紧紧的。"我恐高。如果掉下来怎么办？"野兽在下面来回晃悠。"那我就要掉进兽笼了！"

"Quelle tristesse！（那可真遗憾！）真令人伤心呀！不过那样你以后就再也不会给我们找麻烦了，我听说那几只狮子近来一直没吃饱。"

"求求你们了，"莉莉哭喊着说，"别逼他上去走钢丝呀。"

可是铜绿夫人无动于衷。

莉莉奋力挣脱了她，穿过众人冲向安捷丽卡："你千万别让他掉下来。"她眼里闪着泪花，向带翼女孩低语道，"求求你了。很抱歉我没有告诉你关于我妈妈和德罗兹的真相，但罗伯特和这一切毫无关系，他是个善良的好人，我知道你也是这样的人。别让他们伤害他。求你了。"

安捷丽卡的眼里闪动着惊恐和迟疑。她也不知道要怎么办了。

笼子里的噭鸣声、尖叫声此起彼伏。罗伯特站在那儿一阵颤抖。他努力回忆他爸爸以前鼓励他的话，每当罗伯特害怕时，爸爸总是说：克服恐惧对谁来说都不是件容易的事，罗伯特。必须有一颗勇敢的心，才能在真正的战斗中获胜。

他心里慢慢默念着这些句子，朝着屋顶的方向越爬越高。他在快到帐篷顶的地方，从一处悬空的平台向前探出去，前面便是那根晃悠悠的高空钢丝，下方则是不断噭叫的野兽。

迪迪已经站在平台上了，她刚完成排练。

罗伯特头晕眼花地向下望了一眼。地面看起来很遥远，下面的马戏团团员们三五成群地聚在场地边缘，大家都惊恐地注视着他。

罗伯特慢慢地朝平台边缘移动，他顺着钢丝看了看前方，又往下看了看顶部敞开的野兽笼子。如果他摔下去了，他就会落到笼子里。他伸出手去摸索胸口的月亮项坠，希望它能带来好运——不过当然他的胸前空空如也。

"我做不到。"他小声地对站在一旁的迪迪说。

"没事的。"迪迪递给他一根平衡杆,"我会帮助你的。脱掉靴子,这样能清楚地感受到脚下的绳子。"

罗伯特照她的吩咐,脱掉了靴子和袜子。脚下金属平台冰冷的触感,还有迪迪温柔平静的声音,多多少少帮他镇定了一些。

"抬起头,保持平视前方。"迪迪嘱咐说,"当你抬起后脚离开绳索的时候,脚向外侧画弧向前,与此同时,身体重心要稍稍往相反的方向偏一点——这样你就能保持平衡。再就是,不论什么情况,一定要一直向前走,绝不能后退。"

"可是,如果我不低头看脚,我怎么知道脚要落到哪里呢?"

"你用前脚后跟去抵住后脚脚趾。"迪迪急切地解释道,"那样就不会踩歪的。"她握起拳头抵在他的肚子上,然后向上挪到他的胸口,"感觉一下你身体里的勇气,这里,还有这里。要勇敢,只有这样,你才能成功走过去。"

罗伯特抬起一只脚,踩到了钢丝上。

"走的时候不要思考。"迪迪轻声说,"思考会坏事。跟着身体的本能往前走。细心感受脚下的绳索,一只脚放在另一只前面,然后一步一步地走过去。"

罗伯特脑子里已经变成一团糨糊了,但他照着迪迪的吩咐,朝前走去,感觉身下整个空旷的演出场地对他张开了大嘴。

"千万不要往下看!"迪迪叫着。

可是迪迪这么一喊，他的眼睛反而好像不受控制了一般。就好比有人告诉你不要去想粉红色的大象，但你偏偏就满脑子都会想着它一样。

他完全无法控制自己，朝着远远的地面望去……结果一眼就发现他此刻正好走到打开的野兽笼子的正上方。

然后，罗伯特的平衡杆从手上滑了下去，在钢丝上弹了一下，翻滚着从旁边落下去，直接掉进了笼子里。平衡杆落下去的那一瞬间，他拼命地想去抓住它，结果脚下不稳，身体向一边倾斜，当场跌了下去……

……用力去抓钢丝……

……拼命用手指去钩住它。

奇迹般地，他居然抓住了……

此刻，罗伯特的身体在空中前后摆动，双脚也荡来荡去。

他掌心里全是汗水，全身寒毛倒竖。他的胳膊被拉扯得好疼，疼得像是有把锋利的刀在割他，仿佛双臂都要从关节里被大力扯出去了。

他下方摆放的野兽笼子里，狮子和老虎在笼子里上蹿下跳，兴奋地呜咽咆哮着，熊用爪子在锯末屑里抓刨着，嘶吼着，不时用后腿直立起来。

除了野兽，罗伯特还看到了好多因为遥远而变得小小的人脸和五颜六色的衣服色块晃来晃去——穿着闪亮演出裙的莉莉在人群中非常醒目，她正挨个乞求马戏团团员救救他，大家四下里跑来跑去，想找个什么能接住他的东西。而铜绿夫人和斯林木德带着置身事外的表情，兴味盎然地旁观着由他们造成的混乱场面。

"坚持住！"迪迪叫着。

"别管他。"铜绿夫人朝她厉声喊道，"要不然……"

"就给你记上第二鞭。"斯林木德冷笑着警告迪迪。

迪迪无视他们的警告，朝罗伯特跑去，她的金属脚趾紧紧抓着上下左右颤动着的钢丝，每走一步都嗡嗡作响。抵近罗伯特时，她试着坐在了绳子上，想把他拖回来。"把手给我。"她说。

罗伯特摇头。他不想放手。双手的手指正在脱力，马上要滑下去了。两条胳膊都已经筋疲力尽。他不知道该先放哪只手。他松开了左手，朝迪迪伸过去。

这是个错误的决定。

右手的力气不足以独立拉住他的身体。

死沉的身体往下坠着他……

于是他摔了下去……

第十八章

　　罗伯特整个人跌进了一片黑暗中，他的心跳忽上忽下，时快时慢。红白相间的条纹，铁栏杆和咆哮的野兽——在他眼前飞快地闪过。还好，他没掉进笼子里，而是贴着笼子外侧落下去了。他闭上眼，等待着落地瞬间骨头碎裂的咔嚓声。

　　但是他没听到那个声音。

　　相反地，他被人用力连续地往旁边推了几把，地心吸引力消失了，翻转，上升，旋转，飞翔。

　　有羽毛刷过他的脖子，伴着齿轮的咔嗒声，上下飘动着。

　　他睁开了眼睛。

　　是安捷丽卡拦腰抓住了他。她全身上下都被汗水浸湿了，脸上因为吃力而牙关紧咬。

　　她疯狂地挥动着翅膀，尽量止住了两人的坠势。然后她的羽翼在空中舒展开来，慢慢地向下滑翔下降，一声轻轻的闷响之后，罗伯特被放到了场地上。安捷丽卡也跌倒在他身边，一对翅膀羽毛凌乱地摊在满地的锯木屑里，她大口大口地喘着气。

马戏团众人冲上来，把他们围在中间。

罗伯特摇摇摆摆地站起来，伸手把安捷丽卡也扶了起来。带翼女孩斜靠在他的肩上。

天旋地转。

他的腿软得随时都可能倒下。周围的每一个人看上去都像是旋转木马上的陌生面孔。罗伯特想知道他的惩罚什么时候才能结束。人们的交谈断断续续地飘进他的耳朵里。

"你看见了吗——那个怪物姑娘救了那孩子！"

"救了他的命呢。"

"是叫安捷丽卡。"

"我们团里的一个改造人……"

"真没想到啊。"

"你们都给我闭嘴！"铜绿夫人喊叫道。

"安静！"斯林木德目露凶光，举起了手里的鞭子。

莉莉从人群中跌跌撞撞地走过来，她全身都在颤抖，腿抖得像筛糠一样，但她奋力走到了罗伯特身边。

"谢谢你。"她小声地向安捷丽卡道谢。如释重负的暖流冲刷过她全身每根血管。她满怀感激，紧紧地拥抱着带翼女孩，紧得她都能感觉到那抖动的翅膀上的每一根羽毛。

"我是为他做的，不是为你。"安捷丽卡只淡淡说了一句。

莉莉毫不在意她的冷淡，重要的是，罗伯特活下来了。

"你还好吗？"她问道。

"还行。"他回答，"有一点害怕。"他死里逃生了。从一个不断坠落的噩梦，转入了一个飞翔的梦。现在眼前的房间不再旋转，脚下的土地也坚硬踏实。他简直觉得应该跪下来亲吻一下地面。

"我以前从来没在空中救过人。"安捷丽卡说，"我不太在行。"她用手背擦了擦脸上的汗，"你差点把我拽下去！"她说着，长呼一口气，笑了起来。

卢卡挤出人群，站到他们身边，席尔瓦和迪米特里也过来了。他们为安捷丽卡鼓起掌来，接着，其他的演员也逐渐加入进来——在一片友好的掌声里，人人脸上露出了暖人的微笑。

"他们以前从来没有为我鼓过掌，"安捷丽卡悄声说，"掌声总只给他们自己人。"

或许，罗伯特想，一切仍有希望。他可以让所有人团结起来，人类和改造人携手并肩来终结这个邪恶的马戏团，还要一起逃出去。

可是，这时斯林木德挤过人群。"够了！"他嚷着，用鞭子抽打着分开众人，"排练结束了。都回自己的房间去。如果一个人违规，视同所有人违规。今天晚餐取消了，所有人都没有饭吃——就因为他们俩不守规矩，所有人都要一起受罚。"

气氛瞬间冷却下来，罗伯特的一腔激情也消失得无影无踪。人们看着他，眼里满是责备。

铜绿夫人抓着安捷丽卡的胳膊，斯林木德则推搡着罗伯特。"我警告过你，不要惹麻烦。"他咬牙切齿地说，"我不会让你有机会煽动我的人造我的反。三记鞭子。这还没完。明天我们会商定一个给你们俩的新惩罚。"

罗伯特再次感到了绝望。他转头去寻找莉莉。她和其他改造人一起被楞克驱赶着，大概是让他们返回十三号房去。

杂役们进来了，吆喝着赶着演员们向飞船方向去。斯林木德松开罗伯特，给奥吉和乔伊打了个手势。

"带他回房间。"

罗伯特即将被带走时，扭头又看了看安捷丽卡。她正在用力地想从铜绿夫人手里挣扎出来，但是铜绿夫人牢牢地钳着她的胳膊，还倾身到她耳边小声说了什么。安捷丽卡的眼里浮现出泪花。罗伯特不知道她能不能平安过关。

改造人聚在一起，由楞克驱赶着回到那艘阴森森的囚牢船，走上楼梯，穿过走廊，往十三号房走去。其他的演员则是由杂役们押送，莉莉能听见他们一路上都在七嘴八舌地议论他们。她知道在他们眼里，都是因为她和罗伯特这两个罪魁祸首把事情搞成这样子，他们才会被提早锁起来——他们和安捷丽卡。安捷丽卡用她神奇的飞翔本领救下罗伯特的性命之后，铜绿夫人就把她拖到大帐篷后面去了。莉莉真希望她不要因此而受罚。

楞克取下大门上的挂锁，打开十三号房门，把他们推了进去。

门刚刚被关上，芒金就一下蹿进了莉莉怀里，伸出舌头舔着她的脸："莉莉，谢天谢地，你没事真是太好了！安捷丽卡去哪里了？"

"还在帐篷那边。"迪迪在屋里来回踱着，她的机械腿踢踏踢踏作响。卢卡一屁股坐在他的床尾。

几分钟后，安捷丽卡回来了。她脸上遍布泪痕，头发乱蓬蓬的，后背上折起的翅膀以一个奇怪的角度支棱着，上面的羽毛也被扯得稀烂。"他们威胁说，如果我再敢像这样自作主张，就要把我的羽毛一根根拔掉。"她说道，"他们还要我警告你们所有人，从现在起，我们最好都要规规矩矩的。"说完，她重重地跌坐在椅子里，低头趴在桌上。

"那边发生什么事了？"芒金跳上莉莉的腿。

"斯林木德发疯了，他罚罗伯特去走钢丝。"莉莉给他解释说。

"天哪！"芒金说，"那罗伯特现在……"

"他没事。"莉莉说着看了看安捷丽卡，"安捷丽卡救了他。"

安捷丽卡没好气地回看了她一眼，莉莉不知道她是不是还在为妈妈的日记而生气。"我总担心我没那么大力气托起别人。"她说，"可是我居然做到了，尽管效果和后果都……"她的声音越来越低。她沉默地展开双翼，铺满了整个房间。莉莉能看到翅膀上面有的羽毛已经被损坏了，不知道那些是因为她今天的特殊飞行导致的损伤，还是来自斯林木德和铜绿夫人对她的惩罚。

"我只是不知道，这么做到底值不值得。"

"记住那些演员的脸，安捷丽卡，"卢卡说，"还有他们的掌声。他们那时的心和你是一样的，和你站在同一个立场。也许他们不是我们想的那样坏，也可能你的勇敢让他们终于肯正眼看看我们了？"

"希望如此吧。"安捷丽卡说，"可是即使我们帮助了他们，斯林木德仍旧煽动他们讨厌我们。"

"我觉得他的煽动以后不会再那么奏效了。"卢卡说。

"卢卡说得对。"迪迪也在他的身边坐下。莉莉注意到她也是一副受了惊吓的样子。她当时也曾拼命想去救罗伯特，罗伯特离她只有几厘米，几乎就是在她眼前坠了下去。她肯定看到了罗伯特脸上吓坏了的表情。"或许我们可以想办法做些什么来改变一下。"

"罗伯特为什么受罚？"芒金问道。

"他躲起来，"莉莉说，"想悄悄把这个给我。"她从袜子里拿出那个小皮包。里面是八个开锁工具和一张折起的字条，莉莉大声地读出字条上面的内容。

"午夜来找我，我和纽扣一家住一起，房号……"莉莉把字条翻了个面，"9，他在九号房。"她抬头看着另外三个改造人，"你们要和我一起吗？我们需要你们的帮助。"

"尤其是安捷丽卡可以带我们飞过围栏……"芒金插嘴说。

安捷丽卡摇了摇头："我们不能冒险。如果被抓住了呢？"她用翅膀环住身体，"他们今天下午还算没有下狠手，但下次完全可能比这恶劣得多。你们难道没看到外面那些示众的东西吗？而且，"她害怕地嗫嚅着，"外面的世界对改造人又会是什么态度呢？真实世界里谁也不喜欢我们这种怪物。所以我们当初才会流落到这里来的。"

迪迪和卢卡都没有说话，但莉莉明白他们内心是赞同安捷丽卡刚才那番话的。他们这到底是出了什么问题呢？怎么能够忍受继续留在这样一个地方呢？是因为他们还是无法信任她吗？是他们还在因为她曾经对他们隐瞒了妈妈和日记本的事而不安吗？她必须劝服他们一起逃跑。或许她再给他们多读几篇日记会有点帮助，他们听了就知道她妈妈显然不是一个坏人……

莉莉拿出最后几页日记残页，但是这些已经皱巴巴的纸上面没有写日记，只有几幅小小的草图，画着长翅膀的人。

"这画的是谁？"卢卡越过她的肩头看着图片问道。

"代达罗斯和伊卡洛斯。"莉莉解释说。

"他们是你妈妈日记里提到的飞行学实验的一部分吗？"迪迪很好奇。

"不是的，"莉莉回答说，"他们是很早以前故事里的人物。以前妈妈在给我讲睡前故事的时候，会给我讲他们的故事。"

听到他们谈论莉莉的妈妈，安捷丽卡撇了撇嘴角。不过，她似乎也有些感兴趣的样子。

"是儿童故事吗？"她问。

"算是吧。"莉莉决定给他们也讲讲这个故事。毕竟，他们有挺长时间要打发，同时，如果她还打算劝服他们午夜和她一起行动，就得借此机会重建友情。

"代达罗斯是个发明家。"莉莉开始讲故事，"他给克里特岛的国王——米诺斯国王修建了一座错综复杂的迷宫。迷宫的中央，是一个叫作弥诺陶洛斯的半人半兽的可怕怪物。每隔九年，就有七对青年男女要被送进迷宫，成为怪物的祭品。国王的女儿阿德里安娜爱上了进入迷宫的忒修斯。在代达罗斯的帮助下，他们杀死了弥诺陶洛斯并成功逃走。国王知道后非常生气，他把代达罗斯和他的儿子伊卡洛斯关在了迷宫中间的一座高塔里。他说要把他们监禁到死去的那天，他们永远也别想逃走。"

听众入了迷。迪迪和卢卡在座位上身体前倾，听得特别认真。

"可代达罗斯是个伟大的发明家，"莉莉继续说道，"他的儿子也十分聪明。他们两人都相信，如果他们互相帮助，集合两个人的智慧，他们就能找到逃出去的办法。"

"然后他们想出了什么办法呢？"迪迪问道。

"他们给自己设计了一对翅膀，用羽毛、蜡和麻绳制成的翅膀。"

"我觉得，这个听上去可不太像什么伟大的设计发明。"芒金说。

莉莉没有回答他，继续讲了下去："靠着这样的翅膀，他们就可以飞出高塔，越过克里特岛，逃离米诺斯国王。"她边说边看向安捷丽卡。安捷丽卡的眼睛睁得大大的，透着一股孩子气的纯真。莉莉猜想，以前可能从来没有人这样花时间给她讲过故事。

"然后呢？"她追问道。

"他们做好了翅膀，"莉莉接着说，"并且实施了他们的逃跑计划。"

卢卡一下跳了起来。"然后他们就自由了！"他欢呼着。

讲到这里，莉莉才意识到她错挑了一个不合时宜的故事。"结果出了一些别的问题，"她接着讲道，"代达罗斯做好了翅膀，他和伊卡洛斯两人飞出了囚笼。他一开始就警告儿子说，不要飞得离太阳太近。但伊卡洛斯是个性子冲动的孩子，从不乖乖遵从任何命令。他太喜欢飞翔的感觉了。他在空中又是俯冲又是盘旋，然后振翅冲向太阳，结果太阳的热量把他翅膀上的蜡熔化了，羽毛纷纷散落下来，他一头栽入大海之中。"

"结局有点让人沮丧。"芒金咂着嘴。

莉莉也这么想。她的故事已经讲完了，但这个结局听起来实在不是那么让人满意。房间里的光线已经变得很暗了，她看不清大家的脸，但卢卡和迪迪坐在座位边上，身体颤抖。

"他淹死了吗？"迪迪问道。

"我……我不清楚。"莉莉撒了谎。因为她知道，故事里的伊卡洛斯的确是溺水而死的。

"看吧。"安捷丽卡说，她的脸上浮现出愤愤不平却又无可奈何的神情，"我说过的。在外面的世界里，和常人不一样的改造人，就只会碰到坏事情。"

半明半暗的光线里，莉莉能看到在她羽片下的齿轮与皮肤的结合部分。电线布满她的后背，当她举起胳膊，机械翅膀也就随之动起来，就好像天生是她的一部分一样。这个机械装置已经和她融为一体，正如齿轮之心对于莉莉一样。她们就像一对姐妹。莉莉但愿她自己能多带给她一点希望。但她不能欺骗安捷丽卡，只能对她说事实。

"我很抱歉德罗兹博士带给你们的改变。"莉莉最终对他们三个说道，"如果我妈妈或爸爸的任何想法和这件事有关，我感到很抱歉。但是他们的本意是希望用机械改造来帮助需要的人，而不是伤害人。而且的确也帮到了一些人——如果没有齿轮之心，我就活不到今天。这能不能证明他们对改造人研究的出发点是善良的？"她停顿了一下，认真看着他们的眼睛。"但我最想说的是，"她说，"看到斯林木德和铜绿夫人把你们这样禁锢起来与世隔绝，让我很难过。要知道，单纯的绝望并不能解决问题。虽然有各种风险，但我们仍旧可以为此奋斗一番，我们仍旧有机会逃跑。我们必须试试看。而且我们还要带上罗伯特一起逃。"

"我想你说得对。"安捷丽卡终于开口了，"我们会跟你们一起走。"

另外两个也点头赞同。

"谢天谢地，你们总算是同意了。"芒金说，"我可不想再听莉莉讲第二个故事了。"

要等到夜深人静的时候，才好实施他们的逃跑计划，所以他们还得等上好一阵子。因为没吃饭，莉莉的肚子开始咕咕作响。她脱掉铜绿夫人给她挑的演出服，把它扔到墙角，穿回了自己的红裙子，裹上外套和围巾。她打算带上所有自己带来的东西离开这个地方，包括妈妈的笔记本，还有其他被铜绿夫人拿走的东西，哪怕她需要为此潜入铜绿夫人的办公室，她也要拿回来。一想到做这些事可能带来的危险，她就紧张得不行，但她同时也很高兴，她、罗伯特和芒金并不是独自涉险，他们还有伙伴。

听着楞克每隔一小时在走廊上巡查传来的动静，他们掰着手指计算着进入午夜的时间。十二点之后，楞克巡查的次数变少了，但是想要彻底避开他，还是很困难。不过，这是他们唯一的机会了，无论如何都要试一试。等待行动时机的期间，莉莉和改造人用粉笔在桌面上画了一幅大船和马戏团营地的布局图，然后莉莉又温习了一遍她的计划。

首先，重新打开窗子，然后他们把芒金从洞口塞出去，让他从铁门的栏杆中间溜出去，跑到走廊尽头去监视楞克。而他们趁此机会，打开自己的房门——这个任务交给莉莉和她的开锁工具包。

之后他们就要打开铁门上的挂锁，穿过大厅，接着打开罗伯特的房间，把他接出来。再然后，他们要撬开通信室的门发出求救的信号，还要进入铜绿夫人的办公室取回笔记本的其余部分。最后，他们还需要打开那扇出入飞船的舱门。

如果上面的步骤全部顺利完成，他们接下来就需要悄悄地穿过营地，安捷丽卡将一个一个带着他们越过围栏。计划的最后一部分，他们要潜入布罗涅森林，向巴黎进军。他们希望能在那里找到愿意相信他们的人，能帮助他们逃跑或是送他们回英格兰。

整个计划看上去，几乎是个不可能完成的任务。可是，一旦他们失败，铜绿夫人就将在明晚的表演中对莉莉实施她的邪恶计划。莉莉一想到这个，就不寒而栗。

终于，时机到来了。他们已经多次认真讨论过他们的逃跑计划，不能再犹豫不决了。现在是差一刻十二点，到了开始执行计划的时间了。

卢卡和迪迪从合页上取下芯轴，打开窗外的插销，把窗口挡板取了下来。

莉莉抱起芒金，准备再次从洞口把他塞出去。

"你要小心点哦，"芒金警告说，"上次差点把我挤爆了！"

"想法子变瘦一点吧。"她边说边抱着他走到洞口——尽管这可不是光凭他吸气就能做到的。"我们需要约定一个嚓声的信号，如果你看到或听到有人过来的话，就在那头发个信号。发个我们在走廊这头也能分辨得出来的信号。"

"我到时候就轻轻地发出呜咽声怎么样？"芒金提议。

"应该可以。"

"当我在外面用我的齿轮和狐狸性命冒险的时候，"芒金问道，"你们到底准备做什么呢？"

"我告诉过你了，"莉莉说道，"难道你刚刚没在听吗？首先打开我们门外的锁，然后是其他五个房间的锁。"

她把芒金塞了出去，看着狐狸轻巧地跑到走廊对面，溜进了阴暗处。

她从口袋里取出开锁工具，选了一根她认为最合适的，凝神定气，把手从洞口探了出去。

她开始撬第一把锁时，感到胸口传来一丝微小的悸动。这悸动明明白白地宣告着，她心中还怀有希望。

第十九章

即使她这次用的是开锁专用工具，而不是先前临时找的发卡，莉莉感觉这第一把锁仍然是个棘手的问题。走廊上忽明忽暗的灯泡发出微弱的光线，暗得她根本看不清房门外的东西，但它却又亮得足以让任何从走廊经过的人发现她这边的异动。她很庆幸有芒金在外面放哨，不过她仍旧要加快动作，这样才能不被抓到。偏偏这时她感到门锁里面好像是卡住了。

她需要第二个工具。她抽回手来，又选了一个，继续尝试拨动锁芯，同时在脑子里默想着此刻门锁内部构件的情况。

慢慢地，一点一点地，她把两个工具向侧边转动。她揪着一颗心，屏住了呼吸。这把锁真是让人没把握，但是，如果她失败了，他们就再也逃不出去了。

她听到远处传来一阵嘎吱响动，她不确定这到底是飞船在夜间热胀冷缩发出的响声，还是楞克走过来的动静。但开弓没有回头箭，她只能继续。她尽量忽视一切噪声，专注开锁。

终于，在一声摩擦的闷响后，锁芯转动了。很快，它退开了一半——现在五分之四——莉莉知道她接下来只需要做一件事了……松手。

咔嗒一声，一切都顺滑归位。锁开了。莉莉默默地在心里赞美着托里以及托里送她的这套生日礼物，也赞美罗伯特千辛万苦为她重新把这礼物找回来。

她屏住呼吸，伸手推开了门。

嘎吱，门发出一声惊天动地的响声，不禁使人立刻想起楞克四肢活动的声音。响声回荡在空寂的走廊里，莉莉后背冒出一股凉气，心跳都加快了几分。

被人听到了吗？她等了一分钟，看芒金会不会从走廊那头发出示警信号。这一分钟漫长得令人窒息。

没有动静。

没人过来。她长长地舒了一口气。他们已经打开了第一扇门，而且没有暴露。再打开接下来的五扇门，就可以出去了。

她踏出房门，另外三个人紧紧跟在她身后。

她正想示意他们跟着出门，突然听见芒金的呜咽声。狐狸沿着走廊冲过来，尾巴朝天竖着，扭头冲着楼梯井的方向示意了一下。

"有人来了！"他小声叫着。

莉莉一把将众人推回房间，重新安上窗板，把外面的插销也推回原位。

芒金从铁门中挤进来，从她脚下一个猛冲进了房间。"快！"他说道，"关门！"

莉莉关上了门。他们五个站在门后，在黑暗中紧紧挨在一起。一丝微光从窗户的缝隙中透进来。莉莉贴上去堵住它，四个孩子大气都不敢出，身体一动不动，竖着耳朵听外面的动静。

嘎吱——咔！嘎吱——咔！嘎吱——咔！

脚步声回响在大厅里。是楞克，他正在进行例行的夜间巡视。

他在走廊里绕了个来回后就走了，莉莉他们听到远处楼梯间的门咣当一声响。

莉莉的后背大汗淋漓。外套下，被汗湿透的红裙子紧紧贴在皮肤上。她不禁发出一阵仿佛劫后余生的低声狂笑，她之前都没想到，原来自己一直心下狂喜，只是没敢笑出来。

接着她把芒金放到地上，小心翼翼地打开门。

他们两个先走到门外。

"去看看他还会不会回来。"她对这位狐狸朋友说。芒金便一溜烟地跑到走廊那边去了。

莉莉转头对其他人说："你们还愿意和我一起走吗？"

大家都点点头。

"刚才真险。"卢卡轻轻地说。

"但我们还是想冒险试试。"迪迪悄声说。

安捷丽卡一言不发。

莉莉松了一口气。他们四人再次走出房门。

他们蹑手蹑脚地走过短短几步路的距离，来到横在走廊中的铁门前，莉莉的齿轮之心咚咚咚咚地跳个不停。芒金侦察一圈跑了回来，大尾巴左一下右一下摇得很不耐烦。

莉莉弯下腰去，开始摆弄铁门上的挂锁，但是因为她双手沾满了汗水，小小的开锁工具险些从栏杆中滑下去……

"加油，快点啊。"芒金嘟囔着，他的鼻子从栏杆间伸过去，鼓励地拱了拱莉莉，"你花太长时间了。"

"所以别再叨叨了。"莉莉小声回他。

"你让开，"卢卡轻轻说，"这个让我来。"

莉莉赶紧让到一旁，卢卡咔嚓一下用他的大钳子剪断了挂锁。"这样更快些，反正我们也不打算再回来了。"

九号房的门锁和他们房间门上的是一模一样的。

莉莉拿出她之前用的那两个工具，把它们塞进锁孔。这锁比第一把简单些，所以她几分钟就打开了锁。她欣慰地发现，有了经验积累，又有了称手的工具，她开锁的技术越来越高超了。

她推开房门。"等在这儿。"她压低声音对其他人说。然后她对芒金说："去周围警戒。"

芒金因为被差遣而不乐意地小声嘀咕了一会儿，但仍旧乖乖沿着走廊往前，找了个望风的位置守在了那儿。卢卡、迪迪和安捷丽卡则一起躲在旁边的一个房间门口等着。

莉莉悄无声息地推开九号房的门，把头探了进去。她以为会看见罗伯特和纽扣一家坐在房中间等着她，已经随时准备好出发，然而并没有。房里只有四个裹着毯子在床上睡得正香的人。

也许他们等得太久然后睡着了？她便凑得更近些去查看每张床，谁知她定睛一看，吓得她眼前一晕。每张床上都睡着一个身形高大的杂役工，呼吸粗重，还有一个正鼾声滚滚。莉莉迅速退出房间，轻手轻脚地关上房门。

"出了什么事？"迪迪看见她的脸色不对，紧张地问。

"罗伯特不在这里，也没有纽扣家的人。我不明白哪里出了问题！"

"也许有人走漏了消息，然后把他们转到其他房间去了？"卢卡小声说。

芒金顿时炸了毛。"或者这是个圈套？"他猜测说。

"不可能。"莉莉说，"否则他们早在刚才就堵住我们了。"

她从口袋里拿出罗伯特的字条，翻来覆去地看着，又拿到跳动着的昏黄灯光下仔细辨认。她紧张得都有点晕了。

9

"等等，"她说，"是我把它读反了。"

"对呀。"芒金说道，"那他就是在六号房！"

他们五个贴着走廊边向六号房走去，在房间外的一个壁龛前停了下来。在莉莉开门锁之前，大家先张望了一下四周有没有人过来。

结果他们立刻就听到了一阵脚步声，惊慌中莉莉赶紧把其余人推到壁龛暗处，自己则贴在旁边的门口躲好。

所有人都屏住了呼吸。

脚步声没有停，但似乎也没看见有人靠近。

"我估计这是楼上传来的声音。"迪迪低声说。莉莉也觉得她说得有道理。

等脚步声消失了，她马上动手开锁。芒金仍旧跑开几米远，去当侦察兵，安捷丽卡和迪迪也在警惕地盯着周围的动静。卢卡上前想帮着开锁，但莉莉摇了摇头。这把锁对于他的钳子而言，太细小了。而且，她发现她现在动作更快了，尤其是这些工具让她如虎添翼。不过几秒钟的工夫，门就被打开了。

房间里，穿着工作服的罗伯特整装待发。席尔瓦和迪米特里也在他身边一起等着。他们后面的床上，布鲁诺和吉尔达夫妇俩闻声坐起身来，看向这边。当他们看到莉莉和改造人真的出现在门口时，他们瞪得眼珠子都要掉下来了。

罗伯特一把抱住了莉莉。莉莉感觉他全身瞬间放松下来。

"怎么这么久？"他问道。

"房间号搞错了。"莉莉解释说，"6 看成了 9。"

"什么？"他问，不过紧接着又说，"无所谓了。接下来你是怎么计划的？"

"我们有好几件事要办。"莉莉说，"先找到通信室，给爸爸发电报。然后从铜绿夫人办公室偷回妈妈的笔记本，再把飞船出口的门撬开。最后，安捷丽卡带我们飞过围栏，我们就可以逃出去了。"莉莉解释着。

"我们中途还要潜进大帐篷，去拿我其他的东西。我把它们藏到服装架下面了。还有我妈妈的月亮项坠。"罗伯特说，"希望它也在铜绿夫人的办公室里。"

莉莉点点头："那就按这个计划行动吧。"

"通信室在顶层。"吉尔达·纽扣说，"铜绿夫人的办公室就在它对面，正好在楼梯井的另一边。祝你们好运。"

"难道你们不和我们一起走吗？"莉莉问纽扣一家和迪米特里。

他们看了一眼改造人，摇了摇头。"我们不能走。"布鲁诺·纽扣轻声说，"我们必须要完成这个演出季的合约，否则根本没钱，哪里也去不了。"

"我要和爸妈待在一起。"席尔瓦说。

迪米特里点点头，说道："马戏团的人就是我的家人，我不能离开他们。"

莉莉很想知道，他们不想走是不是真的只因为这些，还是因为他们对改造人仍旧抱有疑虑。

"我们会给警察发电报，"罗伯特说，"让他们来这里解决掉这个烂摊子。至少可以把铜绿夫人和斯林木德都带走，交给法律裁决，那时候，你们可能就可以拿到报酬了。"罗伯特转头看向席尔瓦和迪米特里，"还有，谢谢你们为我们所做的一切。希望我们有一天还能再见面。"

说完这番道别的话，他就跟着莉莉和芒金，还有另外三个人，一起踏上走廊。一行人匆匆消失在了昏暗的楼梯上。

他们六个在楼梯上鱼贯而行，小心翼翼地紧贴着墙壁落脚，以免楼梯被踩出响声。迪迪和卢卡紧跟在罗伯特身后，安捷丽卡在后面一只手扶着栏杆，另一只手则撑着她的手杖。翅膀收拢在背上，时不时轻轻抽动着。莉莉和芒金殿后。莉莉的心扑通扑通地跳着，声音大得她脑子一片空白。他们到达了顶层的走廊，这时，从前方的黑暗处传来一阵可怕的窸窸窣窣声，大家顿时都僵住了。莉莉感到一股寒气直冲她的脊背。她压制住心里的恐慌，身体石化了一般僵直着，等待着……

终于，那声音慢慢消失了，一切又重归于沉寂。

"刚刚那是什么声音？"莉莉压低了嗓子。

"可能是耗子。"迪迪说。

莉莉但愿她说对了，因为铜绿夫人和斯林木德的办公室都在这里，而且她现在最怕的莫过于被他们两个撞破行踪了。罗伯特之前只是在大帐篷里躲起来，就已经受到了那么可怕的惩罚——天知道如果斯林木德和铜绿夫人发现他们正要逃跑，会想出什么来折磨他们。不过，不管是什么，莉莉觉得，也不会比铜绿夫人为她准备的那个什么机器更糟糕了，那东西光听名字就已经够恐怖了。

他们经过一扇门，卢卡拍了拍她的肩膀。

"这就是通信室。"他小声说。

莉莉点点头，她这会儿嘴里发干，嗓子也痒痒的，要是有杯水喝就好了，可是现在没有时间想这些了。"第五把锁。"她一边念念有词，一边把开锁工具插进锁孔里。

"我们大家都希望这把也一样容——"芒金说。

他一句话还没说完，锁就打开了。

罗伯特赞许地轻吹了一声口哨："你的技术真是越来越棒

了，莉莉。"他低声说。

芒金却有不同看法。"这可不一定。"他轻声哼哼道，"前面还有一道大门等着呢，目前看来，只能说这把锁可能太简单了些。"

"你别这么说。"莉莉说道，"我们就快可以出去了。芒金，你接着去放哨。"然后她转向众人，"大家最好和我一起进来。你们可以帮着罗伯特搞定电报机，我们需要给爸爸和法国警察局发电报，把这里的事情汇报给他们。"

他们五个走进了通信室和导航室。莉莉没开房间的大灯，而是拧开了一盏台灯。

墙上挂着一幅巨大的大不列颠和北欧地图，上面用 × 标注出了重要地点。

"这些都是我们曾经去过的地方。"卢卡凝视着地图说道。

房间中央是一把转椅，上面放着一张折起来的毯子。一张木桌上摆满了电报字条和留言条，旁边是一个耳机和木座的铜质电报机键盘。在键盘的上方，一个闪闪发亮的机器钉在墙上——那是装发送和接收器的箱子，正面钉着一块铜面板，上面写着：

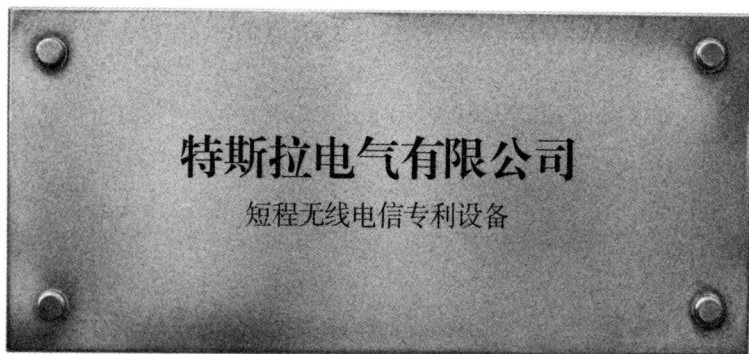

特斯拉电气有限公司

短程无线电信专利设备

下方的地板上是一块体积庞大的电池，两个装满各种手册的档案柜，中间塞着一大团密密麻麻的电线。柜子上方的告示板上钉着一套写着莫尔斯密码对应字母的使用说明。

"天哪！"迪迪飞快地打量着这些林林总总的复杂设备。

"你们真的确定你们能搞定这些东西吗？"安捷丽卡问。

"如果有人能做到，那就是罗伯特。"莉莉说着，向罗伯特微笑了一下。

罗伯特却没有她那样的底气。他先把电池连接到传送器的正负极板上，然后安排其他几个人分别负责房间里的不同角落，让他们打开传送和接收器上的各种铜开关和仪表盘，他再根据反应情况检查仪器的各种设置。

莉莉能看到他的双手在颤抖。她只希望他知道自己在做什么。

很快有电流通过了，电池开始发出刺刺的声音。

卢卡立即拿起椅背上的毯子，铺在电池上来盖住这声音。

"我可能不算是个训练有素的发报员。"罗伯特轻声说，他在电报桌前坐下，戴上耳机，"但我曾经读过一本关于这个的书。"

"希望有这个足够了。"莉莉说，"如果连书都不能让你找到答案，天晓得这个世界会怎样。"她又补充了一句。

"让我们拭目以待吧。"罗伯特说。他正要动手把桌上的一堆纸推到旁边，突然他看到了什么东西，停了下来。他拾起里面的一张纸，翻了个面。"哦，不！"他惊呼一声。

"怎么了？"莉莉急忙问。那是一张马戏票，和当时随笔记本一起寄给她的那张差不多，只有一个小小的区别。

正面用银色和金色刻画了一个女孩子的模样，她躺在一个
噼里啪啦放着烟花的棺材形状的盒子里，样貌也就十三四岁。
在盒子的一端，有一只大型黄色探照灯，向上照在一块屏幕上，
屏幕上画着一堆样式繁复的轮轴、齿轮和弹簧，组成了一个机
械心脏的图案。图案周边围着一圈花体字：

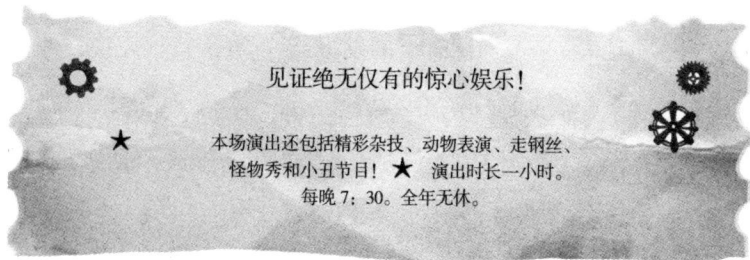

天空马戏团

倾情呈现……

柯拉·华伦蒂诺小姐——世上唯一的机械心脏女孩！

见证绝无仅有的惊心娱乐！

★　本场演出还包括精彩杂技、动物表演、走钢丝、
怪物秀和小丑节目！　★　演出时长一小时。
每晚 7：30。全年无休。

"柯拉·华伦蒂诺小姐指的肯定就是你。"迪迪发出震惊的
低呼声。

"还有这些。"罗伯特递给莉莉一张标着昨天日期的电报。
她接过去读起来。

当她看清电报内容，只感觉头嗡的一声，瞬间天旋地转。

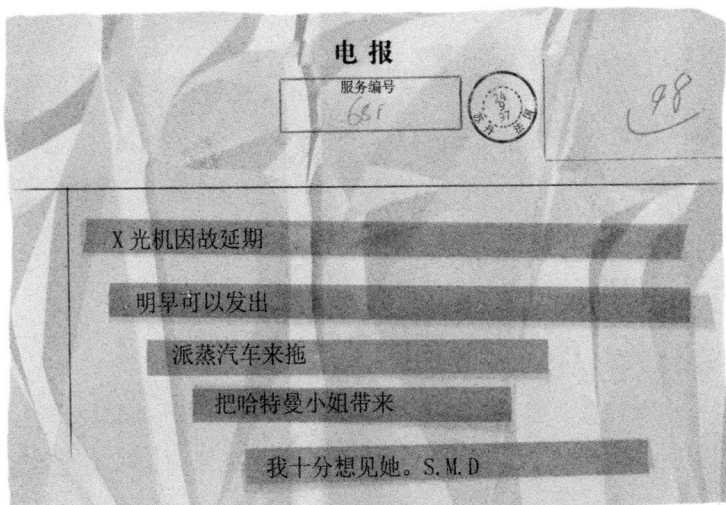

电报

服务编号
681

98

X 光机因故延期

明早可以发出

派蒸汽汽车来拖

把哈特曼小姐带来

我十分想见她。S.M.D

"S. M. D 就是德罗兹的全名缩写。"卢卡说，"那个 X 光机肯定是用来照你的齿轮之心的。"

"听起来就很危险。"迪迪说。

莉莉也有同感。X 光机是一项危险的新技术，还没有得到完善。爸爸曾告诉她，从一些初代的破损机器中释放出来的一个当量的射线足以杀死一个人。她折起电报，放进口袋中。

罗伯特打开传送器上的一个开关，伸出一只手放到金属发报键上，开始敲出第一个电报码。

按键响起了时长时短的嘀嘀声，谙熟各种代码的莉莉立即知道他敲出的第一条信息是求救信。

罗伯特用发报键连续地敲了一长串点号和破折号。

求救。位置北纬 48.86 东经 2.25

五名孩子被劫持，包括罗伯特·汤森和莉莉·哈特曼

请求紧急救援。被囚斯林木德马戏团，泊于巴黎布罗

涅森林。

通知英格兰欧蕨桥的哈特曼教授。

速来。

船上有通缉犯。

我们情况危急。

他希望他在发送电文的过程中没有出现任何差错。他之前把机器上的所有发送频率都打开了。

完成电文发送后，他、莉莉和其他改造人一起等着回复。

安捷丽卡斜倚在她的手杖上，耳朵贴着门，随时听着外面放哨的芒金有没有发信号，如果有人靠近，他就会示警。

好几分钟过去了，但是电报机没收到任何回音。

罗伯特不知道为什么会这样。他已使用了表示紧急的公开电信频率了——这条电文应该已经有人读到才对。

"我也不知道哪里出错了。"他嘟囔着。

"可能你把传送器设置错了。"卢卡猜测说。

罗伯特查看了仪表盘。"看上去没问题呀。"他说，"要不我们再试一次吧。"

"我们发报花了太长时间了。"莉莉说，"我们还需要进入马戏团办公室拿回自己的东西。我们可以等出去后，再自己去警

察局报案。"

罗伯特和其他人关掉机器，关掉台灯，莉莉去打开了门。

"莉莉，"当他们大家准备离开通信室时，安捷丽卡靠在手杖上小声地说，"我有点事必须要告诉你……"

"什么事？"莉莉问她。

"我……我——"

就在这时，芒金出现在门口。

"我好像听到楼梯上有声音。"他打断说，"我们必须赶紧走。"

"现在不是讲话的时候。"莉莉对安捷丽卡说，"路上再跟我们细说吧。我们还要去拿回妈妈的笔记本和罗伯特的项坠。"

他们奔向马戏团办公室，在门口停下了脚步。在莉莉准备开锁前，她习惯性地试了试门把手，其实只是顺手试试看而已。

可是，这次房门居然一拧就开了，房间里的灯也全都亮了起来。

房间正中央，正对着门的椅子上，一个人正等着他们。是铜绿夫人。她身边的桌子上，摆着月亮项坠、罗伯特的小刀，还有那本红色的笔记本。瞬间，莉莉的心漏跳了一拍，身后的所有小伙伴也全都惊恐地倒抽一口凉气，除了安捷丽卡。

第二十章

"莉莉!"铜绿夫人喊道,"罗伯特,芒金,哎呀,还有迪迪、卢卡和安捷丽卡——我没想到还会看到你们这几个,真是个令人开心的惊喜!我估计,莉莉和罗伯特,你们是来拿你们的东西吧?"她指了指桌子上的红色笔记本和月亮项坠那几样东西。

她那做作、虚伪的语气简直让罗伯特浑身颤抖。他估摸着她应该是一直守在那儿,就等着他们自投罗网。

"我希望你们不是想着要离开我们吧?"铜绿夫人说道。

他们背后的过道里传出了嘎吱声,楞克横在走廊上,堵住了他们的去路。斯林木德和乔伊弯腰从他的金属臂膀下钻了过来。"啊,援军到了呀!"铜绿夫人说道,"进来加入我们吧。"

"这都是怎么回事呀?"斯林木德抓住莉莉的肩膀,问道,

"我们的压轴演员和麻烦精怎么一起跑到房间外面来了！"

"不许叫我麻烦精。"芒金嚷嚷道。

"我说的是罗伯特。"斯林木德厉声喝道。

"孩子们。"乔伊喊道，一把抓住安捷丽卡的胳膊，将它们反折到她的翅膀上压住，"真让人愉快！能在这个美丽的夜晚遇见你们。"

楞克咆哮着用巨掌紧抓住芒金和罗伯特，一手一个，金属身体发出可怕刺耳的声音。

莉莉想跑，但是斯林木德从身后拧住了她的双臂，疼得她直往后缩，两边肩膀如被针刺一般。

铜绿夫人从莉莉那儿搜出开锁工具包和怀表，一起拿走了。莉莉愤怒地扭头盯着安捷丽卡："这就是你刚才要警告我们的事情吗？但是你是怎么知道的？"

"她当然知道，因为就是她把你们的计划出卖给我的。"铜绿夫人一边把莉莉上上下下搜了一遍，一边解释道。她没要那几页日记残页，随手塞回莉莉的口袋里。她把其他的东西和那堆偷来的东西一起放在桌子上。

罗伯特感觉体内的空气都被抽干了。他不敢相信居然是安捷丽卡欺骗了他们。莉莉的脸色一下变得煞白。她的双眼瞪得大大的，异常困惑。卢卡和迪迪也一脸震惊。芒金难以置信地对着铜绿夫人发出咆哮。

"可是为什么？"莉莉低声对安捷丽卡说，"难道是因为你在我妈妈的笔记本里读到了什么吗？"她还是不明白安捷丽卡为什么要这么做——居然相信了铜绿夫人的话而不是她的。"还是因为我没有早点告诉你，我爸妈以前就认识德罗兹？"

安捷丽卡摇了摇头："都不是——我不是有意要……一切都是从我放走了罗伯特那时开始的。铜绿夫人威胁我要让我永远消失，斯林木德也说要拔下我的羽毛把它们钉在他的墙上。然后铜绿夫人说如果我告诉她你们的计划，她就保证我的安全，而且她再也不会伤害我们任何人。"她盯着卢卡和迪迪，"他俩明白的。"

"然后你就相信她了？"莉莉问道。

"我的天，为什么你不干脆跟我们一起走呢？"芒金说道。

"不然你现在可能都逃出去了。"罗伯特接着补充道。

"我，我当时……"安捷丽卡重重地倚靠在她的手杖上，她的双眼瞬间溢满了泪水。"但是看看我，我几乎不能走路了，我站都站不起来。我会拖慢你们的速度，最后大家都会被拖垮。"

"不是那样的。"莉莉说道，"你很强大，你能飞呀。你心目中最糟糕的弱点其实是你最强大的实力。"

铜绿夫人哈哈笑了起来："有些人就喜欢守在他们习惯了的老路上，莉莉，哪怕走得并不舒服。就算你能给他们开一扇门，但是如果他们没有准备好，他们绝不会从这扇门里走出去的。"她冲着安捷丽卡、卢卡和迪迪微笑一下，"尤其是他们心里清楚，外面的世界是多么残酷，而这个残酷的世界对他们这样的人，又会变本加厉，更加恶劣。这里的环境也许看起来很糟糕，但是，至少他们在这里能活下去。这儿就是他们的家啊。对不对呀，安捷丽卡？"

"这地方才不是家。"莉莉说道，"这里就是个魔窟。"她气愤地摇着头，紧咬着牙关，"而且你说得不对，安捷丽卡也试着想要提醒我们有危险，这正好说明她内心的希望和我们心里的是一样的。希望会给她勇气，哪怕毁了那对翅膀她也希望能自由。"

"你一直都是个最令人厌恶的又粗鲁又愚蠢的小孩，莉莉。"铜绿夫人一边说着，一边走到房间另外一边的桌子前。四周墙上的电灯闪烁得让人犯恶心，柔柔的光晕从房间的一个角落晃动到另一个角落。"谁知道为什么你爸爸会把齿轮之心这份大礼送给你呀？如果当初救的是格蕾丝，他应该会过得更好。"铜绿夫人在桌子上一下一下地敲着那本红色笔记本。

"你都不认识我妈妈。"莉莉说道。

"我不是针对谁，不，只是客观评价。"铜绿夫人回答道，"而且，有关她的一切，我都听我的一位好朋友讲过了。"

"德罗兹？"莉莉说道。

"你怎么猜到的？"铜绿夫人低头看向那个笔记本，"哦，我想你应该是在这里面看过。德罗兹打算给我们一台 X 光机来换你爸爸的那些论文，而且这位好博士还要见见你，ma chère（我亲爱的）莉莉。明天表演开始之前，你们俩就会见上面的。"

莉莉心思飞转。"那你打算用这台 X 光机干什么？"她问道。

"哦，你很快就能看到了。"铜绿夫人说道，"你明天会和它一起上台，作为我们演出的压轴大戏。"铜绿夫人咯咯地笑着，她的耳环来回摇摆，耳环上的玻璃珠子撞到一起发出丁零当啷的声音。"你看，莉莉，"她解释说，"你的齿轮之心让你变成了古今中外最特别的怪物。而有了这台 X 光机，大家就能真真切切地看见它了。"

"然后天空马戏团也将变成有史以来最轰动的表演团！"斯林木德也接着说道，"比狄伊维马戏团和费南多马戏团加在一起还要厉害。这会让我们赚几十万法郎。"

"即使你的身体撑不了几场，也没太大关系。"铜绿夫人接着说道。

莉莉怒火中烧。她哼了一声："多么可悲的计划！用我的心去为你们赚钱。你们就只在乎这些吗？"

"你的心赋予你价值，"铜绿夫人指指其他几个改造人，"就像他们这些半人半机械的一样。你在某种意义上，大概可以称他们为你的兄弟姐妹。被遗弃，无家可归的怪兽们。现在你这只怪兽也失去了家。但你是我最完美的马戏团小怪物，莉莉，很快我就能证明这一点，把你用在我们的节目里。现在你在我手心里了，我会向全世界展示一个身体支离破碎的、非人类的畸形野蛮人。"

"我不畸形，也不野蛮。"莉莉愤怒地反击，"他们也不是。我们不是怪兽。我们是货真价实的人。如果这儿有谁算是怪物的话，那就只会是你。我是有一颗机械心脏，但是你的心是石头做的，并且是我所遇到过的最丑陋不堪、最冷酷无情的心。

而且，我没有失去我的家，从来就没有。爸爸很快就会来这儿带我回家。"她试图挣脱斯林木德的桎梏，但是却被他抓得更紧了。

"警察，"罗伯特接着说道，"他们会找到你们和这个铁皮人。"当楞克的金属手指一根根捏紧他双肩的骨头时，他紧咬牙关。芒金猛地咬住楞克箍在他腰间的另一只手臂。

铜绿夫人不屑地笑着说："你们这些小屁孩在说什么呢？"

"此刻他们正在赶来的路上。"莉莉说道，"是吧？"她冲着安捷丽卡和其他人说。

他们都点了点头。

"等他们抓住你们，你们就得把牢底坐穿。"她的胳膊被斯林木德扭得更紧了，她疼得眼泪都出来了。

"无稽之谈。我没工夫在这儿跟你们拌嘴。"铜绿夫人扭头对斯林木德说："把他们所有人带回楼下关起来。你们当中得有个人守在房间外面，并且——"

她话音未落，就见奥吉跌跌撞撞地冲进办公室，手里紧握着一长条自动电报机的字条。

"他们送发了报电。"

莉莉屏住了呼吸，那条电报纸一定是他们刚刚发出消息的回复。

"什么？"铜绿夫人急急追问，"Je ne comprends pas！（我没听明白！）好好说话，你个白痴！"

"一份电报！他们发了电报，这是收到的回复。"

"Mon Dieu!（我的神啊！）这下糟了！快，念出来听听。说了什么？"

"发自国英馆使大：我们已经到收你们的息消，并已经和特曼哈授教和国法方警取得了联系——他们已经动身前来救援。"

"Sacrebleu!（该死的！）"铜绿夫人咒骂道。

"这可要命了！"斯林木德喃喃着，手指攥紧莉莉的胳膊。

"你看，"莉莉说，"你现在打算怎么办，铜绿夫人？你本来就是一个在逃犯，已经因为盗窃哈特曼教授的论文被通缉，现在又犯下了绑架罪。等他们抓住你，你就知道厉害了——"

"给我安静！"铜绿夫人大喊道，"我们得立刻把他们从这儿弄出去。"她给斯林木德和其他人下了命令，"乔伊，发动蒸汽马车。"她指向奥吉，"奥吉，去把他们的朋友都带过来。那几个马戏团的孩子，席尔瓦和迪米特里，还是叫什么名字来着的——反正那些帮他们一起策划逃跑的，全部带来。"

这些马戏团的恶棍强押着孩子们下了楼。斯林木德一路推搡着莉莉和迪迪往下走。铜绿夫人揪着安捷丽卡的翅膀，绑了卢卡的双手。殿后的是楞克，一只手夹着芒金，另一只手抓着罗伯特的肩膀。

当他们往下走到二楼时，奥吉出现了，他像驱赶羊群一样，在席尔瓦和迪米特里的后面搡着他们走。"走点快，你们这些蛋坏小。"他喊叫着。席尔瓦他们震惊地抬头看着莉莉和罗伯特。席尔瓦的眼泪顺着脸颊哗哗地流了下来，而迪米特里的眼睛睁得老大，在摇曳的灯光下，他的脸色惨淡蜡黄。

那些恶棍像赶牲口一样把孩子们赶到通往大船出口的最后一段楼梯上。

铜绿夫人拨开众人走到前面，掏出一串钥匙打开了门锁。她正准备走向外面的营地，有个人飞快地穿过人群，冲过来挡在她的面前。

"这是要搞什么鬼？"

这个人正是布鲁诺·纽扣。吉尔达跟在他的后面。"你们得把他们拦住啊！"罗伯特努力想要挣脱楞克老虎钳似的铁手，对布鲁诺他们喊道，"警察已经快到了。"

"让那男孩给我安静！"铜绿夫人吼道，于是楞克立刻伸手捂住罗伯特的嘴。罗伯特整个脸都被楞克的大掌蒙住了，这让他一阵阵地感到眩晕——就好像他的头被大力按在暖气片上。他努力透过楞克的手指缝往外面看去。

"你们要把我们的孩子带到哪儿去？"吉尔达·纽扣眼泪汪汪地质问道。

"闭嘴，纽扣！"斯林木德厉声地说，"这不关你们的事。"

"回到你们的房间去，就现在！"铜绿夫人也对着他们吼道。

"不！"吉尔达·纽扣喊着。

"我们听命于你已经太久了。"布鲁诺·纽扣大声地附和着，毫无畏惧地站到了吉尔达的身旁。

"真是那样吗？"铜绿夫人说道，"哦，还是再考虑一下吧——如果你们还想要再看见你们的孩子，你们最好按我说的做。待会儿警察就到了，你们一个字也不要提莉莉和罗伯特，还有我和这些怪物。我们明天就会照常回来演出，如果有任何事阻碍了演出进行，那么你们就感受一下我的愤怒吧。而且你们的孩子会永远消失，再也回不来了。现在就请你们去跟马戏团其他人把这些都说明白。"

她把布鲁诺和吉尔达推到一边，推搡着安捷丽卡走出了舱门。莉莉、罗伯特和其他孩子也在后面被驱赶着走进篱笆围起来的营地。罗伯特是最后一个出来的，他瞟了一眼六神无主的纽扣夫妇，大船的出入口在他身后关上了。

铜绿夫人挥着手赶着这群被俘的孩子们往前走过凉亭和木质篱笆，穿过带着尖刺的入口大门，走上一条通向后面森林的土路。

乔伊在已经发动起来的灵车上等着他们，放棺材的隔室敞开着。

铜绿夫人先把安捷丽卡推进车后面的棺材隔室，然后命令其他人也跟着爬进去。

孩子们不得不像沙丁鱼一样一个挨着一个地躺下，这样才不会被人看见。随后楞克把罗伯特和芒金拖过来，将他们也扔了进去。罗伯特被塞到迪迪旁边——他能感觉到她在发抖，她的机械双腿在抽搐。芒金被扔到了他身上，他瞬间感觉一张毛乎乎的小脸贴了上来。他和其他人一起平躺着，在这个狭小的空间里肩并肩地躺着。

最后上车的是莉莉。斯林木德把她塞进仅剩的一小块空间里，然后重重地关上灵车的后门。一道窄窄的光线从窗户渗进来，照亮了他们一张张满是痛苦的脸。

透过玻璃，莉莉和罗伯特听到铜绿夫人令人毛骨悚然的最后两句话，让他们不寒而栗。"我来对付这批货。斯林木德，在我回来之前，你和楞克盯紧点。"

罗伯特奋力伸长脖子把耳朵凑过去，想听到更多，但是他们对话的其他内容都听不清。铜绿夫人大步绕到车的另一边。随后，他们身下的车子传来隆隆的震动以及引擎的轰鸣。灵车载着这群被困的孩子们驶入了夜色之中。

第二十一章

　　莉莉轻轻咬了一下舌头。她的嘴里有股金属的味道，耳朵里能感觉到脉搏重重跳动的节奏。她仰面躺着，和其他小伙伴一起挤在灵车的后面，她的外套和围巾歪歪扭扭地缠在身上，让她越发难受。

　　路上完全看不到其他车辆，人行道上也没有行人，目力所及只有金属围栏里那些树皮剥落的行道树，还有涡卷铁花装饰的煤气路灯。

　　一辆警车开过，警笛声划破寂寥的夜空。这应该是对那封电报的回应。但是现在警察赶到布罗涅森林也找不到他们了。他们此刻正在这个无尽的噩梦中驶入巴黎，被关在一辆灵车的后边，一旦藏匿到庞大杂乱的城市里，不论是警探，还是爸爸，都不可能再追查到他们的踪迹。

她听到从远处某个地方传来了报时的钟声。钟刚刚敲响凌晨一点。

罗伯特在她边上动了动，他的脸看起来又瘦又苍白，没有一丝血色。在他的另一侧，席尔瓦呜咽一声，紧握住迪米特里的手。迪迪抵着席尔瓦的肩膀挪动了一下，她试图把她的长腿伸直并拢，关节嘎吱作响。卢卡的钳子艰难地扭了几下。他还被绑着双臂，无法动弹。安捷丽卡则在后面最深处的角落里。她的双翅让她没法躺下，她只能尽可能贴着墙屈起身体。看上去她似乎要将自己抱成一团，又像是要把什么东西抱在怀里。

这时车子一个急转弯。芒金在莉莉的脚边一通乱抓，他的爪子刮着蒸汽马车的金属底板。"如果他们以为可以这样对付我们，他们就大错特错了。"他在车子引擎的嘎嘎声里喃喃自语道。

"可是他们确实把我们关进来了呀，芒金。"莉莉说。

"而且我们都没办法逃出这里。"罗伯特补充道。

"最终他们会发现自己是在自掘坟墓。你们等着瞧——"

"我有话要说。"安捷丽卡说着打断他们。她笨拙地捻起自己的羽毛，用手指梳理着。她的眼里满是泪水。

他们等着她接下来的话。

她终于说道："对不起，是我把你们的计划出卖给了他们。我不是有意要……我太害怕了。我当时以为，如果我按照铜绿夫人说的做，她就不会伤害我……或者你们。"她的目光环视着大家。

"没事的。"莉莉回答道。她没有真的生安捷丽卡的气——她也没资格生气。她们俩的情况是一样的。当时当地，大家都只是想努力活下去。

"我也很抱歉，"她说道，对着她的朋友微微一笑，"抱歉我一开始没有足够信任你们，没有把我知道的妈妈的事全都告诉你们。"

"我的生活中发生过太多不好的事情，"安捷丽卡说道，"很多人欺骗我，欺负我。甚至当我还是个小孩的时候，那时我还不会飞呢，他们对我就跟别人不一样，就只因为我看起来不一样……而且我……我当时不知道我能不能信任你。我被吓坏了，所以我做出了那个错误的选择。在过道里我就想告诉你的，关于铜绿夫人提前知道了的事情，但是有时候我一害怕就会说不出话来。"她的羽毛颤动着，"但是我现在对你有信心，莉莉。我相信，如果天底下有谁能把我们带出这个困境，那一定就是你。"

"谢谢你。"莉莉说道。但是她也不知道自己是不是真的能做到。

她把芒金移到罗伯特的腿上，然后尽可能地坐起来，以便她能从灵车的后窗向外张望。

他们正穿过一道被煤气路灯照亮的巨大拱门，拱门的顶部被有雉堞[1]的装饰罩着，就像蛋糕上的糖霜。拱门侧面巨大的基

---

1. 雉堞，又称齿墙、垛墙、战墙，是有锯齿状垛墙的城墙。可作为守御城墙者在反击攻城者时的掩蔽之用。——译者注

座上，点缀着飞翔的人物雕像以及浮雕的群像。

他们转进一条小巷子的时候，莉莉远远瞥见了尖尖的埃菲尔铁塔航空站和平台上停泊的飞船。她意识到她可以用这个参照物推测出他们的行进方向。

但是转眼间他们又转而驶上一条大道，道路两旁矗立着高楼和大树，而铁塔也不见了踪影。

当蒸汽马车再次转弯，拐上另一条陌生街道时，她的胃翻涌起来，她的伤疤刺得她胸口疼。

车子继续开了大约二十分钟，城市的街道再一次变得荒凉起来。他们偶尔经过点点灯光照亮的像工厂一样的建筑物和仓库。车子引擎的轰鸣声弱了下来，越来越低，莉莉察觉到车子正在减速。随后，蒸汽马车停在一长排低矮的建筑物前面，看着像一座废弃的医院。

"我认识这个地方，"迪迪小声说道，目光掠过莉莉的肩膀凝神看去，"德罗兹的诊所就在这里面。"

"这儿看起来可不像是太友好的地方。"芒金说。

"确实不是。"卢卡在他旁边摇了摇头。

"他们不至于要把我们送回这儿吧，"安捷丽卡说道，她的声音听起来比她平时的尖细了许多。她焦躁不安地说："他们应该不会吧。"

"谁也说不好他们能干出什么事。"卢卡说。

他们停在原地很长时间，听着那两个小丑，奥吉和乔伊，一起下了驾驶室，和铜绿夫人压低声音在说着什么。

"你们觉得他们想要做什么？"席尔瓦小声问道。

"谁知道呢？"迪米特里说道，"他们肯定在琢磨某种骇人的计划。"

迪迪脸色煞白。卢卡咬着嘴唇。安捷丽卡又陷入了沉默，一个字也不说了。芒金在罗伯特腿上不适地扭动着。狐狸的身体正好压住了罗伯特的一只胳膊，那侧手指都麻了。

莉莉的脉搏此刻就如开动了的缝纫机一样嗒嗒嗒地跳动。她把鼻子压在窗户玻璃上往外看去。他们的车停在一个巨大的石头拱道前。闪烁的马车灯架在拱道上面的墙上，照亮了两扇大门。这地方看起来像是一座规模不小的废弃医院。这两扇大门应该是之前医院马厩的入口。

如果这里真的是德罗兹博士的诊所，那可绝对不是什么好消息。莉莉紧张不安地等待着，不知道接下来会发生什么。

咔嗒！驾驶舱的门打开了，铜绿夫人走了出来。她走过窗户，走近拱形的入口通道，按响了墙上的门铃。她等在那里，不耐烦地绞着双手。

终于，门嘎吱嘎吱地打开了。

借着门缝透出的光，莉莉看见一个身高体宽的机械人。他的体形和楞克相仿——甚至可能还更大更魁梧一些——他也有跟楞克一样毫无感情的灯泡眼睛。那对眼睛在黑暗中闪着光，扫视着他们的蒸汽车。

看完之后，他才看向铜绿夫人。两人来来回回说了些什么，然后铜绿夫人轻轻点头，向灵车的后车厢做了个手势。

"你觉得他们在说什么？"罗伯特抚摸着趴在他胸前的芒金，问道。

"我不知道，"芒金说，"但是我不喜欢这个机械人的长相。他肯定不会对我们有任何帮助。他看起来就属于那种被改写了程序的邪恶型号。"

芒金说得对。这个机械人看起来更像德罗兹的手笔。莉莉不由自主地打了个寒战，将耳朵紧紧地贴在窗户上。

她只能零星听到他们谈话中的几个字，但是足以知道他们说的是法语。她现在真希望当初铜绿夫人还是她的家庭教师的时候，她花了更多心思在法语学习上，又或者当时在学院里听那些给小姐淑女们上的法语课时更认真一些。

最后，那个笨重的机械人点了点头，走回门里。

铜绿夫人转向蒸汽马车，向坐在驾驶座上的乔伊招了招手。伴随着噗噗几声，车身抖动一阵，重又发动起来了。

这时，面前的两扇大门都向里打开。蒸汽车缓慢地穿过了拱门，黑暗像恶魔张开的大嘴，把他们吞入腹中。

"出来，tout le monde（你们所有人）！"铜绿夫人命令道，"Vite（麻利点）！"

蒸汽马车摇摇晃晃地停了下来，后车厢的门被猛地拉开了。门口现出铜绿夫人的身影，乔伊和奥吉两人提着灯跟在她左右。

莉莉、芒金、罗伯特和其他孩子从灵车上爬下来，茫然地环顾四周。他们在一个用鹅卵石砌成的庭院里，四周被各式高大建筑的背面围住。通往街道的出口被那个机械人堵住了，他正在关闭他们身后的大拱门。

在莉莉的外套和红丝绸裙子下面，她胸口的伤疤刺痛起来。她咬紧牙关，努力让自己平静下来。在她身边，迪迪控制不住地呜咽着，卢卡脸色白如死灰。安捷丽卡也一言不发，她的翅膀朝下耷拉着，一点点地向内缩起来。席尔瓦一只手捂着自己的肚子，另一只手紧紧抓着迪米特里。罗伯特小心翼翼地把芒金护在怀里，躲开那两个小丑。

铜绿夫人领着孩子们和狐狸走过一排破窗户，穿过另一个拱道，进入一个灰色水泥大厅，里面满是滴水的管子。她似乎对这个地方很熟悉。

大堂的尽头，是低矮的石头踏板砌成的宽阔楼梯，楼梯一边是黑色的金属栏杆，另一边是表皮剥落的石膏墙，楼梯一路向上延伸到黑暗中。

一个柱状的笼子被嵌在楼梯井的正中央，笼子的侧面在一级级台阶间笔直地向上延伸，一直延伸到整个建筑物的顶端。铜绿夫人按下笼子底部的一根铜杠杆。一阵抖动之后，里面的滑轮开始动了起来。有那么一小会儿，莉莉还以为这是某种新的可怕的折磨人的装置，但当她看见有个平台从顶层缓缓降下时，她意识到，这是一部电梯。

"乔伊，奥吉，把这些机械动物和孩子都带过去关好。"铜绿夫人说着，往外拉开了电梯摇摇晃晃的门，"莉莉和我要坐ascenseur（电梯）到顶楼去拜访我们的主人。"他们要把其他人带到哪里去？莉莉想挣脱铜绿夫人，和朋友们待在一起，但她此刻太累了，晕头转向的，铜绿夫人轻轻松松就把她推进了电梯。她忧心忡忡地透过电梯慢慢关上的门，眼看着小丑们驱赶着罗伯特、芒金和其他人一起进了一条长长的走廊。

当小木箱升起时，磨得光溜溜的黄铜固定件卡在莉莉的这一边，她发现自己被挤得靠到了铜绿夫人的肩膀上。那女人身上难闻的香水味让她头晕，与朋友分离的忧虑像黏腻的太妃糖在她体内蔓延开来。

电梯到了顶楼，吱吱嘎嘎地摇晃着停了下来，这又让莉莉的胃不舒服地翻滚起来。铜绿夫人把金属门推到一边，把她领到楼梯平台上，在那里等着她们的，是个银灰色头发的女人，她眼窝深陷，目不转睛地盯着她们。她看上去大约六十岁，穿着一条羊毛长裙、一件天鹅绒马甲背心和一件扣到领口的白衬衫。

"这真是有点干扰我的工作啊，"她厉声对铜绿夫人说，"这个钟点你来这里干什么？我以为我们说好的是明天见面，我正在给你的机器做最后的精密调试，刚刚做到一半。"

铜绿夫人向她行了个礼："Bonsoir（晚上好），亲爱的博士。Désolée（抱歉啊），但是我们的计划有变。莉莉，这是德罗兹博士，你父母的好朋友。雪莱·玛丽·德罗兹博士，这位是莉莉·哈特曼，我们的特邀嘉宾，马戏团新的压轴表演者。"

排山倒海的恐惧感袭上莉莉的心口。她突然觉得自己真是太傻了，居然从来没有想过德罗兹博士可能是个女人。她之前以为，像大多数机械师一样，博士应该是个男的。但是她随后想起，很多年前德罗兹在希斯敦女子学院教过她的妈妈。

她简直不知道她之前究竟怎么会傻到以为德罗兹是男的。现在，德罗兹博士就在她的面前，莉莉真真切切地记起了她以前的样子。她那一头灰色的头发，以及她用那种轻拂的姿势把头发从脸上抹到脑后的习惯动作，看起来都是那么熟悉。她还记得妈妈在笔记本上写的那个夏天博士去她家喝茶的情景。

"我亲爱的哈特曼小姐，"德罗兹博士说着，兴奋地走上前去，把一只手放在她的肩上，"真是个惊喜！我以为明天才能见到你。"然后她转身对铜绿夫人说："我想你们两个最好都进来吧。"

她转身推开她身后的门。莉莉的心猛然沉了下去，她思索着，这门后面又会有什么新的令人震惊的东西出现呢？

罗伯特能听见乔伊和奥吉在门外踱来踱去。铜绿夫人和莉莉乘坐电梯去了这座废弃医院的顶楼，然后两个小丑就和那个庞大的机械人一道，领着他们穿过一条满是碎瓷砖和破烂设备的走廊，来到这个小房间，把他们锁在里面。

一阵刺骨的寒风侵入房间。上面有一扇窗户的玻璃碎了，外面的马车灯透进些许光线。房间四周的墙壁摆着一排排的架子，架子上满是破破烂烂的瓶瓶罐罐，都盛着五颜六色的液体和粉末，全部标有化学名称。

"这好像是医院废弃的药房，"芒金一边说，一边嗅着地板上一沓发黄的处方簿，"我现在也来开个处方——有麻烦了。"

罗伯特大步走过他身边，走到窗户那儿。当他看到窗户的缝隙从外面用木条给堵住时，他满心失望。

"我真不敢相信我们又回到了这个房子里。"卢卡焦急地打量着房间，又低头看着他那双绑着的手，"这就是我装上这些可怕的爪子的地方！"

"我也是，"迪迪说道，"这是德罗兹给我安上这双腿的地方。"

"我是最后一个，"安捷丽卡说，这是她这么久以来第一次开口说话，"德罗兹创造的最后一个改造人。"然后她又一次陷入了沉默。

"这地方曾经是个收容所，"迪迪低声说，"大概就在德罗兹博士来做实验的那段时间里，收容所关闭了。但是她还是留在了这里，继续做她的实验。她就躲在顶楼，用剩下的设备制造新机器。"

罗伯特感到不舒服。顶楼就是铜绿夫人带莉莉去的地方。她和德罗兹博士到底给他的朋友安排了什么计划？他知道这肯定和 X 光机有关。真希望他现在能在莉莉身边，看顾着她。X 光机是一项新出现的发明，还有很多没有完善的地方，有很大的危险性。罗伯特记得约翰说过这种机器的射线可以致死。他希望这台机器仅仅是用来完成铜绿夫人安排在明晚的那个节目，而德罗兹博士和铜绿夫人此刻还不会对莉莉做任何危险的事。他瞥了一眼坐在他周围的其他人。一眼就能看出来，席尔瓦和迪米特里都被吓坏了。

"他们要在这里对我们做什么？"席尔瓦低声问道。

"别担心，"迪迪说，"德罗兹不会对你做什么的。她要的是莉莉。"

"德罗兹只用孤儿做实验，"卢卡解释说，"那些谁也不会想起的孩子。你有父母，席尔瓦，还有，迪米特里，马戏团就是你的家。她永远不会对你们俩这样的孩子下手，因为那会惊动太多人。"

"或者，"迪米特里说，"也不一定。我们也有可能会消失，就像那些不服从铜绿夫人的人一样。也许他们会保留我们每个人的一点东西，让斯林木德挂到他的示众墙上去。"

迪迪一想到这个就发起抖来，而安捷丽卡独自远远地躲进角落里。罗伯特看她几乎不和任何人说话了，就好像她回到从前那种孤独的状态。

"如果他们胆敢对你们任何人下手，我就要咬掉他们的耳朵。"芒金郑重地告诉大家，"你知道那句话是怎么说的，'战斗中重要的不是狐狸的大小，而是狐狸斗志的大小'。"

"芒金说得没错，"罗伯特说，"我们不能坐在这里等待他们采取下一步行动。我们需要反击。"

"用什么反击？"迪迪问道，"我们甚至连个计划都没有。"

"如果我们集中智慧，就一定能想出点子。"罗伯特对他们说，"这是唯一的出路。团结在一起，我们就能强大起来。"他周围的人纷纷点头表示同意。但是罗伯特一想到莉莉，还是不免心焦，此时的莉莉应该还在独自面对铜绿夫人和德罗兹。

第二十二章

德罗兹博士带着莉莉和铜绿夫人走进一个大得像仓库一般的房间，固定在墙壁上的灯架上点着一盏昏暗的煤气灯。房间中央有一张躺椅、一把扶手椅和一张咖啡桌——这组豪华家具在这个水泥打造的工厂似的房间里，如同漂浮在海上的孤岛。不规则的嘀嗒声在房间的墙壁上回荡，书架和摆满罐子的陈列柜潜伏在阴影中。

远处的墙上有一扇巨大的铁栅栏窗，向外能眺望整个巴黎。窗玻璃上的倒影后面，无数房屋铺展开来，埃菲尔铁塔航空站斜插入远处的天空中，航空站的每层甲板上都灯火通明，照亮了停泊在那儿的齐柏林飞艇。

"我很想现在就看看我的机器。"铜绿夫人对德罗兹说。

"少安毋躁，霍滕丝。"德罗兹回答道，"我们先来喝点茶，吃些点心吧。"

莉莉简直不明白她们这又是要闹哪一出。她听说过半夜吃大餐的，但是凌晨两点聚在一家废弃的医院里喝茶？这似乎是疯出了全新高度。

德罗兹博士领着她俩走到躺椅旁，命令她们坐下。等她俩都落座之后，她从茶几上拿起一个铃铛，摇了摇，召唤她的机械仆人。

机械仆人过了好一会儿才咔嗒咔嗒地走进门来。德罗兹对他说："嘎吱先生，我知道已经很晚了，但是能不能麻烦你去给我们的客人端些茶过来？"

嘎吱先生点点头，迈着沉重的步子走了出去。

他离开后，德罗兹博士在铜绿夫人对面的扶手椅上坐下。她双手交叠放在膝盖上，凝视着莉莉，仿佛第一次见证一个奇迹的出现那般专注。

终于，她倾身向前，开口说道："自从读了你爸爸的论文，我就天天想着亲眼再见你一面，莉莉。"

莉莉没有搭理她，尽管铜绿夫人在下面狠狠地踢了一下她的脚踝，催着她回复博士。

"说话呀，莉莉。Mon Dieu!（我的神啊！）谁看了都会觉得你这孩子没礼貌。我明明之前还推荐你爸爸送你去学校学过礼仪的！"她向博士抱歉地笑了笑。

德罗兹在椅子上不自然地挪了挪。"她可能只是累了。现在也太晚了，而且还是在这么困难的情况下跟着你长途跋涉来看我。"

莉莉不知道，德罗兹这番关于所谓长途跋涉的描述是指的绑架呢，还是单指今晚坐着灵车从马戏团来这儿的旅行？

铜绿夫人耸耸肩，好像在说，那又怎样？

"你可能不记得了，"德罗兹对着莉莉继续说，"但是在你妈妈还活着的时候，我们就见过面。"她的声音甜得发腻，带着一种难以归类的口音。不是铜绿夫人那种法国口音，但也不是英音。"当时我和你爸爸还有银鱼教授一起工作。这是在我名字被英国科学界抹去之前的事情了。我后来就离开了英国。我在这位夫人那里听说你重获生命的故事，也在你爸爸的科学论文中读到过相关内容。根据我收集到的信息，我相信你的生命绝对是个奇迹。你爸爸的笔记里记录了许多关于创造齿轮之心的内容，既有个人的见解，也有学术的描述。"

"我对这些一无所知。"莉莉紧张地说。她不是很确定到底应该怎么看待这个女人。"不过，不管怎么说，"她补充说，"那些笔记不属于你。是铜绿夫人从爸爸那儿偷的。还有妈妈的那本红色笔记本。"

"它们是我应得的。"铜绿夫人插嘴说。

德罗兹没在意她说的这句话。"但你爸爸提起过我，是吗？"她问莉莉。

"并没有。"

"真有意思。"德罗兹的脸上带了点怒气，"我和他讨论过很多次改造人的概念，也和你妈妈讨论过。他们俩的论文里都用了我的理念，不过我把他们的理论付诸实践的程度，已经远远超出了任何人的想象。"她停顿了一下，抿起嘴唇，"他们绝不会给我的项目提供任何帮助。只有银鱼帮过我。主要还是因为你爸爸带着他那颗齿轮之心消失了，而银鱼需要人帮忙来做一个替代品。"

"后来是你给银鱼做了一颗心脏？"莉莉问。她一下被激起了兴致，简直忘记了自己身处险境。

"当然啦，"德罗兹说，"在你爸爸背叛他之后，他也找不到别的可以信任的人来做这项工作了。而且改造人相关的项目已经变成非法的了。"她搓着双手，好像手很冷似的，"莉莉，这也是你爸爸把你藏起来的部分原因。尽管他自己不会这么直截了当地告诉你。而且，他还要保护他的名誉，不和改造人扯上关系，这样才能继续留在科学界赚钱。"

"你说谎，"莉莉说，"爸爸把我藏起来的真正理由，是让我躲开像你们这样的人，想伤害我的人。"虽然她意识到，爸爸这种逃避策略从来没有真正起过作用。不知怎的，不管爸爸多么小心翼翼，不管把她藏到多远的安全地方，厄运总会找上她。

德罗兹博士笑了。"我不想伤害你，莉莉。我只想看看你身体里那个神奇的发明。与我的创造物相比，我是说与那些我为马戏团定制的怪物小孩相比，你这个可是复杂多了。"

"他们不是怪物，"莉莉说，"他们是人。虽然你把他们当成了实验小白鼠，斯林木德和铜绿夫人把他们当囚犯对待，但这并不意味着他们在这个世界上不配拥有他们自己的容身之地。

大家都应该接受真实的他们。"

"胡说八道。"铜绿夫人说着,用力抿了抿嘴。

德罗兹博士微微一笑。"莉莉,你觉得每个人都会接受你真实的样子吗?如果你对自己肯诚实回答的话?"

"我……我不知道,"莉莉说,"但是罗伯特做到了。还有托里,还有安捷丽卡和其他改造人。"

"都是些孤儿和怪物,他们当然需要争取尽可能多的朋友。"铜绿夫人哼哼说。

莉莉很愤怒,她胸口的伤疤在衬衫下面奇痒难忍。如果全世界的人都知道她实际上是改造人,他们会接受她吗?她下意识地将一只手放在胸口……在她的内心深处,她也不确定,也许,人们还是无法接受呢。

"我爸爸制造的机器都是为了帮助人们,为了做好事,拯救生命。"莉莉说,"而你的只会让人痛苦,把他们变成被囚禁的怪物。"

"如果他这么纯洁无瑕,那么为什么他会放弃他的研究呢?你要不要问问他?"德罗兹博士满面怒容,"我来告诉你为什么吧——因为他不敢公然对抗禁止这类研究发明的制度。而我,在这条道路上奋勇向前,并因此受到惩罚,我的工作被机械师协会那些多管闲事的男人们剥夺了。我不得不来到这里,把我创作的作品——我的那些孩子——卖给天空马戏团,我才能活下去。"

德罗兹博士望着远方,陷入愤怒的回忆。这时,门口传来茶杯的叮当声，她这才回过神来。那个高大的机械人端着一个托盘回来了。

她眼前一亮。"啊，"她说，"终于！嘎吱先生把我们的茶端来了。"

机械人带来了一个绘有花卉图案的大茶壶，还有一罐牛奶、一个滤茶器、三个瓷杯和配套的碟子，以及一盘看上去就很好吃的饼干。一看到这些，莉莉的肚子就咕噜咕噜地叫起来。过去的这几天，她只吃过一点稀粥和干面包。

当机械人正要把托盘放在桌子上时，他突然开始剧烈地抖动起来。

"真要命！"德罗兹抱怨道，"他出故障了。我们得把他重置一下！他的发条钥匙在哪儿呢？"德罗兹博士在她各个口袋里到处翻找，但怎么也找不到。机械人的状况越来越不妙。他手里的茶洒得到处都是。

"来，用这个吧。"铜绿夫人说着从口袋里拿出楞克的发条钥匙，递给德罗兹，"他们是同一个型号的。"

"谢谢。"德罗兹博士站起来，将那把发条钥匙插进嘎吱先生粗大脖颈上的锁孔里，然后沿逆时针方向拧了一圈。

机械人立刻停了下来。

"行了。"她说，随即从他手里接过茶盘，然后再一圈圈把他的发条上紧。

他再次苏醒过来，一阵晕头转向，迈着别别扭扭的步子离开了房间。

"真不好意思，他出故障了。"德罗兹说，"我稍后会打开他的头看看，检查一下到底是什么出了问题，但我估计应该是他初级运动皮层的某个齿轮松动了。现在，铜绿夫人，"德罗兹博士说，"能劳驾你一下吗？"

"Bien sûr.（当然可以。）"铜绿夫人开始将茶用过滤器分别倒进三只杯子里，倒好之后，她在每只杯子里加了一点牛奶，然后搅匀。

德罗兹博士不怀好意地靠向莉莉。"我从你妈妈的笔记本里收集到了很多有用的数据，这些数据帮助我完成了我最新的创造，安捷丽卡。"

莉莉被惊吓到了。她没想到妈妈的笔记本居然真的帮到了德罗兹。

德罗兹博士从铜绿夫人手里接过一杯茶。"当我完成作品之后，"她说，"铜绿夫人建议我把笔记本送给你。我觉得这是个好主意。我们想让你先拿着它。至少在我亲眼见到你之前。"她幸灾乐祸地笑着，好像她说了个笑话。

铜绿夫人也笑了，可是看起来并不太高兴的样子。她端起那盘饼干，递了一块给莉莉。

莉莉觉得，她们两个人都很可恨。半夜三更在这里对着漂亮的茶点，可她满心挂念着她的朋友们现在都怎么样了？德罗兹的一举一动都显得很优雅，她对铜绿夫人的态度和对莉莉的态度看起来几乎一样，莉莉不知道她这样是不是为了让她产生一种虚假的安全感。不过，她也的确无法拒绝她们的热情招待。

即使这块饼干像那些巧克力一样被下了药，她也饿得没力气在意这种可能了。而且，也许没有毒呢？那两个女人也在吃呢。她把茶杯小心地放在腿上，拿起饼干，咬了一口。有杏仁和糖的味道。

"告诉我，"德罗兹一边说，一边饶有兴致地打量着莉莉的脸，"当你收到的时候，感觉怎么样，那笔记本？还有我们的小小生日卡片？'什么让你嘀嗒嘀'——这部分是我建议的。铜绿夫人觉得这可能会暴露我们的底牌，但是我觉得这样会对你很有吸引力。她告诉过我，你喜欢揭谜。我就想啊，只要稍微引诱一下，这样的礼物就会鼓励你去调查它的来源。"

莉莉抱起双臂。她拒绝回答。她感到很愤怒，好像自己被人出卖了。博士这是想要刺激她吗？

"你母亲当年也喜欢神秘事物，"德罗兹继续说，"她认为万物背后都会有一个普遍的真理。她对运用科学来寻找这个真理很感兴趣。"她喝了一小口茶，"是的，格蕾丝是一位伟大的机械师，也是一位很好的朋友。不过呢，和我一样，她也因为缺乏机会和支持而束手无策。公会不断阻挠她的想法，就跟他们当初迫使我放弃一模一样。"

她说到最后一句的时候不以为意地挥了挥手，好像这对后来的事情毫无影响。"我们今天已经说得够多了，你先在这里等会儿。再吃一块饼干吧，我要和铜绿夫人私下谈谈。"

德罗兹博士和铜绿夫人站起来，穿过那间大房间，走到一扇藏在阴影里的折叠门前，正对着他们进来的那扇门。德罗兹先替铜绿夫人开了门，然后也跟着走了进去，莉莉瞥见一间空旷的白色房间，听到里面传出一阵可怕的嗡嗡声。然后，门就在她们身后关上了。

莉莉不知道她们会离开多久。她立刻站起来，尽可能快地在房间里四下巡视了一遍，以防漏掉什么能帮她逃走的东西。

窗户太高爬不出去，窗户栏杆间的缝隙又太窄，而且这里的窗户似乎都不能打开。旁边的墙上贴满了各种机械改造装置的设计图——都是一些莉莉闻所未闻的人与机械的各种组合。图纸之间的墙上挂着各种弹簧和发动机部件，左右晃动，嘀嗒嘀嗒地响着——莉莉早些时候听到的声音就是这些东西发出来的——好像这整个空间本身就是一只活生生的巨大钟表的一部分。

当莉莉查看到橱柜那儿的时候，她被吓得起了一身鸡皮疙瘩，因为橱柜里满满当当的玻璃罐中全都泡着动物尸体——每一个动物身上都有一个小小的机械改装部件。她瞥见一只背上装着机械耳朵的老鼠、一只多了一条金属手臂的猴子和一只长着六条蜘蛛腿的小猫，它们一个个都漂浮在乳白色的液体中。它们的眼睛盯着莉莉，玻璃罐罐身的曲线有放大的作用，这让它们的眼睛看上去睁得大大的。这些动物一看就知道已经死得彻彻底底，可是仍然栩栩如生得可怕。其余的架子上则堆满了旧到发霉的各种书籍。

她在房间里找不到其他有用的东西——没有任何工具。当她回到躺椅和桌子前时，她注意到茶盘上有三只茶匙。她捡起两个藏在衣服口袋里，说不定能用上。

然后她走到铜绿夫人和德罗兹走进去的那扇门前，从锁孔里往里窥视。瞬间，她手臂上的汗毛都倒立起来，感觉里面好像有电能从远处波浪般扩散而来。

房间较远的一头有一个铁机器，大小和形状都类似一具小棺材，外面涂上了一层褪了色的医用绿色油漆，上面遍布导线环、螺丝和杠杆。莉莉瞥了它一眼，胸中嗵嗵的心跳声如擂鼓一般越来越响，这焦虑的心跳声混合着房间里的嘀嗒声，简直嘈杂得让人无法忍受。

德罗兹博士站在机器旁边。她正在说些什么。莉莉努力去听，希望能听清她到底在说什么。"……我已经成功地把霍夫曼和范克利夫的 X 光机与卢米埃的电影摄影机结合起来，创造出这种装置。"她一边摆弄着机器控制面板上的各种刻度盘和开关，一边向铜绿夫人解释说，"我管它叫 X 光摄影机。"

那台机器嗡嗡地运转着，发出不成调的咕噜声，回荡在铺着瓷砖的房间里。莉莉还是不明白这到底是什么，但机器本身的感觉让她觉得不对劲，好像它在发射脉冲波。甚至隔着这道门，莉莉都能感觉到排斥力。

"我想你之前说你做这台机器的时候遇到了一些困难。"铜绿夫人说。

"哦，它现在都好了，"德罗兹博士向她保证，"而且操作相对简单。让我演示给你看……首先，你要调整这个导电棒。"她在一块外部面板上转动了一个把手，"用这个开关把它打开，这里。"德罗兹按了一个按钮，"现在它一切就绪了。"

莉莉听到发条咔嗒一声运转起来。机器内部发出的那种可怕的呜呜声现在又变大了一倍，听到这声音，她感觉自己的五脏六腑都要挪位了。

铜绿夫人向前探出身子仔细查看这台机器。她似乎对这项发明很满意。"Très bien（太棒了），"她对德罗兹博士说，"你这个发明真不错。"

"要照 X 光的病人被放在这里。"博士把手伸进棺材状的箱体，"上面有一个透镜通过这个盒子来聚焦 X 光影像。"她轻轻敲了一下机器的另外一头，"它将通过前镜头投射出微小的影像，就像针孔相机一样。但是我已经调整了它的标准设置，这台摄影机不用来制作照片底板，它会将镜头中鲜活的动态图像直接投射到屏幕上。"

铜绿夫人一只手抚过机器。"那我们现在可以在马戏表演中用这个吗？"

博士点点头："这将是一次令人叹为观止的首秀，人们将会津津乐道。对观众来说是新鲜事。大多数人以前从未见过 X 光片，或者运动的影像。而这两样加在一起，会让他们震惊到从座位上摔下来。"

"一个 magnifique（绝妙的）组合。"铜绿夫人说。

"而且，"博士说，"它能够展示齿轮之心的内部运作。大自然造就的人体，和机器部件一起和谐地运转，这将向所有人证明，改造人是一个可行而且值得研究的领域。"

"人们会特意来看它的,"铜绿夫人补充说,"这将是我们演出的亮点——整个城市都将见证它,很快,无数金钱和名望都将朝我们小小马戏团的大门蜂拥而来!"

博士轻轻拨动机器另一边的开关。刹那间,一根铜棒闪出电光,闪电沿着机器的中心一路向下,在一块金属板上噼啪作响,接着穿过一根玻璃管,点燃了里面的气体。被点燃的气体持续地发出一闪一闪的绿光,照亮了房间,绿光倾泻在两个女人的脸上,把她们的影子投到四周的墙上。

这景象让莉莉不安。她透过锁孔,看着那一小束闪电在机器的铜棒和金属板之间闪烁,不禁想起初夏的时候,她和罗伯特在泰晤士河上侥幸逃过的那场可怕的雷暴——她当时是多么害怕闪电会击中她;如果闪电不是击中杰克·德沃而是击中她,她的机械心脏会被彻底摧毁。这台机器会和那场雷暴一样吗?它会把她的机械心脏暴露在人们眼前,同时也将它摧毁吗?

德罗兹博士把一个苹果放在棺材里一个大大的玻璃放大镜下。闪电噼里啪啦,空气里有一股灰尘燃烧的味道。然后,针孔里传出一张闪烁的黑白图像,画面投射到对面的墙上。

X光照片显示了果实的内部,可以看到里面有许多苹果籽。

铜绿夫人高兴得拍起手来。

"真的能拍出来!"她喊着,"有了这台机器,莉莉将成为我们的 pièce de résistance(主打展品)。我们的巅峰杰作。"

莉莉盯着那个隐隐约约的苹果影像。它灰色的外皮肉眼可见地在慢慢干枯。如果 X 光摄影机能让一个苹果枯萎,那么它肯定也会对她产生同样的作用吧？她感到一阵眩晕恶心。

"如果多次被这台机器照射，那女孩怕是活不了多久。"德罗兹承认道。

"多久？"铜绿夫人问道。

"我估计六个月。"

"这么长时间足够让我们发财了。"

"对我而言，六个月也足够让我了解我想知道的有关她心脏的一切运作情况了。"德罗兹博士表示赞同。

屏幕上的图像忽隐忽现，投影仪的亮光熄灭了。德罗兹的眼睛转而看向房门，在莉莉还没来得及做出反应之前，她走过去打开门，发现莉莉蹲在门的另一边。

"莉莉，在钥匙孔里偷听的人从来不会听到好事。"她说，"现在你知道我们明晚给你安排的节目了。"

"我爸爸会来找我的，"莉莉说，"宪兵队应该已经给他带去了一封电报。他明天之前肯定会赶到法国，等他找到我，不管你们是躲在这里还是在天空马戏团，你们都会被抓起来的。"

"现在已经来不及了。"德罗兹博士说。

"全世界都在等着你登台，莉莉。"铜绿夫人补充说。

莉莉正要回答，有人敲响了房间的门。

来的是嘎吱先生，他手里拿着银质浅盘，盘上放着一个信封。"来了封电报。"他用低沉单调的声音说。

"那你读一下吧，嘎吱。"德罗兹博士命令道。

嘎吱先生打开信封，开始读了起来。

"警察搜查了马戏团，什么也没发现，句号。我们安全了，句号。"

"啊，太好了！"铜绿夫人大声喊叫，拍手叫好，"莉莉，你听到了吗？演出终究还是要继续的！"

这时莉莉立刻意识到铜绿夫人是对的，没有人来救他们。他们的计划即将进行到痛苦的结局部分了，如果有人必须来拯救她的朋友们，并阻止这邪恶的计划，那个人现在只能是她自己。

第二十三章

罗伯特、芒金和安捷丽卡一起坐在废弃药房肮脏的地板上，等着莉莉回来。在远处角落里的工作台下，其他几个人缩在一堆旧毯子上睡着了。所以只有他们三个听到走廊里的骚动抬头望去，正好看见莉莉被推进门来。

她脸色苍白，颓然倒在他们身旁，因为拼命眨着眼睛不让泪水落下来，眼圈都红了。"警察在马戏团里没有发现任何可疑的东西，"她说，"铜绿夫人她们等危险解除了，就会带我们回去。还会带上那台 X 光机。"恐惧刺痛了她的胸口。"我真希望爸爸能在这儿阻止这一切，"她脱口而出，"一想到他们要逼着我躺进德罗兹博士那台可怕的机器里……"她再也忍不住心头的酸楚，痛哭起来。"罗伯特，他们打算在演出中把我放进去。"她抽泣着说，"我刚刚看到那个东西了——它太危险了，我可能会死在里面。"

罗伯特一只手坚定地搭在她的肩上。"不会有事的,"他说,"我们会想出一个计划的。"

芒金跳到她的腿上,舔舔她的脸。莉莉吸着鼻子,擦了擦眼睛:"能有什么计划?铜绿夫人抓到我们的时候,把所有东西都拿走了。开锁器、你的字条,甚至我的怀表。我只剩下这些了。"她拿出妈妈笔记本上剩下的几张残页,还有她先前偷的两个茶匙,给他看了看。

"它们可能会派上用场的。"罗伯特说。

"是啊,会很有用的。"芒金哼了一声,"如果我们决定在接下来几小时里来个茶歇会,或者想读点东西打发时间的话。"

"芒金说得对,"莉莉说,"它们都没用。"

罗伯特摇了摇头:"不,我们会想到办法的。"

安捷丽卡别扭地挪了挪身子,把翅膀折在身后。

"也许你应该休息一下,莉莉!"她建议道。

"我心里太焦虑了,怎么也平静不下来,"莉莉回答,"现在脑子都不清醒了。我已经没了主意。铜绿夫人总是领先一步。我完全不知道该怎么救我自己,也不知道该怎么救出你们其他人,我想我现在就算躺下,也急得睡不着。"

"恐慌解决不了问题,"安捷丽卡说,"办法会有的,我保证。你先想想别的,"她建议道,"要不你给我讲讲剩下的伊卡洛斯的故事吧?"

"讲什么呢?"

"你当时停下来的时候，正好讲到他跳进了海里，我一直不知道后来发生了什么。"

"没有后来了。这就是结局，"莉莉说，"他淹死了。就是这样。"

安捷丽卡摇了摇头。"不，"她说，"我不认为是这样。我想这只是其中一种结局。这就是故事的美好之处——它们就像黏土，你可以把它们捏成你喜欢的任何形状。它们不一定总是一样。它们可以改变。"

莉莉向她靠过去。"不管书上是怎么写的？"她问道。

安捷丽卡点点头。"如果它们是有人大声讲出来的故事，"她说，"那么由谁来讲，谁就能决定怎么讲。你可以改写故事的结局。比如，你妈妈的故事。她留给大家的真正遗赠并不是那本笔记，莉莉，她留下了你。她因你而继续活在我们中间，她的故事也会因为你而流传下去。"

莉莉坐直了："但是这个故事……几千年来都是一样的，所以它应该就是这样的。你总不能随便改变故事吧，不是吗？按你认为合适的方式去改变它们？万事万物难道不都有一个固定的样子吗？"

"不，莉莉，世上万事万物的样子，都是你选择让自己想要看到的样子。"

"这是谁教你的？"莉莉问道。

"你教的，当时你原谅了我的背叛。你打开我们那间房门的时候，你给了我们另一个选择——要么和你一起走，要么留在我们的监牢里。"

"我不知道这个选择还存不存在。"莉莉说。

"还是一样的。"安捷丽卡告诉她,"你让我明白了我们真正的选择。即使他们把我们关起来,如果我们这儿是自由的——"她把一只手放在胸前,"如果我们的内心是自由的,他们永远不可能真正关住我们。"

"你可能是对的。"莉莉说。但她仍然不太确定。过去这几天发生的一切让她变得迷茫了,而且她现在又疲惫又害怕。坐在她身边的罗伯特和芒金一动不动,他们看起来好像也失去了希望。只有安捷丽卡深棕色的眼眸里还闪烁着一丝希望的火花。

"那你认为,伊卡洛斯的故事接下来发生了什么?"莉莉问她。

"我想,伊卡洛斯应该是获救上岸了,救他的是——"

"当地的渔民?"迪迪建议道。看来她已经醒了,而且刚才一直在听她们的谈话。

"他们照顾着他恢复健康。"卢卡补充说。他也醒了,在迪迪旁边坐起身来。

"伊卡洛斯在他们的渔村恢复了健康。"安捷丽卡说着,舒展开她的双翅,她的翅膀像羽毛被一样包裹着他们大家。然后莉莉发现席尔瓦和迪米特里也醒了,他俩正听着大家说话。"但他从未忘记他爸爸,"安捷丽卡说,"有一天,他决定要去找他爸爸。"

"代达罗斯可以飞去任何地方,"莉莉说,"他以为他的儿子已经淹死了，丧子之痛在他心里挥之不去，他一直思念着伊卡洛斯，一路飞到大洋彼岸的陆地上才降落。"

"伊卡洛斯觉得他爸爸应该回家去了，"安捷丽卡说，"回到他们以前住的老房子。"

这时，莉莉想起了欧蕨桥庄园，想到她自己的爸爸也在等着她回家，想到约翰现在该有多记挂着她。她希望他已经在赶来的路上了。她深吸了一口气，才开口继续讲下面的故事。

"他的老家很远很远，要穿过整个地中海，"她说，"伊卡洛斯需要一艘适合远航的船，不然就得想别的方法……但是渔民们不让他走。他们认为从天而降的他是个奇迹。在他到来之前，村子经历了很长一段时间的饥荒，他给他们带来了好运、渔获和金钱。所以他们想把他囚禁起来。"

"但他可是发明家的儿子，"罗伯特说，"而且他当初从头到尾看着他爸爸做出了那两对翅膀。"

"没错，"安捷丽卡说，"他们曾一起冲破过一个牢笼，所以伊卡洛斯知道，他一定也能冲破这一个。"

"他做他爸爸的学徒那么久了，"罗伯特说，"帮着安装过各种部件，他觉得自己应该能够凭借记忆做出翅膀，再次飞上高空，像当初和爸爸一起的那次一样。"

莉莉意识到现在每个人都加入了这个故事的讲述。"唯一让伊卡洛斯犹豫的是，"她说，"上次他差点因为那对翅膀丧命。他飞得离太阳太近，以致翅膀都熔化了。这样的风险可是致命的。"

安捷丽卡点点头，因为自己的经历，她对此一清二楚。"但也不会总是这样，"她说，"每次失败的经历，尤其是那种重大的失败——如果你熬过来了——就会让你变得更强大。你会从错误中吸取教训。你可以制订更好的计划。当初的错误越大，你就越坚强。事情的结果可能与你预料的相反，如果情况太糟，你就得调整自己前进的道路，再也不犯同样的错误。"

"这就像学习走钢丝一样，"迪迪补充道，"不要回头看，也不要往下看。如果你摔倒了，爬起来再试一次。但是最重要的是不要放弃，要不断往前走。"

"所以，"莉莉说，"伊卡洛斯从他爸爸那里学会了如何制作翅膀和如何飞翔，他也从自己的错误中学到了不要飞得离太阳太近。他已经万事俱备了。他打造了自己的双翼，出发飞向天空，而且记得这次不要飞得离太阳太近——他飞回了老家，去寻找他的爸爸。"

安捷丽卡笑了："故事就这样结束了？"

"是的，"莉莉说，"不过，或许这只是开始。"

她叹了口气："我希望如此……对了，铜绿夫人也有那把楞克的发条钥匙。如果我偷到的话，我们也许能迫使他停下来，或者不管怎样，至少让他出点故障，然而我就是没能拿到手。"

"她把钥匙放在哪个口袋里了？"罗伯特问道。

"什么？"莉莉说，"我不知道……左边。"

"她的左边还是你的左边？"

"她的左边。为什么问这个？"

"不为什么。"罗伯特手里攥着那对茶匙,"我有一个想法,也许行得通。"

听起来他信心满满。莉莉松了一口气。先是她给改造人讲故事,然后他们又一起讲了新的故事给她听,这多多少少让大家精神振奋了起来。这也把莉莉从她内心深处绝望的海洋中拉了出来,让她的心神重新集中到此时此地的现实状况上。

她希望爸爸已经收到罗伯特用电报机发出的消息,并且希望他已经出发赶来法国接他们,但是她知道,他也很可能没有收到,尤其是如果警察搜查了天空马戏团的现场之后,却没有任何证据显示她就在那儿,很可能就不会通知爸爸了。她想着安捷丽卡刚才说的,人们如何用自己的经历改变他们自己的故事,如何因为失败变得更强大。她还想到迪迪所说的不要放弃,要继续前进。

那台 X 光机如此危险,它很有可能在第一场演出中就置她于死地。但也许,只是也许,马戏舞台也能给她提供一个机会,让她得以大声说出自己的心声,向所有人证明,人类和改造人真的没有什么不同……

当她看着安捷丽卡、罗伯特、芒金、迪迪、迪米特里、席尔瓦和卢卡时,她知道他们都会帮助她。她也许无法指望警察或爸爸,但她和这里的其他小伙伴曾经一起努力过,她知道他们一定也可以再一次团结起来。

"我们必须在今晚的演出中逃走,"她说,"就赶在他们带我上台开始表演之前。我们需要借助你的翅膀,安捷丽卡,还需要罗伯特的创造力、我的心、芒金的速度和敏捷。"她看向其他人，"还有你们每个人的不同技能，全部结合在一起，就能保证这次成功逃脱。我觉得如果我们能通力合作，而且还能说服其他人也这样做，我们就会成功——我们只是以前没有尝试过而已。但我们必须成功，因为如果我被放进那台机器里，我也许没法活着出来再继续讲下一个故事了，而你们，也都值得过上比现在更像样的生活。我不希望这是我最后一次证明我们改造人和其他人没有什么两样的机会。我还得告诉爸爸我的感受，我……我的意思是我们……我们需要向大家表明我们的立场。"

第二十四章

　　等待仿佛无休无止。莉莉几乎一夜没睡，又饿又累。她、罗伯特、芒金和其他孩子整个上午都被关在这间废弃的药房里，没有吃的喝的，也不知道外面发生了什么事。

　　在下午晚些时候，铜绿夫人、奥吉和乔伊终于回来，打开了门，押着他们出了医院。

　　当莉莉和其他人被推搡回灵车后车厢的时候，她瞥见那台X光机赫然被固定在车顶上，这让她不禁心惊肉跳。然后他们出发了。

　　透过乘客室的后窗，她能看到德罗兹的后脑勺。博士要亲自去马戏团看看今晚的演出。莉莉紧张地在脑海中开始预演演出时候的各种情景，还有一切有可能出错的环节。她强迫自己把眼睛从博士的脑袋上挪开，看向窗外的街道。

他们这辆奇奇怪怪的灵车驶过巴黎的街道，路人投来不解的目光。车离布罗涅森林愈来愈近，莉莉心中的惧意也愈来愈深。她眼前的城市景象渐渐退去，眼前不远处就是林地了。透过溅满尘土的玻璃，她瞥见贴在树上的海报，那是今晚演出的广告。排山倒海的恐惧渗入她的骨髓，自己仿佛是和那架她专属的断头台一起，被运送到了行刑现场。

他们驶近天空马戏团营地那圈高高的尖顶木栅栏，穿过敞开的大门，驶过售票亭。在他们身后，马戏团的杂役们关上了大门。

马戏团的大帐篷和飞艇的平底船已经影影绰绰出现在灵车的窗外，车径直开到帐篷的边缘，停在演员入口处。楞克迈着沉重的步子走上前来，打开灵车的门。

"离演出时间只有一小时了，"铜绿夫人带着两个小丑出现在楞克后面，"从这儿进去，你们所有人，穿上演出服。"她恶狠狠地盯着着罗伯特。"至于你，小子，去帮其他人做好准备。"然后看向芒金，"至于这个叮当作响的长鼻子机械毛毯，把他关到笼子里或者随便哪儿，只要别让他出现在我的视线里。"

她走到一边，奥吉和乔伊把芒金和孩子们一个个拖出来。罗伯特是最后一个。莉莉看到他脸色苍白，脚步虚浮，疲惫不堪。当小丑把他从灵车上扯下来的时候，他踉跄几下，跌到旁边的铜绿夫人身上。

"滚开，你这个笨蛋！"她大喊着把他推开。

莉莉赶紧抓住他的胳膊，免得他摔倒，他站直了身子，脸上的表情有些不自然。

乔伊和奥吉把他们领进帐篷的时候，铜绿夫人已经绕到蒸汽灵车的另一边，和等在那儿的斯林木德说起话来。

在后台，奥吉和乔伊把芒金锁在帐篷后面的一个大宰畜笼里，那地方看起来大到足够装下他们所有人，就好像是专门放在这儿，来防止他们逃跑的。

"现在换衣服吧。"他们对莉莉和其他孩子说，他们和楞克一道在孩子们中间来回踱着步，盯着他们以确保他们不要动什么别的心思。气氛安静而沉闷，楞克正密切监视着每个人，其他的杂役则暗中守在后台区域的边缘。一直没看到德罗兹——莉莉猜测她已经混入前面的观众人群里去了。罗伯特开始帮莉莉找演出服装。当没人看着这边的时候，他向她露齿一笑，摊开手露出了掌心的东西。那是楞克的发条钥匙。

"你怎么弄到的？"莉莉惊呆了，大气也不敢出。

"靠魔法呀，"罗伯特说，"还靠一点手速——当时我们从灵车里出来，我故意跌到铜绿夫人身上那会儿，顺手就从她口袋里掏出来了。"

"她不会注意到钥匙不见了吗？"

"这就是我天才的地方了。我把你给的那把茶匙放回她口袋了。两样东西的大小和重量都差不多。"他又对她笑了笑。"现在有了这把钥匙，我们就可以强制楞克停下来。"他解释说，"然后我们可以把他拆开，修改他的程序，让他在演出中失灵。你记不记得到底需要把他大脑的哪一部分用齿轮卡住？"

"我记得是运动皮层。"莉莉咬了咬指甲。她有点不确定。

"你确定吗？"罗伯特问道。

她突然眼睛一亮："没错。妈妈的笔记上也写了这个的。但是首先，我们要怎么才能抓住楞克，而且所有人都盯着我们呢，要怎么才能完成后续这一切呢？"

罗伯特耸耸肩："我不知道，但我们现在有一小时的时间，演出本身也要进行将近一小时，我们在这段时间里想想办法吧。"

罗伯特的这个计划让莉莉感到很不放心——但他们现在也只有这么一个计划，而且无论多么不放心，她也没有更多的时间来讨论这个计划了，她这会儿必须快点穿上她的演出服装。

她穿上铜绿夫人为她挑选的那件闪闪发光的白色连衣裙，还穿上一双备用的芭蕾舞鞋，这双鞋几乎和安捷丽卡的那双一样。她仍然不知道她在那一幕表演中到底要做些什么。一想到要走上台去面对那台 X 光机，她心里就无比惶恐，谁也不知道后面还会发生什么。即使她和罗伯特的计划成功了，那也将是一步险棋。

她穿好衣服，在梳妆台上找了一条缎带把头发扎好。收拾妥当后，她朝着镜子旁边的朋友走去。

安捷丽卡已经换上了她的紧身连衣裤和装饰着白色丝带的芭蕾舞鞋。她把头发编成辫子，用梳妆台抽屉里的玻璃珠子穿在头发上。她现在正用化妆调色盘给眼睑涂上闪闪发光的颜色，用另一个满是红色颜料的调色盘给脸颊扑上腮红。

最后她转向莉莉，握住她的手。

"我给你也涂点眼影吧。"她紧张地笑了笑。

莉莉闭上眼睛，真希望轻柔的化妆刷能刷去她的烦恼。当安捷丽卡给她化妆时，莉莉能感觉这个长翅膀的女孩双手在颤抖。

安捷丽卡给她化好了妆，莉莉睁开眼睛盯着镜子里的自己。她吃了一惊，因为她看起来成熟多了。安捷丽卡给莉莉化的妆色和她自己的一样，所以莉莉的眼睛和她的眼睛一样闪亮，脸颊也一样红润。她甚至在莉莉的头发上也穿上了和自己头发上一样晶莹剔透的水晶饰品。在镜子里，肩并肩的两个人看起来就像是双胞胎，一样的妆容，一样坚定的面孔，只是肤色不同而已。莉莉觉得这个场景就好像是别人眼中的她变成了真人，活生生地站到了她眼前一般。她有些紧张地把眼睛移开，四下环顾，看了看其他人。

其他人都紧张地换上了自己的舞台服装，迪米特里穿着他的马靴，席尔瓦脖子上系着围巾，迪迪和卢卡穿好了演出的盛装。只有罗伯特还穿着粗糙的工作服，芒金也还是那身邋遢的红皮毛。反正他们两个都不参加演出。

等大家都打扮妥当之后，楞克把改造人和其他孩子赶到一起，全都锁进那个关着芒金的宰畜笼里。

过了一会儿，其余的演员也被从房间那边领了过来，在化妆台前各自化妆。大家脸色苍白，紧张不安，时不时地瞥一眼关在笼子里的孩子们，不知道马戏团班主和铜绿夫人到底打的什么主意。

终于，斯林木德和铜绿夫人穿着他们的演出服出现了。铜绿夫人把阳伞靠在化妆台上，开始对着其中的一面镜子往自己脸上粘胡子。胡子全部粘好时，她几乎换了个人一样，莉莉记得她是演出中的一个人物——他们第一次在马戏团见到她的时候，她被叫作狮鬃夫人。

狮鬃夫人双手拍掌，斯林木德吹响了哨子。"大家围过来！"他喊道。

所有人都停下了他们正在做的事情，走到更衣室的中央，全神贯注地看着他和狮鬃夫人。

纽扣夫妇和其他马戏团演员以及几个表演家庭都来了。罗伯特从这个特殊牢笼的栅栏中正看着他们。他们看到关在笼子里的孩子们时，眼里满是极度的恐惧。看上去他们也不知道该怎么办了。

尽管狮鬃夫人的嘴几乎被假胡须遮得看不见了，她说话的声音仍然很大："我想要告诉大家，我很高兴我们成功邀请到了我们的新成员，哈特曼小姐，她将是我们今晚演出的 petite surprise（小惊喜）。我已经决定她的 nom de scène（艺名）叫作柯拉·华伦蒂诺，她会是有史以来最为惊心动魄的演员！"她顿了顿，扫视周围的人群，想看看有没有谁敢反驳她——但一个都没有。

"你们其他人必须拿出最佳状态，尽你们最大的能力来辅助她的明星节目。我希望这个演出最终是 le plus beau（美轮美奂的），我希望人们在一百年后还会对今晚的演出津津乐道！为了实现这一目标，每个人都要完全服从我的安排，听我指挥。"她向他们挥了挥手，"记住，这地方我说了算。我告诉你们该怎么做，你们就老老实实照办。"

人群里一阵窃窃私语。罗伯特记得他妈妈曾经给他说过，演出前的时间通常是给演员们聚在一起联络感情、培养默契的，但在面前这个天空马戏团，似乎是用来威胁和指责的。

"至于这些孩子，"狮鬃夫人指着席尔瓦、迪米特里以及那些改造人，"他们企图在我们非常重要的首秀之前溜走……他们罪无可赦——今晚不会饶了他们，永远都不会饶恕他们。我决定先让他们参加表演，到时候听我指挥就行，就跟平时一样。等明天，我们再讨论对他们的惩罚。"

"不，求你了！"布鲁诺和吉尔达·纽扣一起高喊着，冲到狮鬃夫人跟前，"他们并没有做什么坏事。放了他们吧，就让他们和我们待在一起吧，我们一定会好好照顾他们，一定让他们规规矩矩的，我们保证。"

"他们帮助了那些改造人，"斯林木德说，"我们这里禁止和怪物交往。"

吉尔达泪流满面。她向笼子里的席尔瓦和迪米特里伸出手去，但奥吉和乔伊抓住她的胳膊把她拉开，将她推回人群中。

狮鬃夫人转向其他的演员："不守规则的人就是这种下场。受伤的不只是你，还有你爱的人。你们所有人都给我记住这一点。"狮鬃夫人从裙子口袋里掏出莉莉的怀表，查看了一下时间，"离演出开始还有十分钟。现在出去，逗观众开心一下吧，让我们打造一场有史以来最最精彩的演出。如果搞砸了的话，我发誓，一定会有可怕的后果落到你们每个人的头上！"

人群惊惶散开，低声议论着什么。大家还在担心地望着关在笼子里的孩子们，可是没有人再敢靠近。

时间不多了。莉莉感到一阵难言的恐惧，她意识到他们只有大约六十分钟来实施他们的计划，然后就会轮到最后那个节目，她就会被带到台上。

她想起了爸爸，他还在欧蕨桥的家里等着她；想起了托里和朋友们，她失踪的那天（也是她生日那天）正在她家；想起了他们没能和她一起庆祝的生日，也许他们再也不会有机会了。她也想起了笔记本上那些已经被撕坏的日记。她现在需要妈妈的勇气。

她手头的残页只剩一页还没看了。她把那一页拿了出来。她注意到，这正好是笔记的最后一页，因为它是妈妈去世的那天写的：

1889 年 10 月 30 日，星期三

河滨步道，切尔西

今晚我们全家要出门吃晚饭，庆祝即将离开伦敦。我要穿上那条红色塔夫绸连衣裙，莉莉非常喜欢这件。她待会儿也要和我们一起去。

她坚持要把我今年夏天在海滩上送给她的菊石带着。

她走到哪里都带着它。她喜欢把它拿在手里，在指间翻来翻去，就像变魔术似的，让有鹦鹉螺的那一面一会儿出现，一会儿又消失。

我对约翰搬到欧蕨桥的计划很不放心。他总是想要逃避事情。我想这就是他要我们搬家的原因。他对我们认识的每个人都隐瞒了我们的新家地点，我在猜他这到底是为什么。他是遇到什么麻烦了吗？我知道他和西蒙最近一直在为生意上的事情争执。

我看了一眼窗户，外面在下雪！伦敦很少下雪。而且是在10月——这似乎是一个奇怪的兆头。想想看，两个月前我们还在海滩玩，天气还那么好。

我发现了一些约翰自己都没有意识到的事情。他不能一味逃避他的问题。无论他躲去哪里，那些问题总还是在那儿。无论他走哪条路来躲避它们，它们都会在那条路上等着他。待会儿吃晚餐的时候，我就打算跟他说说这些。我们不应该这样仓皇逃离伦敦，不管他和西蒙出了什么问题，我们都应该留下来解决。

我需要多一点信心来说出这句话。但我必须说。无论有多么困难，诚恳地表达出我们内心深处的真实，永远是让心灵获得自由的唯一途径。

如果我们自己都学不会这一点，我们又怎么能教会我们的女儿呢？

等我晚上回来以后，再接着写吧。

但她再也没写后面的部分了，因为那天是她生命中的最后一天。那天，一切的一切都被永远改变了。那天，莉莉得到了齿轮之心，变成了一个改造人。

她轻轻地抚摸着胸口隐隐发痒的伤疤，那是那场事故留下的。

妈妈说得对——不管她要面对的麻烦是什么，她再也不能逃避了。她不得不学着与它们共生，学着和那些让她与众不同的东西共生——那些她失去的东西，还有那些她得到的东西。

妈妈写的那些字句，就像水落在了沙漠里，现在已经流尽了，结束了，消失不见了。但是，其中有一句话一直回荡在她脑海中，无论有多么困难，诚恳地表达出我们内心深处的真实，永远是让心灵获得自由的唯一途径。

罗伯特受不了这样一直干等着。他站起来，像一头饥饿的狮子踱来踱去。笼子的另一边被推到了幕墙上，他能听到隔着幕布从另一边传来的声音——孩子和大人找到座位时兴奋的叽叽喳喳声。熟悉的手风琴演奏着欢快的吉格舞曲，还有长笛和小提琴伴奏的乐声从前面的场地飘来。

帆布墙上有一个小孔，正抵在笼子边上。罗伯特把眼睛贴上去往外看了看。

大帐篷里已经满是人了。奥吉远远站在表演场地的另一头，守着他的糖果推车，向排着长队的顾客兜售商品。在五颜六色的灯光下观众开心地笑着，看小丑乔伊耍着各种小把戏。还有许多新来的观众正在往帐篷里走，罗伯特不知道他现在隔着帐篷布对他们大声呼救的话，他们能不能听见。但是很快他就意识到应该行不通，因为呼叫声会被热闹的音乐声和观众兴奋的谈话声完全掩盖。

戏班的其他人在舞台幕布旁排成了一行。他们向人群挥手致意，但是脸上的笑容都很勉强，时不时忧心忡忡地回头看看后台的方向。他们显然是想到了席尔瓦和迪米特里，还有所有被关在笼子里的孩子们。但是狮鬃夫人的威胁足以阻止他们前去救援。

等所有观众就座妥当，表演者们穿过幕布回到后台。他们一走出观众的视线，笑容瞬间消失不见，只剩满面忧色。

与此同时，奥吉和乔伊开始按他们的常规安排继续表演，绕场逐一熄灭了挂在帐篷柱子上的油灯。

夜幕降临，笼子里的孩子们想着前方等待他们的厄运，不住地颤抖着。

很快，最后一盏灯也被熄灭了。

罗伯特感到异常紧张，肚子里就好像有无数碎玻璃做成的蝴蝶在拼命飞舞。

不管结局是好是坏，这场演出就要开始了。

第二十五章

斯林木德和狮鬃夫人穿过幕布走到聚光灯下。罗伯特和莉莉透过幕布上的洞看着他们。当那两人沿着铺满锯木屑的场地开始反向绕场的时候，莉莉在前排人群中搜寻着德罗兹博士，但哪儿都没发现她的身影。

斯林木德解开他那件红色燕尾服的纽扣，向前大步走去，另外一个方向的狮鬃夫人则轻轻抖开她的金发和假胡子。她身上穿的还是欧蕨桥演出时穿的同一件朱砂裙，拿着同一把条纹阳伞。

和之前的表演流程一样，斯林木德和狮鬃夫人在 VIP 观众席的正前方会合，然后高高举起他们的双臂。

"MESDAMES ET MESSIEURS！（女士们，先生们！）"狮鬃夫人大声喊道，"Je m'appelle Madame Lyons-Man.（我是狮鬃

夫人。）"

"我是斯林木德！"斯林木德补充道。

"Bienvenue dans notre cirque，pour un spectacle MAGNIFIQUE d'un qualité UNIQUE!（欢迎来到我们的马戏表演，今晚的盛大演出，举世罕见！）"

还有不少用法语说的话，但罗伯特几乎没听。他必须在整个马戏团成员都专注舞台、无暇他顾的时候做些什么，他必须抓住这个机会——也许他可以和马戏团的其他人谈谈，也许他们会帮忙的。

他从幕布上的洞前挪开，看看后台还有不少成年演员，他们正像茫然的苦役犯一样无意识地四处游荡着。罗伯特向他们招了招手。

"请听我说！"罗伯特悄悄地说。

芒金也过来帮忙，发出轻轻的吠声来引起他们的注意。

有几个马戏团成员闻声立刻停下手里正在做的事情，比如，布鲁诺和吉尔达·纽扣。

虽然他们还是背对着他，但他可以看到他们在他说话的时候不自在地挪动着，他能看出他们确实正在听他说。

"你们之前可能以为，只有莉莉和我，以及那些改造人孩子，会被狮鬃夫人和斯林木德惩罚，因为我们不属于你们马戏团家庭，但是，现在你们都看见了，他们对你们自己的孩子也是一样。"

他们谁也没有转身。于是他又继续说下去。

"如果你们保持沉默，那么你们就是同谋。而且，最终当他们发现你们哪怕对自己人也不会奋起捍卫的时候，他们接下来就会对你们下手了。"

莉莉走过来站在他旁边，握住他的手："看看你们周围，"她轻声说，"你们以为你们自己的处境还没有那么糟糕，因为你们还没有像我们一样被关在笼子里。但是，大家扪心自问，你们真的在笼子外面吗？你们是不是也被困在另外一种牢笼里？"

"你们今晚的选择可以带来巨大的改变，"罗伯特小声补充道，"我们有一个计划，或许可以帮助我们所有人都一起逃离这里。如果你们准备站起来，帮助我们，出一份力，那你们不仅会救出我的性命，救出莉莉的性命，你们也会救出你们自己的。"

就这些了，他想说的就这些。他希望他们都听进去了，那样的话，当孩子们开始行动的时候，大人们就会伸出援手。如果他们还是无动于衷，他、莉莉和其他孩子就只能靠自己在黑暗中摸索求生了。

乐队开始演奏起刺耳的串场音乐，这意味着，表演的介绍结束了，每个人都很快地回到自己的位置。狮鬃夫人和斯林木德说完了开场台词之后，一起大步走了回来，楞克紧紧跟在他们身后。

奥吉和乔伊还在场上，表演着小丑的把戏。这一段演出结束后，接下来的几个节目也次第上场。然后狮鬃夫人走了过来，把席尔瓦和迪米特里从笼子里放了出来。

"席尔瓦，"她说，"你现在和你父母一起上场。迪米特里，你在他们之后上场。去把马准备好。"

席尔瓦加入了布鲁诺和吉尔达·纽扣的队伍，他们在幕布后面等着。音乐响起，这是杂技演员上场的信号，斯林木德在他们进入场内时宣布道："MESDAMES ET MESSIEURS! Nous vous présentons（女士们，先生们！请允许我介绍）……神奇的弹跳无敌的纽扣一家！"

狮鬃夫人、乔伊、奥吉和其他马戏团杂役都走了出去，和斯林木德一起在现场观看表演的进展情况，只留下楞克一个来看守莉莉他们。现在机会来了。如果不抓住这个机会，可能就永无可能了。谁也不知道什么时候就会有人回来。

罗伯特给在笼子外面正在准备马匹的迪米特里发了个信号。迪米特里蹲了下来，当他再次出现时，手里拿着一段套索。

他蹑手蹑脚地绕过马的前面，掷出套索——看着它在空中落下，一下就套住了楞克的脖子。

他飞快地把绳子绕在笼子的一根栏杆上，把绳子的另外一端往回一扯，系在马脖子上。然后他用力拍打马匹的肋腹，让马向前冲去，将楞克拉倒在地。那个机械人当即被咣当一声拽得直接撞到笼子上！

幸运的是，这声摔倒的巨响被观众的叫声和音乐声完全盖过了。

楞克挣扎着想要站起来，但他还没来得及，莉莉就把围巾扔过去遮住了他的眼睛，这样他就看不见了，罗伯特趁机把发条钥匙插进他的后脑勺，往错误的方向用力拧去，心中只希望莉莉之前说的这个方法是对的，希望能真的紧急关闭机械装置。

楞克张开嘴，发出一声尖叫，幸好莉莉的围巾还蒙在他的脸上，传出的声音不大。然后他的四肢就停下不动了。

"他停下来了，"罗伯特低声对莉莉说，"现在我们需要把他拆开。"

他用发条钥匙的手柄拧松了楞克后脑面板的螺丝，然后用茶匙的匙柄，把面板撬开。

他们眯起眼睛，仔细观察楞克的发条大脑内静止不动的内部结构。

在细弹簧、齿轮传动链、平衡轮、叉形销和擒纵机构之间，罗伯特找到了他认为可能是初级运动皮层的部分，开始用勺子和钥匙作为工具，拉出齿轮并进行了一些调整。在完成之前，他又重置了楞克机械大脑中间计时器上的一些刻度盘。

"我把他的系统崩溃时间定在五十分钟后，"他向所有人解释说，"差不多就是他们来带莉莉上台去表演的时候。那时，楞克会和你一起走进表演场地，莉莉。当你看到他的眼睛开始不停地眨呀眨，你就要尽快跑开，因为我也不知道，当他的系统出现故障时，他会做出什么来。"

卢卡和迪迪一想到将要发生的事情，真是又惊又喜。安捷丽卡忍不住笑了。迪米特里扭头瞥了一眼，查看有没有别人听见。其余的表演者则都在窃窃私语，对他们的胆大妄为感到震惊。

罗伯特尽可能快地合上了楞克脑袋上的面板，又给他上好发条。然后，他、迪米特里、卢卡和莉莉解开了楞克脖子上的绳子。在迪迪和安捷丽卡的帮助下，他们使劲把这个笨重的机械人从笼子上扶起来站好。

罗伯特听到斯林木德还在场地上给大家讲解现场表演："看呀！纽扣一家会像弹起的弹珠一般跳跃！请大家见证他们闪耀全场的瞬间，这会是天下最大胆的杂技表演，请上跷跷板！"

这个衔接真是天衣无缝——这句话一出，楞克就该带着跷跷板出场了。他正好摇摇晃晃苏醒过来，听见指令，像喝醉了似的抓了抓头，然后便拿起了跷跷板，嘎吱作响地走上台去。罗伯特只希望，当设定好的那一刻到来时，计时器会如期启动，他重新设置的程序会奏效。他已经尽他所能了。

一幕接一幕，演出继续进行着。

随着演出越来越接近尾声，莉莉在聚光灯下登台的那一刻也越来越近了，笼子里的孩子们、在后台转来转去的马戏团演员和杂役们都变得更加焦躁不安。秩序开始混乱起来。有些演员显然已经把罗伯特和莉莉对他们所说的话听进去了，有些人拒绝上台表演。

透过笼子的栅栏，莉莉可以看见演员们和斯林木德争吵着。他已经被迫把几个演员的节目从节目单中砍掉了。

"这可不是好事，"她急躁地对罗伯特和安捷丽卡说，"演出的时间会被缩减的。在演出按常规时间结束之前，楞克都不会出故障的，而我那时就已经提前躺进那台 X 光摄影机里了。"

"我们需要想点什么办法来拖延时间。"罗伯特说道。

"你们想要我在空中待多久，我就能待多久。"安捷丽卡说，"延长我的演出。拖一拖时间，这样就可以按照计时器的时间进行最后一个节目了。"

"你愿意为我们这么做吗？"芒金问道。

安捷丽卡点点头："这也许是我唯一一次改变马戏团现状的机会。让每一位观众真正了解这里发生的一切。"

"谢谢你。"莉莉和罗伯特一起小声感谢了她。

芒金用鼻子拱了拱安捷丽卡的手掌，也向她道谢。

安捷丽卡的音乐响了起来，斯林木德已经在前面开始介绍演员："女士们，先生们，请看今晚两位压轴表演者中的第一位！一个如此神奇的怪物，一个如此梦幻的改造人，人们把她称作英格兰的仙女公主……"

他继续滔滔不绝地说着，而安捷丽卡在轻轻颤抖。

"在你这幕结束时，停在空中不要下来，"罗伯特说，"他们到时候不得不让你继续演下去。"

安捷丽卡点点头。她脸上的表情突然紧张起来，手也在颤抖。莉莉认为她应该试着说点什么来安抚这位飞天少女的恐慌。

"你所要做的就是，"她突然开口说道——这话既是对安捷丽卡说的，也是对她自己说的，"抓住机会，踏入光明。"

罗伯特点点头。"想想伊卡洛斯的故事,"他说,"一旦跌倒了,一定要自己站起来再多试一次。最终你会获得自由。"

"我也觉得,只有这样,才能摆脱无穷无尽的折磨和欺凌……"安捷丽卡说。

罗伯特笑了:"他们长期以来的诡计就是分裂你们,然后各个击破。故意区别对待,让一部分人害怕和憎恨另外一部分人。如果大家不能团结起来,那么斯林木德和铜绿夫人就永远不会被打败。"

"但现在你有机会去打败他们了,"莉莉说道。她发现迪迪、卢卡和迪米特里也在听。"大人们现在都信任你,安捷丽卡,因为你作为改造人,救了一个普通人。而斯林木德和铜绿夫人,他们都是大恶棍。和其他的恶棍没什么区别。我们可以一起打败他们。"

"你说得对。"安捷丽卡点点头,在笼子中间踱来踱去,扶着手杖的手放松了一点,"其实在这一切发生之前,我就和别人有些不同。也许是他们把我变成了一只鸟,给了我翅膀,但也是同样一群人把我关进笼子里,他们不配得到我的忠诚,也不值得我去害怕他们。"

她的脸色已经恢复如常,莉莉感到一丝安慰。但是,她的思绪立刻就被打断了,因为铜绿夫人气势汹汹地掀开幕布,带着楞克直冲过来。她打开笼门,把安捷丽卡拖了出来,推搡着她走向表演场地。

莉莉看着她的朋友离开,安捷丽卡的背比以前挺得更直了一些。她又看了看周围的每一个人——现在大家看起来都没那么沮丧了。他们都站了起来，准备等莉莉上场就冲到场地里打响战斗。她的目光落在罗伯特和芒金的身上，他们是她最好的朋友，他们和她一起经历了过去的每一次冒险，在楞克出故障的时候，她知道他们会尽责尽力地把她救出来。

安捷丽卡之后就轮到她了。现在除了等着上场，她别无选择。

安捷丽卡演完她的节目后，没有回来。莉莉只能认为她留在场内的木梁上，拒绝下来。她希望那个长着翅膀的女孩能像他们计划的那样，在时机成熟时，发动突袭来营救她。

但是她没有时间再细想了，因为铜绿夫人已经又冲了过来。她打开笼子，先把莉莉拉出去，然后把罗伯特也从笼子里拽了出去，把他交给乔伊和奥吉，他们俩推着他往帐篷的后门走。

"你们干什么？你们要带他去哪儿？"莉莉冲着铜绿夫人尖叫。

"奥吉和乔伊会把你的朋友放进猛兽笼的喂食室，"铜绿夫人解释道，"如果你在表演场地里耍花招，比如，从我身边逃开，或者企图提醒任何人你是被囚禁在这里的，那么，我们就把他喂给那些猛兽。"

"你不能这么做！"莉莉说。

"如果你乖乖照我们说的去做，我们就不会。"铜绿夫人回答。

"那台机器很危险，"莉莉试图跟她再争取一下，"它会让我生病，使我虚弱，最后我就没法再为你工作了。"

铜绿夫人耸耸肩："一两次不会有问题的。德罗兹说过，那台机器的杀伤力至少要积累六个月的量才会致死，到那个时候，我和斯林木德就已经挣够了钱，不再需要这个马戏团了。"

"我并不怕死，"莉莉对她说，"我已经和死神三次擦肩而过了——我逃过了一次蒸汽马车事故、一次近乎致命的枪击，还有一次在泰晤士河差点溺水而死。就算这次你是想要我的命，我确信我也能挺过去。该害怕的人是你。当我摆脱这一切的时候，你一定会后悔你所做出的选择。"

这些话就像一块盾牌，把威胁反弹回去，但莉莉的内心却没有因此放松下来。她此刻感到弱小而疲惫，像一只折断了翅膀的鸟，仿佛这最后一场战斗让她精疲力竭，仿佛已经败下阵来。

表演场地内的乐队开始演奏一首新曲子。这应该是给她安排的开场音乐，因为在音乐声中她能听到斯林木德正对观众说："女士们，先生们，你们即将目睹一个全新的压轴节目！"

她记得，当她第一次见到安捷丽卡的时候，她那时坐在幕布的另一边听到几乎相同的话——而现在，她在这里，就像她的朋友一样被困住了。这次不是一个长翅膀的女孩被禁止自由飞翔，而是让一个拥有天下最强心脏的女孩被迫参加一场没心没肺的残酷表演。

铜绿夫人领着她走到幕布前，楞克迎了上来，在另一边挡住莉莉让她无处可逃。莉莉紧张得要命。她不想踏进那台机器。她不想独自面对死亡的危险，但她不能回头。她怎么能让他们的威胁得逞，怎么会让他们有理由拿罗伯特去喂猛兽呢？她不由自主地想着，爸爸为什么还没来？或者任何其他人？是他们的电报传丢了吗？观众中难道谁也没发现这里出了什么事吗？

外面的舞台上，斯林木德还在大声吆喝着。"天空马戏团有史以来最神奇的怪胎即将登场！"他宣布，"她是不可思议的怪物！令人瞠目结舌的改造人！机械时代的奇迹！这次表演可是千载难逢，看见的人都会以为自己还在梦里。没有一个正常人能做到对她视而不见！这是人与机械装置的魔幻结合！在我们全新的 X 光摄影机下，让我们共同见证她的秘密。那个深藏在她体内的惊人的机械造物即将在你们面前震撼揭晓。你将看到前所未见的血肉与钢铁的完美融合。我即将为你们呈上最后一个节目，这位女孩，她失去了心脏，却还能活生生站在我们的面前，她就是柯拉·华伦蒂诺小姐！"

幕布拉开，聚光灯扫过整个表演场地，向他们急射而来，雪亮的强光使莉莉完全看不见她前方的任何东西。就在此时，铜绿夫人用力一推，把莉莉推到她前面。莉莉猝不及防，站到了面前闪闪发光铺满锯木屑的舞台上。

第二十六章

铜绿夫人和楞克带着莉莉在场地中穿行。场内乐队的节奏越来越快，每个音符都变得更激越。倾泻而下的小提琴声烘托着大家的期待之情，鼓声急促，像莉莉的心跳一样猛烈，手风琴则应和着帐篷里人们的嘈杂私语，奏响高低参差的音符。

莉莉环顾四周的观众。帐篷里坐得满满当当，甚至还额外增加了许多座位，连过道里都坐着人。她在这些人当中期待地寻找着爸爸，但是观众席上的光线太暗了，加上她此刻内心急剧的恐慌，让眼前人们的面孔变得模糊不清。

在表演场地的中央，她震惊地看到德罗兹博士正站在 X 光机旁边摆弄着上面的操纵杆和刻度盘，机器嗡嗡嗡地响个不停，就像一只机械蜜蜂。舱盖上的管子里闪过一道噼啪作响的闪电，散发出一股让人窒息的气味，在空气中弥漫开去，观众不禁低声抱怨起来。

恐惧像融化了的变质黄油一样，从头到脚渗入莉莉的身体里。她胸口的伤疤刺痒，手臂汗毛倒竖。

他们待会儿就要用这台机器给她的齿轮之心拍照，而她还清楚地记得那个惊悚的事实：机器开动时候散发的辐射量，可能会致人死亡。

观众在座位上不安地挪动身体，紧张地咳嗽着，惊恐地瞪大眼睛打量着莉莉。然后大家纷纷交头接耳，小声议论起来。莉莉听到几句她听不懂的法语，但他们的语气里流露出来的大抵是畏惧和痛苦——虽然他们好像还不确定自己接下来即将看到的是什么，但眼前这些已经把他们给吓坏了。

X光机又发出一阵可怕的嗡嗡声，放映机也咔嗒咔嗒地响起来。铜绿夫人和楞克押着莉莉走到机器旁。

楞克把莉莉推进机器里面的时候，她听到他头部的齿轮传来异样的嘀嗒声响。为什么他还没出故障？设定的时间不应该就是……现在吗？

可是什么也没发生。

莉莉感到一阵眩晕恶心。看来就是这样了。计划失败了，她就要被他们塞进这台机器里去了……

罗伯特被塞进一个狭窄的金属喂食室，喂食室的另外一端通向笼子里。刚才莉莉被带去参加最后那个节目，她刚走，奥吉和乔伊就来了，把他从宰畜笼带到货舱那里的猛兽笼。野兽们刚刚完成了节目回来。可能是因为在场地上表演时被楞克各种戳来捅去，此刻的野兽们看起来特别狂躁。

"你们这是要干什么？"罗伯特尖叫起来，可是奥吉和乔伊砰的一声关上了笼门。"你们不能这样！之前说的是除非莉莉犯了错才会处罚我！"

"之前说什么都无所谓啦，"奥吉说，"现在是食投间时。我们总会在它们表演完之后喂点吃的，今晚它们会肉吃你的，骨啃你的！"

"这些野兽从欧蕨桥演出后就没有吃过东西，之前可能也饿了好几天。"乔伊解释说，"它们饿得焦躁不安，需要来点晚餐。你只是小鱼小虾，罗伯特，成不了人生赢家。你活着也只是苟延残喘——不如提供它们一顿晚饭。"

奥吉拉动了一个压杆，一扇金属门在罗伯特面前腾空而起。然后乔伊从栅栏间伸手进来，从他背后猛推了一把，一下把罗伯特推得跌进了主笼里。两个小丑根本没等看他们这番恶行的后果，自顾自转身大步走掉了，笼子的钥匙在乔伊手里，一路摇得叮当作响。

罗伯特站起身来时，瞥见笼子深处黑暗角落里的狮子、老虎和熊，它们的身体显得很僵硬，摆出警戒的姿势。他心怀恐惧地意识到，它们已经发现他了。

他转过身，使劲敲笼子的门，但门打不开。栅栏很结实，岿然不动。

猛兽们疑心重重地看着他，在尘土中怒吼着。它们平时遇到那些进到笼子里来的人会抡起大棍子打它们。但很快它们感觉罗伯特跟那些人不一样，于是它们慢慢地、小心翼翼地向他走去。罗伯特开始发抖，恐惧席卷了他，他体内的每一根筋骨都在颤抖。他烦躁不安，背上汗如雨下，皮肤上的每根毛发都变得湿漉漉、滑溜溜的。

他再次转过身，试图从栅栏的缝隙里挤过去。缝隙宽度足够他的身体挤过去，不过也绷掉了他衬衫上的纽扣，但他的头还是太大了，挤不出去。他能感觉到铁杆嘎吱作响地挤住他的头骨两侧，刮在他的耳朵上。他放弃了，狼狈地退回栅栏里。逃出去是不可能了。他不得不面对它们。一头野兽就在此时发出了可怕的吼叫。

"现在我们的技术助理马上会启动 X 光机，"斯林木德对大家讲道，"一旦启动，这台机器的辐射量非常大，这意味着，对任何正常人来说，靠近它都是致命的。在表演结束之后，我们这里的铁皮人，"他指的是楞克，"会去关闭机器，再把我们这位怪物女孩从机器里放出来。"

莉莉此刻难受得不行。她被卡在机器沉重的盖子下面，脖子被顶盖上的金属环牢牢扣住，她的头现在几乎无法转动，只能看向她的正上方。莉莉看见了德罗兹博士，她正轻轻拨动机器上的开关，又看了看旁边的几个刻度盘，然后走出了莉莉的视线范围。

机器的嗡嗡声提高了八度。莉莉全身汗毛倒竖，机器发出的静电冲击一下传遍了她的全身，力道强烈得足以让她的牙齿全部震颤起来。她惊恐地看着面前，几道闪电般的电流像蛇一样缠绕在机器的黄铜导电杆上，悬浮在她的胸前，闪烁着穿过玻璃管，最后扎进一个悬挂在她脚上方的金属盘里。

突然，机器一阵晃动，莉莉胸腔内部的影像出现在她头上鼓鼓飘动的白布上。

观众吓得倒抽一口冷气，她那颗机械心脏赫然在目，机械齿轮和轮子转动着，把血液纵横交错地挤进每个腔室，就像生物泵在驱动着一架座钟。

"看看她心脏里这些管道、传动装置、弹簧、轮子、栓针和齿轮，"斯林木德继续说，"它们不仅是在计算她存在的每秒、每分、每时，还解析了流过她身体的血液，创造着她生命中每一个美妙的跳动时刻。如果我们仔细听的话，甚至还能听到这颗怪物心脏发出不可思议的嘀嗒声。"

他说完这句话，德罗兹博士就把一个喇叭状的扩音器放上莉莉的胸口，心脏跳动的嘀嗒声瞬间响彻全场。

怦怦——嘀嗒

怦怦——嘀嗒

怦怦——嘀嗒

怦怦——

声音在帆布帐篷里回响，盘旋在观众席上方，无比响亮，无比清晰。就像你把头贴在别人胸前听到的那种从身体深处传出的心跳声，就像你拿着手表靠近耳朵听到的嘀嗒声。莉莉心脏发出的这声音，同步配合着投射在屏幕上那影影绰绰的透视影像——有血液，有骨骼，有发条。

莉莉的身体被这能量场刺激得不轻。她感觉脑袋里面砰砰作响，四肢发抖，胃部越来越难受。头顶的条纹帆布和她周围明晃晃的人影，现在都开始变形，就像旗帜被风吹得四下飘扬。

最后她奋力转了转头，看向场地。

帐篷的上方，安捷丽卡想要按照他们的计划向她俯冲下来。可是楞克正在阻挠，他长长的胳膊在空中挥动着想要抓住她，同时挡住了她的去路。为什么他还没有发生故障呢？

斯林木德站在莉莉侧面的场地边缘，用鞭子指着上面的屏幕。乔伊和奥吉也已经走到这一边，正惊讶地张大嘴巴盯着那张晃动的 X 光片看。在场地的对面，铜绿夫人和德罗兹站在一起。楞克那边已经赶走了安捷丽卡，现在他的眼睛奇怪地眨个不停，好像有点失神。他左右摇摆起来。莉莉猜想，他是不是终于要出故障了，可是他很快又恢复了正常。

莉莉在机器里面待的时间越长，感觉就越糟。她知道，时间越久，累积的辐射就越接近致死量，这会让她像那个苹果一样变得干枯。不管他们之前的计划是什么，她现在必须马上挣脱出去。铜绿夫人之前对罗伯特的威胁现在还沉甸甸地压在她心头，而且她并不相信那女人会因为她乖乖听话就信守承诺。她能为罗伯特做的最好的事，就是赶快逃出这里，去救他。

她从机器舱盖下挣脱了一边胳膊，把胸口的扩音器扯到嘴边。

她开口说话，嗓子干涩。

"我的名字不是柯拉·华伦蒂诺，"她说，"我是莉莉·哈特曼。"她的声音在人群中回响。她不知道他们有多少人能听懂，因为她说的是英语。但是无论如何，她还是继续说了下去。

"是的，我是一个改造人，但我并不是怪物，也不是被污染的人类。我是和你们一样的人类，我不应该受到这样的折磨。我是被绑架的。这些人一直把我囚禁起来。他们在这里囚禁了许多人——不光有我们改造人，还有许多普通人类！"

乔伊、奥吉和斯林木德朝她冲了过来，但其他马戏团成员，在纽扣夫妇、席尔瓦和迪米特里的带领下，挡住了他们的去路。罗伯特那一席话还是成功地扭转了他们的想法，莉莉如释重负地意识到，现在大家决定要帮助他们了。那个表演吃瓷器的老人举起茶盘打中了乔伊的头。与此同时，奥吉正想把布鲁诺和吉尔达·纽扣摔到地上，但他们蹲下身子躲开了他的攻击，绕到他的背后，然后用一根小丑自己的杂耍棒重重地敲在他的脑袋上，一下把奥吉打昏了。只有斯林木德成功摆脱了演员们的阻挠，挥舞着鞭子挡开他们。他大声呼叫杂役，那群人立刻从后台冲了出来，包围了造反的马戏团演员们。

观众可能看出现场不太对劲，但他们只是在座位上不安地挪动着，谁也没有离开。他们似乎无法确定，这一切到底是不是演出的一部分，也不知道他们是不是应该上前制止台上的人们。也可能观众害怕接近那台现在还在闪烁的机器，毕竟之前斯林木德告诉过他们这东西有多危险。莉莉必须要说服他们加入进来。她可以发声了，她必须说出真相，就像妈妈告诉过她的那样。

"Aidez moi！（救救我！）"她向人群喊道，"救救我们！"

她的声音听起来沙哑而粗嘎。

人群中有几个人从座位上站了起来，犹犹豫豫往前走了几步。也许语言障碍让他们不太能完全理解她，但是她能从他们的脸上看出，他们从她的话里感觉到了她的痛苦。

铜绿夫人也站了起来，正急切地和德罗兹说着什么，同时向莉莉这边比比画画。莉莉能看到她们满面怒色，以及她们想过来阻止她说话的意图。但是这噼啪作响的声音，还有正在 X 光机里穿梭闪烁的电流脉冲，清楚地提醒着她们危险辐射的存在，她们只能保持距离。

"让华伦蒂诺小姐闭嘴！"斯林木德对楞克喊道，楞克此时正挥着胳膊想去抓住再次俯冲而下的安捷丽卡，听了这吩咐，便转过身，迈着沉重的步子向莉莉走去。

莉莉一直在不停地喊话，同时也成功地让另一只胳膊挣脱开来，她奋力地想从机器里挣扎出来。

"有些人认为只有纯粹的人类才有感情,"她大声叫道,"只有纯粹的人类才会爱和受苦。但事实并非如此。我的心是金属做的,但是,我对世界的感觉和你们一样热诚而真挚。"

观众们都站起来了。他们现在已经明白,这个女孩身陷险境,整个节目只是一个危险可怕的、折磨人的骗局。他们中有一些人已经走上座位间的过道,犹豫着要不要上前阻止这场演出。

表达出真实的你,她听到她妈妈在她脑子里这么说。

"有人说只有纯人类才有灵魂,"莉莉继续说,"但当我身体的一部分变成发条的时候,我的灵魂回来了。从虚空中回到这个世界,回到这个身体——这个血肉和机器共存的身体。"

她不知道接下来该说什么了。场地里无数脸庞等待着她的下文,满眼期待。

然后她突然想到了。

"我上半辈子是普通人,"莉莉说,"下半辈子是改造人,从我的个人经验来看,我确定这两种人并没有本质的不同。我们是改造人,我们也应该受到平等的对待,而不需要回避或者躲藏起来,更不应该被马戏团拿来当作怪物展览,如果你们能和我们联合起来,我们大家就可以一起改变这一切。"

观众纷纷点头表示赞同。

莉莉已经快从机器里挣脱出来了。她把舱盖推到一边,坐了起来,但这时,楞克像一列庞大致命的蒸汽火车一样逼近。他走到机器前,伸手来抓她,但动作很慢。莉莉躲开了他的手,楞克的头一下撞在金属盖上，咣当作响。那一定是他的什么功能被解除了，看来，给楞克重置的那个恶意程序终于启动了。而就在这时，安捷丽卡扇动翅膀从天而降，她展开双臂拢住莉莉，环抱着她飞上天空。

楞克尖叫着，乱挥着双臂，他的身体疯狂地旋转着，不断砰砰地撞在裸露在外的 X 光机上，然后他向前栽倒，砸在噼啪作响、闪着电光的机器正中。

机器发出不愉快的嗡嗡声。它的刻度盘在闪烁，齿轮在颤动。它安静地停了一会儿，直到……

咔嘣轰轰轰轰！

它爆炸了，把系统崩溃的楞克一并轰开，炸开无数放着电的锯齿状闪光，金属碎片漫天散落在表演场地四周。

人群尖叫着躲到座位下。

空中的莉莉和安捷丽卡也被爆炸的气流吹落下来。她们摔倒在舞台上，挣扎着要站起来，周围烟雾弥漫，上方传来连绵不绝的响声。

铜绿夫人也在剧场的另一边匍匐在地……但不过几秒后，她就站了起来，要过来抓她们。斯林木德也是，但他被愤怒的观众拦住了。

安捷丽卡张开了翅膀，黑暗中一片片锯屑从她身上抖落下来。"握住我的手。"她对莉莉喊道。莉莉低头瞥了一眼她满是灰尘的双脚，站得稳稳的，一点也不慌乱。然后她伸出手来，双手握住安捷丽卡的手，握得紧紧的。

铜绿夫人摇摇晃晃地走近她们。安捷丽卡拍打着翅膀，把莉莉拉在身后，在黑暗的帐篷里飞了起来。

莉莉感到自己的胳膊被扯得笔直，渐渐踮起了脚尖，身体在铺满锯木屑的场地中缓缓上升。安捷丽卡升高的速度很慢，因为带着人，她没法太快。

莉莉刚才离地一米，现在快两米了。安捷丽卡在空中摇摆着，像一只迷醉向火的飞蛾。

莉莉抬头凝视着她拍动翅膀的样子。她能感觉到，安捷丽卡内心正有一团自信在增长着。真是让人难以置信，她这对翅膀的力量强到足以带着她们两个人一起离开地面。

但就在那一刻，铜绿夫人奋力跳起来抓向她们。她飞扑向上，双手啪的一声抓住了莉莉的脚踝，把她们两个都拽了下去。

安捷丽卡顿时在空中往下一沉，翅膀抖得厉害。她低头瞥了莉莉一眼。

莉莉浑身的肌肉都因为突然承受了铜绿夫人的重量被拉得生疼，但她不会让这个女人得逞的。

"继续向上飞。"莉莉叫道，安捷丽卡加倍努力，更用力地拍打起那双翅膀。

此时，她们三个人一起飞离了地面。铜绿夫人紧抓着莉莉的靴子，使劲拉扯她的腿，莉莉的腿如刀割般疼痛，感觉随时都会被从关节里扯脱出去。

她们离开地板，飞向高高的屋橼，而铜绿夫人大声尖叫，双脚在空中乱踢。

观众，还有那些正在打斗的表演者和杂役，都喘着粗气停了下来，睁大眼睛盯着她们这边。

莉莉用一只手继续抓住安捷丽卡，另外一只手则向下探去，开始摸索着松开靴子的鞋带，而安捷丽卡奋力振翅，向帐篷顶上的方向飞得更高了。

鞋带系得很紧，但莉莉终于成功解开。她用力扯散了鞋带，靴子便松脱了……

接着，随着一声刺耳的尖叫，铜绿夫人跌落下去，一直向下跌啊，跌啊，最后重重地砸在表演场地里铺的锯木屑上。

第二十七章

罗伯特听到震耳欲聋的爆炸声传来，感到脚下的地面都在晃动。狮子、老虎和大棕熊听到响声都惊慌失措地后退了，在笼子远端的角落里蜷起了身体。

一定是 X 光机爆炸了。他希望他们调整楞克大脑齿轮的计划成功了，莉莉也及时逃走了。但是他没有时间多想，因为四只饥饿的肉食动物正重新朝他踱来！

老虎离他最近。它似乎是这里的头领——群雄中的阿尔法。它橙黑相间的条纹皮毛在笼子栅栏之间漏入的灯光下闪闪发光，胸腹部的皮毛雪白，像一张崭新的餐巾。

它饥肠辘辘地用舌头舔着牙齿，口水从嘴里滴答落下。

罗伯特已经能闻到老虎身上热腾腾的汗臭味，它粗重的呼吸声就在耳边。他努力回忆席尔瓦曾经告诉他在这种情况下应该怎么办。是什么来着?

把双臂向上举到空中,朝它们吐舌头发出噗噗的声音,能多大声就多大声。

罗伯特试了一下。

噗噗噗噗噗噗噗噗噗噗噗噗噗噗噗噗噗噗噗噗噗噗噗噗噗噗噗噗噗噗噗噗噗噗噗噗噗噗!

老虎完全不为所动。

"救命!"罗伯特只能转而高声尖叫起来。

这刺耳的声音居然让老虎退缩了一下,可能是因为这声音听起来有点像楞克。

"嘘!"他再次喊道。这次他用尽全力高声大叫:"滚开!"

老虎几乎可以碰到他了……但是它却不急着攻击,先拿他逗弄戏耍一下。罗伯特眯起了眼睛,身体往后缩。

这时,一道橙色的东西飞快穿过栅栏,占据了老虎面前的位置,咆哮着露出牙齿。来的正是芒金。

"离他远点,你这个脏兮兮、红彤彤的跳蚤毯子!"芒金喊道。

老虎疑惑地看着这个渺小的橙色机械毛球,警惕地往后退。其他动物跟在它后面往后退去。

芒金像只疯狗一样咬紧牙关。在一片尖叫声和威胁声里,罗伯特能听到狐狸在喃喃自语地给自己打气:"它们不比我在花园里追的猫大。它们不比我在花园里追的猫大。"

芒金的行动奏效了。老虎、狮子和熊都被弄糊涂了,它们几乎吭都没吭，朝后退去几步。

芒金对它们不住地狂吠嘶叫……但这显然不可能一直持续下去。很快，动物们开始意识到区区一只狐狸并不构成真正的威胁。它们重新聚集起来，开始从笼子的两侧向他们包抄过来，熊则从中路逼近。

这时，迪米特里、席尔瓦、迪迪和卢卡突然从天而降一般出现了。他们四个人抢起棍子猛击罗伯特身边的金属栅栏，制造出此起彼伏的喧闹声，让野兽们又一次头晕目眩地缩了回去。

"谢天谢地！"罗伯特喊道，"你们怎么逃出来的？"

"芒金在混乱中抢到了笼子的钥匙。"席尔瓦在一片喧闹声中大声喊道。

卢卡用爪子抓住两根金属栅栏，把它们向两边掰开，直到宽度足够迪迪把罗伯特从里面拉出来。

芒金也跟着他跳了出来。

"我听到了爆炸声，大家都没事吧？"罗伯特问道。

席尔瓦点点头。

"莉莉和安捷丽卡怎么样了？"罗伯特说，"我们得去找到她们。"

迪米特里牵着两匹马从货舱后面的马厩出来，他自己骑上了那匹黑马，席尔瓦则翻身坐到了白马的背上。

他们绕着笼子骑过来，席尔瓦俯身抓住罗伯特的胳膊，一下就把他拉上马，坐到自己身后。等罗伯特壮着胆子睁开眼睛时，迪迪和卢卡已经坐在迪米特里身后，骑在那匹黑马上，沿着搬运货物的坡道一溜小跑下去了。

"芒金。"罗伯特叫道。

"我在下面跟着跑就挺好,"芒金飞快地应声说道,"别指望我也骑到那只动物身上。"他翘起毛茸茸的大尾巴,跟着席尔瓦的马向门口跑去。

迪米特里和其他人骑着黑色的牡马在飞船外面等着。席尔瓦策马慢跑下斜坡,去和那匹黑马会合,罗伯特在颠簸中甚至能感觉到白马背上的骨头。

"驾!"迪米特里向两匹马喊道,马儿们驮着五个孩子疾驰穿过帐篷,直闯入后台,朝着大帐篷跑去。

"这真是太好玩了!"芒金叫喊着,在他们旁边穿来穿去,"我以前还从来没玩过赛马呢!"

他们俯身穿过幕布,潜入表演场地。

马戏团其他团员和一些观众正匆匆忙忙地朝这边跑来,但当他们经过这两匹马时,大家突然转向,掉头往回跑。

罗伯特回头看了一眼,发现那几只野兽已经从笼子铁栅栏的狭窄开口处钻了出来,蹿进了后台,把一大堆桌子、镜子和衣服架子撞翻在地。

紧接着,野兽们发现两匹马和人群朝着大帐篷返回的足迹,于是从后面追赶上来。途中它们扑倒一个杂役,那人失声尖叫。

现在的场地内,混乱不堪。到处烟雾弥漫,里面的空气吸进肺里都火烧火燎的。烟雾里还夹杂着惊慌失措的观众的满身汗味,他们正到处寻找出口想要逃出去,可是狮子和老虎就在他们中间徘徊。

席尔瓦策动她那匹战战兢兢的马四下查看，罗伯特则疯狂地搜索着整个帐篷，寻找莉莉和安捷丽卡。

突然，他发现了安捷丽卡，她就坐在上面的钢丝上，她旁边还有另外一个人，那人也坐在钢丝上，两腿悬空，光着一只脚。他看到那人的红头发一闪，顿时如释重负，那应该就是莉莉。

他正要抬头对她喊一嗓子，斯林木德走到他们旁边，把他从马背上拽了下来。

"我跟你没完，小子！"斯林木德说着，便拽着他一路穿过场地而去。

芒金用力咬向斯林木德的脚跟，但这并没有让他松开掐着罗伯特脖子的手。

席尔瓦的马咴咴地叫了起来，跳到一边去了。

"看看你的后面。"罗伯特警告斯林木德。帐篷外面，远处已经有警笛在呜呜呜响着靠近。

斯林木德笑得咯咯响："哈！我可不会被你这些低劣的小花招骗到！"

但罗伯特并不是耍花招。那只老虎正向他们逼近，它俯低身体，匍匐在地，沿着场地逡巡。它的尾巴沿着背部的弧度垂下，身体每一块肌肉都以一种高度同步的、胸有成竹的节奏移动着。它蹲得更低了些，身体紧紧团成随时可以爆发的形状。它的耳朵低低地贴在头上，那对让人惊惧的凶残眼睛下面，它的嘴巴就像一个巨大的黑洞，无情地大张开来。

然后老虎纵身跃起，向他们猛扑过来，身后的尾巴啪地甩开。它的下颌很宽大，露出一排排锋利的牙齿。

斯林木德吓得嘴都合不拢了，他掐着罗伯特脖子的手顿时松了几分。

老虎正朝他们飞身扑来。罗伯特看准机会挣脱开去，跳过长凳，躲到了前排座位的后面。

一声虎啸过后，斯林木德发出了惨叫。

罗伯特睁开眼睛，从座位的边缘向场地张望。老虎拖着马戏团班主演出服的红色衣摆，消失在烟雾缭绕的条纹帐篷后。

罗伯特转过身去。他不敢看。但是老虎很快对付完了斯林木德，现在它转过头又朝着他和芒金走来。

它向他们逼近，咆哮起来。在笼子里关了这么多年后，它终于自由了，准备大开杀戒……

老虎马上就要扑到他们跟前了，此时罗伯特听到了翅膀拍打的声音。

安捷丽卡俯冲下来抓住他，把他带向空中。她有力地拍打着翅膀，飞到高空钢丝的平台上。她在那里把罗伯特放下，喘着粗气，汗流浃背。"就在那儿等着，"她边飞边喊道，"我再去救芒金。"

罗伯特和莉莉看着她再次俯冲下去，把已经拼死拼活跑得四爪离地的芒金从老虎嘴边迅速捞走。

"我自己也可以应付得过来！"狐狸冲着俯冲下来抱住他的

安捷丽卡直嚷嚷，"不过还是谢谢你的援救！我感觉自己好像变成了一只飞狐。"

安捷丽卡带着他飞到了表演场地的上空，芒金有点想吐。狐狸是不太适合飞行的——不管是坐飞艇飞，还是和长翅膀的女孩一起飞，或者用任何其他方式飞。当安捷丽卡终于把他放到平台上莉莉和罗伯特的旁边，他开心极了。

警笛声越来越近了，声音穿透了整个营地。

莉莉低头看了一眼地面的情况。席尔瓦和其他人都骑着马出去了，观众、马戏团的人和杂役们也都已经出了帐篷。只有铜绿夫人和斯林木德像破布娃娃一样瘫倒在地，被留在了演出场地上。

外面的警笛声已经停止，帐篷里静得出奇，只能听见老虎发出阵阵咆哮和低吼。它拽垮了红色幕布，掀翻了化妆台和道具架，把它遇到的一切都撕碎。莉莉看见乔伊、奥吉和几个被困的杂役在远处角落的一排衣服后面挤成一团，希望老虎不会注意到他们。

然后，就像当初冲进帐篷那么猝不及防，老虎突然转过身，跑进了夜色中。当最早到达的几个宪兵从观众入口进来的时候，它早已经穿过后台的出口消失不见了。

莉莉能看见宪兵们的头盔顶，他们正端着枪在浓烟中摸索着前进。三个穿便衣的人跟着他们一起进来了。即使离得这么远，而且还是在这种半明半暗的光线下，莉莉还是一下就从他们的姿势和步态认出了这几个人。一看到他们，她的心就跳了起来。

正是爸爸、托里和安娜。

"莉莉！罗伯特！芒金！"爸爸在浓烟中疯狂地跑来跑去，仔细查看着一排排椅子下面和支柱的后面。他的西装皱皱巴巴，他的动作急促慌乱。他、安娜和托里各自分头和警察一起搜索不同的区域。

"爸爸！"莉莉冲着下面对着他吼了一声，他在她的下方停了下来。他听到了她的声音，但看不见她。

"莉莉，你在哪儿？"他喊道。

"我在这里，在帐篷顶上。"她喊道。

更多的警察从帐篷的入口处蜂拥而来，爸爸转身抬头，凝神望向屋顶。

他的目光终于搜寻到莉莉的身影，然后又发现了芒金、罗伯特和安捷丽卡，看到他们都安全待在高空平台上，他顿时心头一宽，肩膀也松弛下来，又指着他们的方向告诉了安娜和托里。

莉莉慢慢顺着梯子爬下平台，立刻朝着爸爸跑过去。

爸爸把她搂在怀里，抖开毯子裹住她那身闪闪发光但现在已经破烂不堪的衣服，亲吻着她的脸颊。"莉莉，亲爱的，谢天谢地你没事！我们太担心你了……还有罗伯特，"他说着，分出一只胳膊搂住了刚刚抱着芒金走过来的罗伯特，"我真希望我们早点赶到，那就可以早点阻止这一切。"他向帐篷里乱七八糟的这一堆现场示意了一下。损毁的冒着烟的 X 光机，倒在机器里的机械人楞克，还有他庞大身躯的无数残片散落全场遍地。

"你怎么这么久才来啊？"莉莉问道，泪水刺痛了她的眼睛。她擦掉眼泪，化妆品混着灰尘被抹得满脸都是。她放下手，指端感到一阵奇怪的呵痒，原来是芒金在舔她的手指。她揉揉小狐狸的耳朵，又紧紧地拥抱着爸爸和罗伯特。现在，她的心里再也没有恐惧慌乱，完完全全地安定下来。她在嘀嗒嘀嗒的内心深处，希望他们四个再也不要被分开了。

第二十八章

这场大戏终于落幕了，莉莉和罗伯特裹着毯子坐在场边的座位上定定心神。芒金也蜷缩在他们的脚边休息。

莉莉看着宪兵们忙着将杂役们和铜绿夫人他们团团围住，奥吉和乔伊他们都还活着，被老虎咬到的地方只是轻伤。斯林木德的情况最糟，血流不止，失去了知觉。他被放在担架上，从帐篷里抬到等候在外面的救护车上。其余的帮凶则被铐在一起，用铁链拴着，排着长队被押着从正门往外走。

尽管现场混乱，处处都有损毁，马戏团的人却好像如释重负。他们的脸上重新有了光彩。他们眼中的痛苦和悲伤消失了。纽扣夫妇紧紧搂着他们的女儿，其余的演员则围在他们的儿子迪米特里身边——他可是马戏团里大家共同养大的孩子。

当莉莉看着周围这一幕幕感人情景的时候，爸爸在她旁边的座位上坐下。安捷丽卡也从空中飞掠下来，停在他们旁边。

"爸爸，这是安捷丽卡，"莉莉说，"是她救了我们。"

"谢谢你，安捷丽卡。"爸爸握了握她的手，"你真是天底下最了不起的好姑娘。"

"您过奖了，先生。"安捷丽卡回答道。然后她在约翰的身后发现了一个人。"巴萨洛缪，"她问，"是你吗？"

托里顿时笑容满面。"安杰拉！"他喊道，"噢，应该喊你安捷丽卡了。你改了名字了！我也改了呢——我现在叫托里。但是莉莉和罗伯特居然找到了你！我真是太高兴了！自从你离开卡姆登少年感化院之后，我就完全不知道你的去向了。"

"我走了很长一段弯路，"安捷丽卡说，"但我现在回来了。"她合起翅膀把他完全拢在里面，给了他一个最最热情的拥抱，托里的脸一下红得像甜菜根。

莉莉也很高兴再次见到他和安娜两个。在过去这可怕的一周时间里，有些时候她甚至感觉自己也许再也不会见到爸爸或她的朋友们了。

"当时我回到你家，把那天发生的事情告诉了他们，聚会现场顿时一片哗然。"托里向罗伯特和莉莉说道，"每个人都发誓要齐心协力找到你，包括也在现场的费斯克探长。可是，问题在于，"他接着说，"我们一点线索都没有，完全不知道你被带到哪里去了。"

"也不知道这个马戏团可能会去哪里。"安娜补充道。

"我当时简直绝望了，"爸爸说，他从莉莉脸上撩开一缕垂下的头发，"我们唯一能做的只有等待，希望能有消息传来。然后，昨天晚上，铜鼻子先生带着法国警方的电报来了，电报上说天空马戏团已经在巴黎着陆了，而你就被铜绿夫人囚禁在飞船上。"

他松了一口气，捏了捏莉莉的肩膀："我们等着警方这边的后续消息，但宪兵们调查后却并没找到你，他们声称这个消息是骗人的。可是托里坚持认为，这个消息是真的，所以热心的安娜就驾着飞艇送我们和费斯克探长一起飞到了这里，这样我们就可以亲自前来，试着说服警方。"

"谢天谢地你们最终赶来了。"莉莉说。那一刻，她注意到费斯克探长本人正站在那里与法国警察中看上去级别最高的警官密切交谈。

费斯克探长抬起头，看见了他们，然后缓步走过来。"如果你们能跟我到这边来一分钟，"他对莉莉、罗伯特和约翰说，"指挥官想跟你们聊几句。"

费斯克探长把他们带到法国警方的指挥官那里。芒金也跟过来了，尽管从严格意义上说，他并没有受到邀请。

法国督察看到他们时，严肃地向他们敬了个礼："Monsieur Hartman, Monsieur Townsend, Mademoiselle Hartman, je m'applle Commandant Oiseau（哈特曼先生，汤森先生，哈特曼小姐，我是奥索指挥官），我的手下从天空马戏团的船上找到了一些东西。这些是你们的吗？"

他拿出了小刀、月亮项坠和红色笔记本。

"哦，是我们的，merci beaucoup（非常感谢您）。"莉莉说。她的心一下子雀跃起来，她实在是太高兴了，那个红色笔记本又回来了，妈妈留下的文字终于重新回到了她的手中。她接过它，紧紧抱在胸前，然后把月亮项坠和小刀还给了罗伯特。

罗伯特的脸因为开心而泛红了："谢谢您。"他说话间已经把小刀收了起来，又拿起月亮项坠摆弄了几下。上面的卡扣还是坏的，于是他小心翼翼地把它也放进口袋里。然后他想起了他爸爸的外套还挂在后台的道具服装架子上，就放在莉莉派对服装和外套的旁边，于是他们一起跑回去拿。

他们换上自己原来的旧衣服回来，准备出发时，发现探长、指挥官和爸爸都在帐篷外，正站在一辆警车的旁边。

指挥官正在和爸爸说话。"你好，"他说着，透过货车的栏杆指着坐在车厢后部长凳上的铜绿夫人，她对面还坐着奥吉、乔伊和其他杂役，"为了记录卷宗，你能在这里当面指认一下犯罪嫌疑人的身份吗？"

铜绿夫人对着窗户的方向眨了一下眼睛，目光正撞上莉莉的眼睛，她立刻就移开了视线。

"可以的，"爸爸说，"这人是我以前的管家。"

"其他人呢？"指挥官问道，"你认识他们吗？"

"不认识。"爸爸说。

"这些人是当时绑架你们的人吗？"指挥官转向莉莉和罗伯特问道。

他们点点头。

"我也被他们一起绑架了！"芒金还额外补充道。

"而这位女士还盗走了你的财产是吗，Monsieur（先生）？"指挥官又问爸爸。

"千真万确。"

"你的论文已经不在他们手里了，爸爸，"莉莉说，"铜绿夫人把它们卖给了德罗兹博士。"

"雪莱居然也参与了？"爸爸一脸震惊，"她在哪儿？"

"她刚才还在这儿的。"莉莉说。在刚才那种混乱的场面中，她完全忘记了博士的存在。

她扫视着货车的后部，在戴着手铐的人中寻找德罗兹的脸。但那个女人不在其中。她一定是趁乱混在观众里面一起溜走了，应该是在爆炸之后，猛兽们逃出来之前的某个时间点——莉莉算了算，那就是差不多一小时前的事情了。

指挥官查阅了他的记事本："有个小丑向我们交代了她的地址，先生。那是一所废弃的医院。处理完这边的状况，我们马上就会赶去那里拘捕她。"他把手放在莉莉的肩上，"哈特曼小姐，你还记得她的房间在大楼里的确切位置吗？"

莉莉点了点头。

"那么，你能来给我们带路吗？"

"我再也不会丢下莉莉一个人了。"爸爸说。

"我们也不会。"罗伯特和芒金齐声补充说。

"这样的话，Monsieur（先生），我可以建议你们也跟我们一起去吗？"

"我们当然愿意的，"爸爸回答，"如果这个案子里面也有雪莱的份，我自己还有一两句话想要对她说。"

"很好。先把这些人都带走！"指挥官张开手掌拍了拍警车的车尾。很快，警车启动，驶离了大帐篷的凌乱现场，消失在人们的视线之外。

"你的朋友安捷丽卡和其他人就留在这里，和我的同事们待在一起，我保证他们会得到很好的照顾。"他对莉莉说，"这个营地必须暂时关闭，但我们的警官一定会照顾好伤员，并做好笔录，而与此同时，你们三个，也许还要加上费斯克探长，和你的 père（爸爸），跟我们一起去会会这位德罗兹博士。"

他蓝色制服胸前口袋上有一条金色的穗绳，上面挂着一只哨子。指挥官拿起这只哨子用力一吹，另一辆警用蒸汽马车就开了过来，停在他们面前。他们坐上警车，终于安全地离开了这个马戏团营地。

在警笛声中，他们坐着警车穿过布罗涅森林，然后穿过城区，再次经过那座巨大拱门的时候，爸爸告诉他们那就是凯旋门。警车沿着河流蜿蜒前行，穿过一片看着有些眼熟的市区。等他们靠近那座废弃医院所在的街道时，他们关掉了警笛，加倍警惕地向前开去。

将近十点钟的时候，他们终于到了。探长敲了敲门，但没有人来开门。最后还是莉莉为大家撬开了门锁，让他们进了门。

"往这边走。"莉莉领着奥索指挥官、费斯克探长和宪兵们上了楼梯，来到公寓。上到顶楼，探长把门推开，走在最前面。莉莉、爸爸、罗伯特和芒金则跟在指挥官和一队警察的后面。

大家一个房间挨着一个房间地寻找博士，但整个公寓空空荡荡的。德罗兹的东西都不见了，前天晚上在这栋楼里如影随形的那个嘀嗒作响的声音也消失了。以前挂着画的墙壁上，现在只留下些许深浅不一的痕迹，放着标本罐的空架子上只剩下罐子拿走后留下的一圈圈灰尘印迹。

这个地方给人的感觉，好像已经荒废了好多年。只不过，在主室里，壁炉那儿还一闪一闪地烧着火，里面塞满了烧掉一半的文件。

"我的笔记！"爸爸冲到他们前面，从火堆里扒出一把燃烧着的书页。

当探长和指挥官在房间里踱着步四下查看的时候，莉莉、罗伯特和芒金站在一边。这时莉莉注意到火焰上方的壁炉架上靠着一样什么东西。那是一封信。

她伸手把它拾起来。信封上写的收件人地址是：

莉莉·哈特曼小姐，欧蕨桥庄园

这封信的笔迹，和莉莉一周前收到的那封，显然出自一人之手，莉莉这才意识到，原来那都是德罗兹写的。原来她才是整个阴谋的幕后黑手，甚至比铜绿夫人的参与度还要深。爸爸和警察们还没来得及拦住她，莉莉已经撕开了信封，拿出一张折了几折的纸。

亲爱的莉莉：

我有一个小问题，正经问题别怀疑：

我总对你很好奇，什么让你嘀嗒嘀？

当然，你已经非常充分地证明了，那不仅仅是靠一颗用齿轮发条做出来的心，更是一种追求改造人和普通人平等权利的渴望。我必须肯定地承认，你的奋斗是值得的。你已经证明了你自己，就和你母亲，以及在你们以前的很多女人一样坚强。我们女性也应该获得平等的权利，尤其是在这个被男性控制主导的科学领域，我知道你将会追随格蕾丝的脚步继续向前。

祝你一切顺利。我相信我们将来还会有机会再见面的。

你的，怀着真诚敬佩之情的

雪莱·玛丽·德罗兹博士

即使在经历了这一切之后，莉莉还是会为收到这样一封信而感到骄傲。与其说是一个结论，不如说是来自一个赞赏她的对手的祝贺，而她刚刚在一场棋局里击败了这个对手。她正准备把这页信纸放进大衣口袋里，让它和那些论文以及妈妈的笔记本待在一起时，奥索指挥官出现在她身后。

"我们需要拿走这个作为证据，"他说着，伸出一只戴着白手套的手，"调查结案之后，自然会还给你的。"

"当然。"莉莉心情沉重地把信递给了他。

"Merci.（谢谢。）"

指挥官也把这封信读了一遍。"好吧，"他读完后说，"我们会尽力去追踪她的。如果你们还能想到什么别的能帮我们破案的东西……"

他看着莉莉和罗伯特，他们明显有些精力不济的样子："孩子们看起来都累坏了。也许应该让你们现在去找家旅馆，先给他们弄张床过夜？你们不用再在这里等着了，我的车可以载你们到任何你们想去的地方，剩下的问题我们可以等明天早上再弄清楚。"

"你这主意听起来不错，"爸爸回答。"我们要找你们的时候，应该去哪儿？"当他们三个和芒金一起走向门口时，他又问道。

"我们首先肯定会去天空马戏团的现场，"探长回答，"如果你们在那里没找到我们，我下午应该会在警察局指挥官办公室，就在路易雷平广场。"

"好的。"爸爸说。

费斯克探长向大家行礼道别，指挥官向爸爸抬了一下帽子，然后也同样向罗伯特和莉莉道了别："Au revoir, les enfants! à domain!（再见，孩子们！明天见！）"

莉莉睡意蒙眬地点头道别。她觉得她这辈子都没这么累过。她瞥了罗伯特一眼，他的眼皮也已经耷拉下来了。当他们走进大厅时，她亲眼看见罗伯特打了个巨大的哈欠。芒金也跑得非常缓慢了，在刚才这段时间里，他的发条渐渐变得越来越松了。她又想起留在那边的改造人和马戏团的人，希望大家都能一切顺利，能顺利应付那边的烂摊子还有警察的各种询问。但是呢，是的，当他们三个跟着爸爸走过外面戒备的警察，又沿着大楼的楼梯走下去的时候，她清楚地意识到，她现在最需要的只有一件事——那就是，找一张像样的床，好好睡上一大觉。

第二十九章

当晚他们在格兰德酒店住下，那里的床垫柔软得像云朵一样。莉莉和芒金住一间房，罗伯特住在隔壁。

尽管莉莉累得不行，但她发现自己怎么也睡不着。她凌晨就醒了好几次，忧心忡忡地琢磨着改造人以后的命运。

单单就把他们几个和其他马戏团的演员一起留在营地，他们会不会起冲突？今晚之后他们又该怎么生活下去——万一，他们和其他表演者之间以前那些恩怨怀疑，还有残存的敌意，还是始终挥之不去的话该怎么办？她需要想办法让他们过得更好，就像她之前承诺的那样。在他们一起经历过那么多事情之后，突然这样把她的改造人小伙伴们丢在营地里好几小时，让她觉得很过意不去，所以当罗伯特一大早第一时间就来敲门找她的时候，她真是松了一口气。他从楼下拿了一些牛角面包当早餐，告诉她说，爸爸、安娜和托里已经约了一辆马车，会把他们尽快送到天空马戏团的驻扎地。

当他们到达营地时，莉莉看到改造人和马戏团的人似乎相安无事，心情顿时雀跃起来。他们之前齐心协力推翻了铜绿夫人和斯林木德的统治，现在再也不会有杂役或者楞克这些人来控制他们的行动，也不会再有斯林木德或铜绿夫人来指挥他们该如何思考，每个人似乎都过得舒坦多了。

警察闯进船上那几间不让人进的禁地，发现一个装满钱的保险箱，这些钱都是之前各场演出攒下来的，金额足以支付每个人这一季演出的酬劳，还足够让船上的餐厅买各种新鲜食物。而且，剩下的钱还足够重新把这艘天空飞船改造一新。

现在船上的人少了很多，改造人和剩下的家庭以及马戏团的人重新分配了船舱，这样他们每个人就有了各自的空间。改造飞船的工作也已经开始了，首先是拆掉那些锁和栏杆，然后开始重新布置公共空间。他们把餐厅里的桌子挪动了一下，使它看起来不再那么像监狱，而更像一个吃饭的地方。他们还计划把楼上斯林木德和铜绿夫人的旧房间改成客厅，大家可以在饭后坐在一起休闲放松一下。

莉莉和罗伯特在船舱里转了一圈后，又去看了看大帐篷的情况。在那里，他们发现演出时破坏得乱七八糟的场地也都清理得差不多了，安捷丽卡、迪迪、卢卡和另外几个表演者正忙着收拾帐篷，准备重新开始。安捷丽卡、卢卡和迪迪见到他们，开心地和他们紧紧拥抱，安捷丽卡还告诉莉莉，现在团里的情况已经有了很大的改善，他们三个人都考虑留下来。马戏团的人决定重新开始演出，莉莉了解到，他们新节目里计划让改造人和普通人一起演出，而且要打造一个为每个人量身定制的节目单。他们的目标是，首先征服巴黎观众的心，然后带着这个全新升级的天空马戏团，去改变整个世界的看法。

这一周剩下的几天，罗伯特、莉莉和芒金都住在格兰德酒店。爸爸认为在巴黎好好度个假，是让他们忘却被绑架恐惧的最好方法，所以他们悠闲地在美食和观光中度过了这段时光。

他们在茹弗鲁瓦廊街的商店和乐蓬马歇百货公司——市中心最好的百货公司——买了新衣服，在最好的餐馆吃饭。他们在卢浮宫看了美丽的画作，从蒙马特山上俯瞰了整个巴黎，参观了建了一半的圣殿教堂——莉莉告诉罗伯特，教堂名字里 Sacré-Cœur 这个词在英语中的意思是"神圣的心"。

他们甚至还去参观了巴黎圣母院——罗伯特记得在维克多·雨果的小说中读到过——还有鸟类市场，那个市场的各个笼子里满是叽叽喳喳的小鸟，这不禁让莉莉想起了安捷丽卡和他们被困在马戏团里的日子。她很高兴安捷丽卡他们现在的情况变得越来越好。尽管过去他们遇到了那么多痛苦，但他们并没有逃避，而现在，欺压他们的人已经走了，大家正在合力把马戏团建成普通人和改造人共同的新家园。很快他们就会用他们的每一天，每一个节目，去打动和改变观众。

在巴黎的最后一个晚上，马戏团的人为罗伯特、莉莉和芒金举办了一个聚会，庆祝他们三个帮助大家摆脱了斯林木德和铜绿夫人。场地中央搭建了巨大的篝火，每个人都尽情跳舞、开怀畅饮。

"我很高兴你们让我们大家聚到一起，"卢卡说，"现在铜绿夫人和斯林木德都走了，这个地方终于有了家的感觉。我想也许马戏团终于要有个全新开始了。"

迪迪说："不过我们还得给它另外起个新名字。"

"也许可以叫传奇飞人改造人马戏团？"席尔瓦建议道。

"这名字可有点拗口。"托里说。

"海报上你怎么写得下这么长一个名字呀？"芒金问道。

"你们可以和我们一起巡演的，你们都可以来。"安捷丽卡说。

"我看还是算了吧。"罗伯特和莉莉齐声回答。不过托里倒是认真考虑了一下这个提议。自他们重聚那天起，他对安捷丽卡就非常有好感。

"我们的意思是，"莉莉说，"我们可能也应该回家去了。"

"嗯，可能不是所有人都能适应旅行生活，"席尔瓦承认，"不过我真的觉得，你们两个可能会特别适合。"

"你为什么会这么觉得呢？"罗伯特问道。

"因为你们不断卷入这些冒险啊。看起来你们属于坐不住综合征的重症患者呀。"

"什么是'坐不住综合征'？"罗伯特问道。

席尔瓦微微一笑："这是马戏团演员们的常见病。我们跟着风的方向，四处游荡。就像停不下来的陀螺一样，去往世界各地，拜访新的城市和乡镇，每天都能看到全新的世界，从这里跑到那里，从 A 跑到 B，从 B 跑到 C 再到 Z，能欣赏不一样的风景，也会遭遇不一样的困境。"

迪迪挑了挑眉。"你和莉莉毫无疑问都有这种特质。"她说。

卢卡点点头："冒险的本能就潜伏在你的血液里，就像热病一样。"

"其实并不是我们想要冒险的啊，"罗伯特说，"只不过，好像我们走到哪里，这种事总会不停地撞到我们身上。就像偶然的意外那种。"

"没有什么是意外，"迪米特里说，"而你们两个，应该是注定要一起去看世界的，不管好事，还是坏事，酸甜苦辣，都会一起经历。"

"你就像我们马戏团里的人，"席尔瓦补充说，"你们太热爱生活了，以至于想把每一秒都活得超级充实，即使在坏事发生的时候，你们也不会虚度。我想你应该问问自己，罗伯特，真的是这些冒险找上你的吗？还是你主动惹上了它们？"

罗伯特还是不太确定。但他清楚地知道，比起一年前他和莉莉初次见面时，他现在是一个更优秀、更强大、更勇敢的冒险家了。在他的帮助下，他们拯救了一个马戏团，不是吗？他们一起救出了改造人。还救出了莉莉。拯救别人的生命，应该算是天底下最有价值的奋斗目标了。

"我可以和我女儿说几句话吗？"爸爸打断了他们的谈话，他拉着莉莉的手，领着她往旁边走开了几步。

他们一起坐在火堆旁的木凳上。闪烁的火焰照亮了约翰的脸，他对莉莉微微一笑。"这里可真美啊。"他说。

"美总是出现在人最意想不到的地方。"她回答说。

"是的，"爸爸说，"这一次可能是你说得对吧。"

"就这一次吗？"她说，"爸爸，我总是对的。"

"也不总是吧。但确实有时候还是你对。"他顿了顿，脸上笼上一层阴郁之色，"我一直在想我们之间的事情，莉莉。关于我对待你的方式，过去这一年……甚至过去的这七年。我对你的关注不够。你内心是什么样的，你又是如何成长的，我都关注得不够，对此我必须向你道歉。过去这几年，对我来说也确实过得不容易。但是你，你还是应该得到更多享受人生的机会，我看得出来，尤其是和新朋友们在一起的机会。我保证，以后我一定会给你一切你全心渴望的自由。"

"谢谢你。"莉莉伸长胳膊搂住他的脖子，拥抱了爸爸。

"但是得等你再长大一些，"他警告道，"因为，按目前这个状态，在这世上你还得加倍小心。生活可以非常美好，同时也是非常复杂、非常危险的。"

"我知道，爸爸，但是你必须放手让我有犯错的机会。你不用担心我飞得离太阳太近。失败会让我学习，让我有机会成长。安捷丽卡教会了我很多。人们都需要学会自己飞——用自己做的翅膀飞——而不是用父母给他们做好的翅膀飞。"

爸爸被她这话逗笑了。莉莉能看出来，尽管这么多年来他一直想隐瞒她的真实身份，但现在他终于改变了对她的想法。他的眼中终于真真切切地映出了真实的她，就好像这个世界上其他人会看到的那样。他终于明白了，他并不需要每一天都忙着把她笼罩在自己的羽翼之下，尤其是现在的她早已学会了该怎么保护自己。她甚至早已独当一面，经历过许多挑战了。

"你要知道，自从妈妈去世以后，这还是第一次为我的生日开正式的派对，"她说，"在过去的那些年里，你总是试图避开人群，不想被人发现我幸存下来而且变成了改造人。"

"这都是为了保护你，莉莉，为了确保你能安全长大。"

"其实不是这样的，爸爸，"莉莉回答，"过去的一年里，我们为了掩盖这个秘密遇到了多少麻烦啊，我觉得，如果我们一开始就开诚布公的话，可能就不会遇到比这还多的麻烦了。就像妈妈在笔记本上说的：真理战胜一切。无论有多么困难，诚恳地表达出我们内心深处的真实，永远是让心灵获得自由的唯一途径。"她看向爸爸，眼神专注而锐利。"我想，我们是不是该趁着这个时机做些改变了？如果我能用我的真实身份来帮助别人，而你又可以用你的知识让他们变得更好，为什么我们还要坚持把这些当成秘密来保守呢？毕竟，当你把对方用棉絮层层包裹起来以确保安全的时候，有时也可能阻挡了他们为这世界做出贡献的可能。更不用说他们会因此而错过生活中多少有意思的事情。"她满怀惆怅地补充道。

"比如，生日派对？"他问道。

"比如，生日派对。"莉莉说。

爸爸摇了摇头。"我确实从没想过……我是说，我自己一直讨厌生日派对！"他试图轻描淡写地说，"但是不讨厌礼物，嗯？应该没有人讨厌礼物对吧……这正好让我想起……"

他从口袋里掏出两个用红丝带绑着的盒子。一个是细长的长方形盒子，另一个则方头方脑的。

"我本来打算那天给你的。"

莉莉先打开那个细长的盒子。那是一支漂亮的自来水笔。她把它从盒子里拿出来，闪烁的火光中，笔身闪闪发光。第二件礼物是一本红色皮革装订的笔记本，封面上有一个金色的菊石浮雕，和妈妈的一样，只不过这本里全是空白页。

"我觉得你可以在这上面写你的故事，"爸爸说，"就像格蕾丝在她的笔记本里写的那些。也许有一天你会继续她的研究，你可能会找到比我们用过的这些更好的方法来帮助改造人，也可能会找到能帮助你自己的方法……"

"谢谢你。"莉莉说。她哗啦啦地翻动笔记本，奶油色的纸页上一个字都没有，让人感觉有点压力，好像每一页都在期待着她来落笔填满，那些字会像雪地里的脚印一样，带着她往前走。不过，这时她想起了安捷丽卡所说的话，关于她该怎样才能延续妈妈的故事。她意识到，这个笔记本将是绝佳的实验地点。

等他们到家后，她就要开始写下第一页。那将是她的全新起点。

她合上笔记本的封面，抬头看了一眼。马戏团乐队在火光中演奏着乐曲，每个人都在跳舞，罗伯特、安娜、托里、芒金、安捷丽卡、卢卡、迪迪、迪米特里、席尔瓦、巴滕斯夫妇和马戏团的其他人。大家都在欢快地旋转，有的手牵着手转圈，有的像芭蕾舞演员那样单足旋转——席尔瓦甚至转着转着倒立起来，亮出她的杂技造型，而安捷丽卡拍打翅膀，创造出新的低空盘旋舞步。他们看起来就像一个幸福的大家庭。

莉莉拉着爸爸的手。"来吧，"她说，"我把你介绍给大家。"

爸爸点点头："带路吧，麦克达夫[1]，让我们见见他们。"

在巴黎的最后一个清晨，他们醒来的时候，阳光正穿过大酒店的窗户照亮整个房间。早餐吃了羊角面包，莉莉就着果酱和巧克力面包，大口咽下一大杯加了糖的黑咖啡，喝完简直脑子都要活蹦乱跳起来了。吃完早餐后，他们坐了一辆四轮马车来到埃菲尔铁塔航空站。

街边无数水坑里映着被朝霞染得通红的天空。在繁忙的林荫大道上，随时都有马车、蒸汽马车和公共汽车穿梭而过，打

---

1. 麦克达夫（Macduff），莎士比亚著名戏剧《麦克白》中的人物，在剧中对人类道德和伦理不断反省。——译者注

扮时髦的淑女和绅士成群结队地走在人行道上。罗伯特想，这是多么神奇的一周，他看过了这个城市的景色，也目睹了马戏团的人们在经历了所有林林总总的事情之后最终走到了一起。

安娜正在和莉莉说着话，还拿出她刚刚在酒店接待处拿到的晨间版《齿轮日报》，翻到头条新闻给她看。

"我昨晚发电报提交了我的最新报道，"她解释说，"我想从头到尾讲完整个故事，还想讲讲后来的事情。他们把整个头版都留给了这篇稿子。我写了你的演讲，莉莉，还有你和罗伯特是如何说服改造人和马戏团里的其他人一起反抗，以及马戏团后来又是如何团结起来的。还有铜绿夫人和斯林木德是如何被监禁，并因绑架和谋杀多项罪名而受到调查。"

"对于一个报道而言，听起来内容好像太多了！"芒金说。

"那齿轮之心的事情呢？"爸爸问，"关于这个你也写了吗？"

"不好意思，我也写进去了，"安娜说，"我知道你想让我对那部分尽量轻描淡写，但我觉得我必须把它写进去。这事在法国早就见报了，现在估计是人尽皆知的事情了。这个报道在伦敦引起了不小的轰动。"她给他们看了报纸。

哈特曼和汤森
令人眼花缭乱的天空马戏团大逃亡

"哎哟，"托里说，从他们背后探头过来读着那页报纸，"你会比我们拜见女王那次更出名的！"

"我看也是。"罗伯特回答。他又看了看头条新闻报道下面的一篇小文章。上面写道：

> 马戏团的老虎还在巴黎逍遥法外，
>
> 最后一次被发现是在布罗涅森林

"这也实在不是什么好消息。"罗伯特又加了一句。

莉莉把报纸折起来，递还给安娜："你知道，我刚亲身经历过整个事件，"她揶揄地微笑一下，"我想我现在暂时不需要再重温这些了。"

"哦，这一份是留给你和罗伯特的。"安娜说着，把报纸又交给莉莉，"我办公室还有很多。"

"也许我会把头版这一张留下来做纪念，你觉得呢，罗伯特？"

罗伯特笑起来，点了点头。莉莉把报纸的头版撕了下来，把它折起来，和之前被撕掉的那些纸页一起，夹进妈妈的笔记本里，里面还夹着马戏团的门票，还有那张写着"什么让你嘀嗒嘀"的生日卡片。说起来，整个冒险就是从那张卡片开始的。

她把剩下的报纸交给芒金去磨牙玩。

秋日的阳光从湛蓝的天空洒下来。他们穿过特罗卡德罗花园，走近耶拿桥时，莉莉瞥见了埃菲尔铁塔航空站的壮丽轮廓。小型扑翼机停靠在最底层。上方中层停泊平台停靠的是热气球、空中飞船和飞艇。一队全新的单人桑托斯·杜蒙特飞艇和一艘大型通勤飞艇正从东面飞过来。安娜那艘打满补丁的飞艇瓢虫号就停靠在尖顶附近。

安娜指了指上方的瓢虫号："我们一到塔顶就带它回家。我得说，这次它飞越英吉利海峡的表现相当不错，几乎没有什么抱怨。"

"不过一路上你爸爸抱怨挺大的，莉莉。"托里补充说。

"嗯，我已经习惯驾驶自己的飞艇了，"约翰说，"我得老实承认，我还是觉得坐别人驾驶的飞艇很奇怪。"

他们的马车停在塔楼下面的广场上，巨大的金属支架在他们上方伸展开来，就像隐约可见的巨人伸出来的腿。

爸爸付钱给马车司机，卸下他们为数不多的行李，莉莉、芒金、罗伯特、托里和安娜穿过广场。昨晚在晚会上安捷丽卡、卢卡、迪迪、席尔瓦和迪米特里答应过要来给他们送行，现在他们果然坐着蒸汽马车到了。

"谢谢你们特意来跟我们道别。"莉莉说。三个改造人和另外两个马戏团的孩子下了马车，和他们一起站在铁塔的底部。

"我们错过什么也绝不会错过来跟你们道别呀。"迪迪说。

"见不到你们，我会感到失落的，"罗伯特说，"托里也是。"

"你们有空就可以来看我们，"安捷丽卡对托里说，"随时都欢迎。"

托里的脸红了。"也许我真的会的，"他说，"等我先把和安娜在伦敦的工作做完。"

之前安娜埋头写这个报道的时候，莉莉、罗伯特和其他许多人都一起跑出去观光了，而托里和安捷丽卡在一起度过了许多时光，重新点燃了他们过去的友谊。

"好吧，我想现在得说再见了。"罗伯特伤心地说。

"我们也要一起上航空站台去。"安捷丽卡告诉他。

"这会是我们第一次从这么高的地方好好欣赏一下这座城市，"席尔瓦说，"之前被关在那艘监狱船上的时候不算。"

"斯林木德马戏团最古怪的地方就是，"卢卡补充道，"我们明明也周游了世界，却从未见过飞船和围栏外面的任何地方。"

"而现在我们终于可以出来看看了！"迪迪说。

"也许你们都应该来拜访我们？"罗伯特说。

"爸爸也说过非常欢迎你们的到来——只要你们愿意的话。"莉莉补充说。

"而我还可以来看你。"托里对安捷丽卡说。

安捷丽卡摇了摇头："也许有一天我们会去的。但现在我们还是想住在天空马戏团。马戏团现在不一样了。"卢卡、迪米特里和迪迪点头表示同意。"现在团里负责的是纽扣夫妇，其余的演员都变得更愉快了。斯林木德以前设置的所有障碍都被清除了，他们完全接受了我们，而且把我们当成一家人。"

"马戏团就是一家人。"席尔瓦说。

莉莉看着她爸爸在收费站缴纳飞越海峡的费用，还安排人把行李搬运到瓢虫号飞船上去。安娜在离他不远的地方等着。

"你还记得吗，有一次我说，当你和别人不一样的时候，他们不会相信你和他们一样优秀，而你必须要去证明这一点。"托里对莉莉说，一行人此刻正急匆匆地向电梯走去，电梯会把他们带到飞艇那里。

莉莉把头发别到耳朵后面，以防被风吹乱了。"我记得。"

"我想你已经成功证明这一点了，莉莉。"

"但是一次是不够的，"她说，"这个最麻烦的地方就在于，你得反复证明。你必须每天斗争，才能得到和那些人同样的待遇，有时这会让人十分厌倦。"

"这就像你的故事，莉莉，"安捷丽卡说，"关于伊卡洛斯的那个故事。如果你失败了，如果你没能实现预期目标，你就得振作起来，为下一次飞行打造出一双更强壮的翅膀。"

电梯到了。它的金属门咔嗒一声开了，所有人都挤了进去。安捷丽卡拍拍莉莉的肩膀，把她拉到一边："我不太想被困在另一个笼子里，哪怕就一会儿也不想。我想我也许可以飞上去。你想和我一起吗？"

莉莉点点头："当然啦。"

其他人都已经被人群裹挟着进了电梯。眼看门就要关上了。爸爸向莉莉和安捷丽卡招手。"赶快过来，"他说，看起来有点着急了，"我们要赶着起飞呢。"

莉莉笑了："爸爸，我这边要先起飞了。"

她和安捷丽卡离开人群。安捷丽卡脱下外套递给莉莉。然后，她把机械翅膀尽量张开，直到莉莉能看到羽毛间的每一根金属丝以复杂的布线方式纵横交错，就像她身后的巨塔一样。他们身边的人群退后一步，给她们留出足够的空间，大家对这神奇的一幕赞叹不已。

"准备好了吗?"安捷丽卡问莉莉。

莉莉点点头。然后安捷丽卡抱起她,拍打着翅膀,很快她们就飞起来了,沿着埃菲尔铁塔的侧面向上飞去。莉莉感到自己有点往下滑,但安捷丽卡把她抓得更紧了,她的双手坚定而自信。

莉莉瞥见了圣母院那密密麻麻的尖肋拱顶和高耸入云的尖塔,塞纳河像鳗鱼一样弯弯曲曲地流经卢浮宫,还有修剪整齐的杜乐丽花园,那里面小路的布局就像棋盘游戏一样复杂。

安捷丽卡拍打着翅膀,扇动它们飞得更高。塔楼的金属大梁在空中连成一片,就像某种空中铁路枢纽一样,向塔尖疾驰而去。

等候在平台上的一群人张大了嘴巴,看着她们在空中盘旋片刻,飞过了成堆的齐柏林飞艇和热气球,然后在平台中央轻缓地降落。正好此时电梯门砰的一声打开,其他马戏团的孩子走了出来,罗伯特、芒金、爸爸、安娜和托里也走了出来。他们准备好登上飞艇瓢虫号,返回英国了。

第三十章

自从他们一周前从巴黎回来之后，秋天的夜晚变得如墨般漆黑，白天则散发着一股落到他们身上的那些湿树叶的气味。

莉莉坐在欧蕨桥庄园塔楼房间的旧扶手椅上，两脚踩在旅行箱上，凝视着东边的窗户。

花园里满眼都是落了一大半叶子的树。它们的枝干上，拼拼凑凑地挂着些稀疏的黄色、褐色的叶子，就像即将飘散的最后那点对逝去夏日残存的记忆。把手放在胸前，她能感受到美好的生命正伴着齿轮之心每一次的嘀嗒声在她体内流转。它的这份重量，以及因它而认识到的真相，让她不禁想知道，事情将从这里走向何方。

她拿起新笔记本，手指摩挲着封皮上的菊石图案。然后她翻到全新的第一页，那一页啪啪作响以示抗议。

她拧开自来水笔的笔帽，在这一页的中间端端正正写下三个字母：

L. G. H.

代表莉莉·格蕾丝·哈特曼。

在下一张光滑的白纸上，她用自己圆润有力的笔迹写下了日期。

1897 年 10 月 8 日，星期五

欧蕨桥庄园

然后，她就不知道该写什么了。她瞥了一眼窗外，想到了爸爸、罗伯特、芒金、托里和安娜，还有马戏团里所有的朋友，以及她自从上次坐在这里之后所发生的一切。

从他们回来的那一刻起，生活就发生了变化。安娜为《齿轮日报》写的那篇文章，还有法国报纸上那几篇关于她的文章，引起了巨大的轰动。从那以后，英国所有的报纸都争相报道她的故事。记者们每天都来，不分昼夜地按门铃，想和她谈谈齿轮之心、爸爸妈妈或者其他改造人的事。她现在非常出名，走在街上人们都对她另眼相看了。

不过，至少在家里一切都还很平静。在玫瑰园里，她看见弹簧船长拿着耙子，正在扫拢落叶，爸爸穿过砾石小径走去和他说话。

她盯着他们那边看了一会儿，什么也没想，尽量淡忘自己的烦恼。这时，她身后传来有人清嗓子的声音。

莉莉从窗口转过身，看见罗伯特和芒金上楼来了。

"你在上面干什么？"罗伯特问道。

"我在思考，"莉莉回答，"你想知道为什么我在思考吗？因为我不知道该在我的新笔记本上写些什么。"

"能说得具体一点吗？"芒金说着在她脚边躺倒，看上去好像变成了一块毛茸茸的地毯。

"这么说吧，"莉莉说，"我不确定我是不是还愿意写过去发生的那些事……也不确定要不要写我们回来后发生的那些奇怪的事情。我甚至不确定我是不是愿意写未来的事情。"

"那就别写这些了，"罗伯特说，"写写你的梦想呀，写写你的愿望是什么。"

他在她旁边的椅子边缘上坐下，莉莉突然意识到，现在的他，和她第一次认识的那个男孩，有多么不同。他变得更高大，更勇敢，更加满怀希望。他现在开始有点像个成年人了。

"你的愿望是什么呢？"她说。

他想了好一会儿。以前还没有人问过他这个问题。

"我小的时候，"他最终还是告诉她，"我希望我能过上和自己当时完全不一样的生活。我爸爸心心念念想让我做个钟表店的好学徒，而我只一心想着，除了这个之外的任何事我都愿意。我曾经幻想着离家出走，报名加入空贼，去他们飞船上打杂，或者加入某个马戏团。"

莉莉听到这儿笑了起来。

"这是真的,"他说,"那时我真的很想去冒险。但现在当我已经有了一些冒险的经历,我意识到,关于冒险……"

"意识到什么?"莉莉问。

"冒险这种事情,可能被人吹得太好了。"

莉莉哈哈大笑起来。"我还挺喜欢这些冒险经历的,"她说,"即使情况危急的时候,我也总觉得还有机会能挽救和扭转局面。"

"我想你说得也对吧,"他叹了口气,"但在家里的时候,有你爱的人陪在你身边。或者至少,"他说着,想起了他的爸爸,"总还有一些地方保存着你的回忆,身边也总有一些东西让你能想起他们。"罗伯特摸了摸脖子上已经修好的月亮项坠,"但是在冒险中你没有这些的陪伴,有时你会感到自己是那么孤独。"

"你说得没错,"莉莉说,"有时候我觉得过去太沉重了。伤口永远不会完全消失——它们本身可能会随着时间的推移而消失、愈合,但它们存在过的证据仍然留在那里,比如,几道旧疤痕。"

"就是这样你才知道自己是坚强的。"罗伯特说,"那些伤疤就是在帮你疗伤,也提醒你这次又在危险中活了下来,告诉你其实你很强大。"

他瞥了莉莉一眼。她似乎——几乎就在上个星期——已经成长为一个完全不同的人，他第一次见到的那个女孩会虚张声势和强行逞能——用外表上的那种套路式的勇敢掩盖了一个茫然的小女孩的恐惧。而现在这个新的莉莉不再是那样的了。她看起来思路清晰，态度开放，十分自信。

"你的伤疤，莉莉，就是画有你过去经历的地图，也是通向未来的钥匙。以后你就可以飞得更高更远。你生来就是要振翅高飞的，我一看就知道！你会是个了不起的特别的人。你一定会成为你内心渴望成为的那个人。"他伸出胳膊搂住她，"你要记住，你不是孤零零一个人。从来都不是。不管发生什么，只要我还在这里，只要我们还是朋友，你就永远不会是孤零零一个人的。"

"这是你的承诺吗？"

"我想应该算吧。"

"摸着你的心，发誓！"

"摸着我的心，发誓！"

他握住她的手，捏了捏，直到他能感觉到她的心跳声，像精密计时器发出的那种很轻柔的声音，她的脉搏和他自己的脉搏混合在一起回响着。

"那就动笔吧，"他说，"写点什么。"

罗伯特说得对，莉莉意识到，她应该写下她的梦想和抱负，以及她对未来的愿望。但在一开始的这一段，她要写两句介绍一下自己。

她拿起了笔，开始写。

她要写的这些话，在她想到的时候显得那么无足轻重，但写在纸页上却显得那么郑重其事，其中似乎蕴含着某种无边无际的真理，等待她去探索，让她心中充满无与伦比的喜悦：

　　我叫莉莉·格蕾丝·哈特曼。这会是一个让我激动得心脏嘀嗒乱跳的故事。这会是我最精彩的人生经历里一段惊心动魄的故事……

·好奇小词典·

包括了各种读者可能不常见的词汇

呆头鹅： 马戏团里刚来的新人，还不适应天空马戏团的人。看起来呆呆的，就好像一尾被捞出水的鱼儿，或者一头被逼着走钢丝的犀牛。

改造人： 身体有一部分由机械构成的人。

埃达·洛夫莱斯（Ada Lovelace）： 一位启发了格蕾丝·哈特曼的科学家。埃达·洛夫莱斯是一位19世纪的数学家和作家。她也是世界上最早思考"计算机编程"这个概念的人之一。她和一位名叫查尔斯·巴贝奇的工程师兼哲学家合作，一起将巴贝奇关于"分析机"的构想付诸研究，这也是最早的计算机。后来人们在写计算机史的时候，埃达的功绩被多次抹黑或者略过，不过，现在编撰的计算机史里慢慢恢复了她应有的荣誉。

机械动物： 纯机械制成的动物，比如芒金。

杂役： 就是那些负责搭建和拆除马戏团营地的人。在斯林木德的马戏团里，他们是一群不太讨人喜欢的人，不过到头来他们还是不得不改好一点……

玛丽·雪莱：一位作家，她是德罗兹父母当初给孩子取名为"雪莱·玛丽·德罗兹"的灵感来源。她是一位非常令人震惊的女性，小时候从自己母亲的墓碑上学会了认字。她写了最早的一本科幻小说——《弗兰肯斯坦》。这本书最早于1818年匿名出版，一直到1823年玛丽才承认是自己的作品，那时候很多人都不相信一位女性能写出这样的作品。

X光：X射线是一种电磁波，于1895年第一次被人观测到。这种电磁波可以穿透很多物质，包括皮肤和身体组织，但是会被致密的骨骼吸收。这种穿透物质的差异性意味着X光可以用来拍摄人体内部的影像。

齐柏林飞艇：飞船的一种。它的上方是椭圆的气球形状，里面用金属框架撑住，塞满一袋袋气囊，保持船体飘浮。乘客和船员所搭乘的船体，通常悬挂于气球的下方，乘坐空间可以相当宽敞（不过，如果你搭乘的是瓢虫号，那就会比较狭小了）。